本书系教育部人文社科研究一般项目研究成果
（项目编号：15YJA752002）

Wenxue Diyu Zhuyi Shiyuxia De Meiguo Xibei Shipai Yanjiu

“文学地域主义”视阈下的

美国西北诗派研究

洪娜——著

中央民族大学出版社
China Minzu University Press

图书在版编目（CIP）数据

“文学地域主义”视阈下的美国西北诗派研究 / 洪娜著 .—北京：中央民族大学出版社，2021.9（2023.10 重印）

ISBN 978-7-5660-1973-8

Ⅰ.①文… Ⅱ.①洪… Ⅲ.①诗歌研究—美国 Ⅳ.①I712.072

中国版本图书馆 CIP 数据核字（2021）第 174085 号

“文学地域主义”视阈下的美国西北诗派研究

著　　者　洪　娜
责任编辑　李苏幸
封面设计　舒刚卫
出版发行　中央民族大学出版社
　　　　　北京市海淀区中关村南大街 27 号　邮编：100081
　　　　　电　话：(010)68472815(发行部)　传真：(010)68932751(发行部)
　　　　　　　　　(010)68932218(总编室)　　　　(010)68932447(办公室)
经 销 者　全国各地新华书店
印 刷 厂　北京鑫宇图源印刷科技有限公司
开　　本　787×1092　1/16　印张：13.125
字　　数　200 千字
版　　次　2021 年 9 月第 1 版　2023 年 10 月第 2 次印刷
书　　号　ISBN 978-7-5660-1973-8
定　　价　62.00 元

摘要

西北诗派是美国文坛上独具特色的一支文学流派，他们在创作中力图将地理、空间、文化与文学相结合，通过创作展现他们成长或栖居的太平洋西北岸的地域背景、地域记忆及其文化表征，展示了一种生动有机的地域文化身份，彰显了“文学地域主义”（Literary Regionalism）的地域人文思想。本书从内容上分为以下四章：

导论部分简要概述美国西北诗派的国内外研究现状，对“文学地域主义”的相关理论的发展历程、理论内涵及研究范围作一简要概述。

第一章“美国20世纪中期的西岸文学运动与西北诗派”。美国西岸的文学运动自20世纪中期起风起云涌，由旧金山文艺复兴、垮掉一代、嬉皮等诸种文学运动到亚洲宗教及文化思想的流行。西北诗派不同程度地在文学创作和文化观的形成等方面受到了这一文化潮流的影响。西北诗派是美国西岸文学中独具特色的诗人群体，对他们的发掘和研究，将有助于深化美国20世纪文学研究。

第二章“西北诗派成长及栖居的地域背景”。美国西北部独特的地理环境、自然风貌、种族迁徙与分布以及人文与历史之发展皆对西北诗派的文学创作产生了重大影响。他们对地域的强烈情感和深刻理解使他们超越了对地域的模式化和表面化的理解，而触及深层次对地域的历史、范围和文化的界定。他们在创作中力图将地理、空间、文化与文学相结合，通过创作展现他们成长或栖居的太平洋西北岸的地域背景、地域记忆及其文化表征，展示了一种生动有机的地域文化身份。西奥多·罗特克（Theodore Roethke）在西北部发现了整个自然的缩影，找到了寻求自我与自然和宇宙精神和谐统一的意象和象征；理查德·雨果（Richard Hugo）的作品着重表现西北部尤其是蒙大拿州的边疆生活，在他看来，没有地理上的支撑点，就无法拥有精神上的支撑点。他的作品大多以西北部为创作背景，探究人与自然环境之间的神秘联系。

第三章“地域身份的复杂建构——现代地域主义”。地域主义与现代主义往往被视作一对矛盾的文化命题。西北诗派的创作挑战了将地域写作视为乡土、落后的传统观点。对地域的坚持是他们文学创作的永恒主题，很多地域景观被赋予了多重意义而展现出现代主义文学作品的复义性特征。资本主义工业文明的迅速发展在带来物质丰富的同时，也促成了精神生活的荒原。现代社会中人的身份问题是西北诗派的创作主题之一。威廉·斯塔福德（William Stafford）和大卫·瓦格纳（David Wagoner）的诗集中有很多对现代生活方式的思考以及在传统与现代进程的冲突下个体的危机意识。他们在作品中以地域为载体，审视工业文明的发展是如何使人丧失物质和精神家园，探讨现代人应该如何通过忠实于地域以达到自我身份的构建。

第四章“地域文化的融合与超越——普世的地域观”。对地域他者文化的关注是西北诗派创作的核心主题之一。他们的创作反映了对美国历史发展的反思以及对位处美国主流文化边缘的异域文化传统持有深刻的尊重与认同。他们在创作中常常融入中国文化、日本文化、美洲印第安文化等不同地域文化的历史意识及文化关怀。加里·斯奈德（Gary Snyder）广为吸收了中国传统文化中的佛教禅宗以及道家的思想；卡洛琳·凯泽（Carolyn Kizer）的诗学演变则经历了对中国诗学的模仿、创作和崇尚的过程，由此可见中国诗学对凯泽的深刻影响。他们跨越了地理疆界的束缚，以开放的姿态对待地域之间的差异性，通过不同地域文化间的对话与联系来完善地域存在的意义。

结语部分对西北诗派文学的地域人文思想进行总结和分析。西北诗派从地域出发，但又超越了地域。他们并不是主张回到部落文化，也不是加强地域主义，而是力图打破国家、民族、文化的界限，建立一种以自然为界限的生态政治理念和地域信仰，体现了“全球地域化”的新型文化范式。这一文化思想已经融入美国当代文学传统，并对当代有着现实的启示意义。

目 录

导 论

西北诗派（Northwest School）是美国西部文学中独特的文学群体，该术语由卡洛琳·凯泽（Carolyn Kizer）于1956年在《女诗人与“西北诗派”》一文中首次将太平洋西北部诗人统称为“西北诗派”。该诗派的代表作家包括西奥多·罗特克（Theodore Roethke）、加里·斯奈德（Gary Snyder）、卡洛琳·凯泽、威廉·斯塔福德（William Stafford）、理查德·雨果（Richard Hugo）、大卫·瓦格纳（David Wagoner）、詹姆斯·韦尔奇（James Welch）等等。在现有研究中，这一群体一直未引起学者的广泛关注。

西北诗派是美国文坛上独具特色的一支文学流派，渊源于美国社会和民族形成的特殊地理环境，不仅体现了美国文学的独特传统，而且也是美国民族性格和文化价值的一个重要组成部分。他们在创作中力图将地理、空间、文化与文学相结合，通过创作展现他们成长或栖居的太平洋西北岸的地域背景、地域记忆及其文化表征，展示了一种生动有机的地域文化身份，彰显了“文学地域主义”（Literary Regionalism）的地域人文思想。因此，从“文学地域主义”这一视角切入西北诗派的诗歌创作，为研究者从全新的角度阅读和阐释他们的诗歌文本提供了多维思考空间，这也正是本书研究的理论价值所在。

目前，生态问题已成为当代人类所面临的头号问题。西北诗派是时刻关注社会现实、极具社会责任感的诗人群体。他们对人类的生存问题没有停留在神话制造的幻想层面和诗歌阐发的美好境界，而是将地域人文思想推进实践的历程中。本书拟对他们的地域思想及生态哲学思想进行全面系统的研究和归纳总结，从而为身陷生态危机的当代人提供启示和借鉴意义。

同时，西北诗派在创作中尤为关注现代人应该如何保持其地域和文化，体现了“全球地域化”的新型文化思想和生态意识，对当今的全球经济发展与环境保护之间出现的矛盾提供了很多建设性的思考和解决途径，因此具有重要的现实意义，可以为中国学者在相关领域内的研究提供借鉴。

一、目前国内外研究现状

在美国，早在 1959 年，具有代表性的学术刊物《西北诗歌》创立，这在一定程度上提升了西北部诗人在美国文坛的影响力。目前，该刊物每年为刊出的最佳作品颁发两项大奖：西奥多・罗特克奖和理查德・雨果奖。1964 年，罗宾・斯凯尔顿为纪念西奥多・罗特克出版了《太平洋西北部五诗人》（*Five Poets of the Pacific Northwest*）一书，开启了西北派诗人研究的先河。他在书中探讨了肯尼斯・汉森、威廉・斯塔福德、理查德・雨果、大卫・瓦格纳和卡洛琳・凯泽五位诗人的作品，这些诗人都是出生或长久居住在太平洋西北部地区，在主题选择上更多关注美国西部。1979 年，美国西北部女诗人卡洛琳・凯泽在《新共和》杂志上发表了《女诗人与“西北诗派”》一文，首次将太平洋西北部诗人划归为“西北诗派”。同年，罗伊・加尔泰在其专著《当代西北部写作：诗歌与小说》中将西北部文学作为一个整体进行研究，着重探究西北部诗歌与小说中的环境主题，并认为环境主题可能成为统领西北部文学的主线。进入 20 世纪 80 年代以后，评论家们开始更多关注地域写作的独特性，并追溯其发展模式。1989 年，拉尔斯・诺德斯特姆在《西奥多・罗特克，威廉・斯塔福德和加里・斯奈德——作为新地域主义的生态暗喻》一书中提出，西北部三位重要诗人在诗作中采用生态暗喻展现人与自然，人与地域之间的新型关系，即人被视作一个地域自然系统中不可或缺的组成部分。1998 年，奥康耐尔在《田野之际：与22位西北部作家对话》中寻求究竟是什么使西北部文学具有独特魅力。他最终得出结论：人与地域的关系成为西北部文学的总体特征。

国内学者很少有专著或论文论述西北诗派。只有罗小云曾在著作《美国西部文学》（2009）的第六章“西部诗歌”中提及了西北诗派，认为西北诗派是西部诗歌中影响极大并具有鲜明特色的诗人群体，并简要探讨了西奥多·罗特克、理查德·雨果等人的诗歌中所体现的地域特色。

国内学者对西北诗派的研究多集中于对单一个体如西奥多·罗特克、加里·斯奈德、卡洛琳·凯泽等诗人的诗歌作品、诗学思想及文化观的探讨，总体上可以分为以下两个方面：（1）国别文学研究。主要从诗人的生平、生态思想以及作品主题出发，最终发掘诗歌本身的研究价值。如林玉鹏的《关注绿色生命探索精神和心灵——评西奥多·罗特克的诗》（2005）、赵毅衡的《加里·斯奈德翘首东望》（1982）、区鉷的《加里·斯奈德面面观》（1994）和《加里·斯奈德的本土意识》（2000）等等。（2）比较文学研究。主要运用影响研究、平行研究和跨学科研究等方法，通过对比诗人与中国文化、美洲印第安文化、日本文化等其他国家或民族文化的比较研究，力图探究他们生态思想的来源，以加深对其精神实质的理解，也从侧面反映其他文化研究的价值。其中，与中国文化的比较研究成果最多。如赵毅衡的《卡洛琳·凯泽的中国之恋》（1986）、区鉷的《加里·史奈德与中国文化》（1988）、钟玲的《史耐德与中国文化》（2006）、谭琼琳的《寒山、禅宗与加里·斯奈德：加里·斯奈德的生态诗学之道》（2008）以及罗星华的《中国闺怨诗的美国现代版——卡洛琳·凯泽的仿中国古典闺怨诗》（2012）等研究成果的发表，对研究者来说皆是具有不可估量的价值而又富于启示的学术资源。

此外，还有单篇论文来论述斯奈德与美洲印第安文化、日本文化关系的比较研究，成果较少，如钟玲的《美国诗人盖瑞·史耐德的美亚洲巫祝观》（2005）、陈小红的《加里·斯奈德与印第安生态智慧》

(2008)、佟姗的《加里·斯奈德与东方文化——加里·斯奈德的日本情结》(2011)等。

纵观国内外学术界，国内外学者对西北诗派中的单一作家如斯奈德、凯泽等表现出了日益浓厚的学术兴趣，这些研究者们从研究诗人与中国古典诗歌的关系开始，逐渐延伸到与中国古典文学、中国美学、中国传统文化佛、道、儒等各个方面的关系。这类研究肯定了中国文化对他们生态思想形成的哲学基础、审美观与诗歌创作等方面做出的重大贡献。

但总体而言，美国西北诗派这一群体还未引起国内外学者的广泛关注，对美国西北诗派这个群体进行动态研究的研究成果还不多见，还没有从“文学地域主义”的理论视角对西北诗派的诗歌创作进行专门研究的著作。因此本书无论在研究视角及研究内容上均具有较强的创新性，为当前的美国西部诗歌研究注入新鲜血液，在一定程度上有望将美国西部文学的研究进一步推向更深入、更细致的讨论。

本研究旨在探讨美国当代西北太平洋诗人诗歌中地域表达的共同特征。然而，这种一般做法所固有的某些问题很快就变得明显起来。首先，地点显然不仅仅是地理位置，政治、社会和文化历史的现实也必须考虑，不管这些现实存在的时间跨度有多短。地点可以用多种方式定义。太平洋西北地区的地理边界甚至没有一个达成一致的确切定义。虽然大多数学者似乎都同意俄勒冈州、华盛顿州和北爱达荷州在某些方面属于同一地区，但也有人想把西蒙塔纳包括在内，还有一些人想把北加州和阿拉斯加包括在内。有时甚至不列颠哥伦比亚省也包括在内。此外，在这种批判焦点下，如何定义西北诗人或西北诗歌的标准呢？难道一个西北诗人必须在他的家乡出生、长大、塑造他的家乡，然后再把它写出来吗？(甚至可能有重要的西北侨民吗？) 抑或是选择了一个具有鲜明西北特色的地域、题材或主题、神话结构或价值取向，就足以成为“西北诗”，而不管其根源是什么？有没有一种特定的西北题材或主题？如果是这样，当代西北诗歌与一般西方诗歌之间是否存在空间关系，以及与早期西方诗歌和西北诗歌表达之间是否存在时间关系？当作家、学者和批评家使用“西北地区主义或西北学派”这样的术语时，这是真正的含义吗？

显然，对西北诗人的评价标准的选择决定了西北诗人的文献目录。如果对这些标准做出宽宏的解释（例如，允许诗人至少有一个与西北有关的主要联系，无论是出生、居住还是题材），就会立即产生一个包含 50 多位诗人的文献目录，其中有 400 多部属于他们的诗集。这只包括二战后的诗人。通读这篇材料，你会发现它有大量的回应和对西北环境的引用（或明显缺乏回应），你会意识到，任何试图容纳如此广泛的诗人的概括都是不可能的。但是，即使没有容易识别的适合所有的观点，还是有特定的模式。

二、文学地域主义

文学地域主义（literary regionalism），也被称作地域文学（regional literature），其定义还未得到统一。从广义上来说，“泛指体现某一地域特色的文学，比如描绘某一地区的自然风貌、人文环境、民风民俗、语言特色等。狭义的解释各有不同。”（刘英，98）也有学者认为，地域主义指的是美国文学史上的两个自觉运动，这两个运动都聚焦于农村的小村庄，以及接近经济和政治权力中心的城市社区。其中一个运动在 19 世纪 80 年代和 18 世纪初达到顶峰，另一个运动发生在 20 世纪 20 年代和 30 年代。在这两种情况下，有贡献的作家都认为他们自己的作品对地域性的全国性讨论至关重要。他们小说的核心是由成员之间的亲近和熟悉，以及他们对彼此承诺的持久性所定义的社区，在现代性的扩展网络中。因此，文学地域主义在乡土社区对话中的中心地位是其最重要的属性。然而，它向我们展示了许多地域社区的模式，这些模式与全球化的世界是不相容的。在这个世界，人们和思想广泛传播，而人们在国家和市场的监管方面往往没有什么发言权。许多地域主义的文本都提供了一个与世隔绝的社区的幻想，隔绝了现代性的腐蚀影响。因此，我们面临的挑战之一，就是要区分不同版本的地域主义，一种是怀旧地向现代读者讲述，另一种是可能积极地进入更进步的公共对话的地域主义。

这里，我们不认为“地域”是“空间”的同义词。“空间”往往是通用的和可移动的，更多的是一个封闭的问题，而不是扎根。我们可以重建我们的家或我们的办公室，我们可以在不同的地域建造一个新的餐厅或学校，使它们几乎与我们以前的家、办公室、餐厅或学校相同。许多大公司专门在自己独特的地域一次又一次地建造相同的“空间”。我们关注的是经常被忽视的地域的独特性。我们也没有考虑将地点作为图像的存储库来帮助我们描述我们的情感或心理状态；我们不喜欢把地点比喻成服务于我们自己。虽然我们的情绪状态通常与我们所经历的地域有很大关系，但我们强调的是这个地域以及我们与它的互动和关系，而不是我们自己。我们绝对不会对虚构的地域感兴趣，虚构的地域，或者是由真实地域的部分组成的地域，这些地域在很多虚构的作品中都很重要。我们也故意避免使用“家”“庙”或“战场”等地域的原型或神话。

文学作品，它们的力量往往来自对地域的感知。这一点并不新鲜，但所谓的“地域”文学方法的含义值得重新思考。文学评论家约翰·埃尔德（John Elder）在再版的《想象地球：诗歌与自然的愿景》（*Imagining The Earth*：*Poetry and The Vision of Nature*）中指出，“重新从土壤开始是一项任务。当人类文化变得贫穷。他想让我们注意到，这个地域给了我们一种本地居住的感觉，这在这个国际化的时代是很难获得的，我们的日常生活和形象都是同质的。的确，当我们从一个金拱门走到另一个金拱门，经过唐恩都乐、基诺、沃尔玛等一家又一家分店时，我们知道自己身在何处，这真是个奇迹。”（125）

地域主义是一种“表现性话语”。它力求使边界定义合法化，并使这一定义在文化和政治、大众和官方的理解中得到认可。因此，地域主义着重赋予有限的物质和象征世界以意义，努力创造主观间的意义。地域主义关注的是过程和故事，而不是人工制品。它涉及强调以领土为界的人口的道德特殊性，并以稳定区域文化作为创造区域特性的手段。地域主义通常与“亲地”联系在一起，即一个民族和地域或环境之间存在情感纽带。地域主义作为一种文化现象，经常表现在艺术、文学、音乐、诗歌等方面。战后的美国南部产生了大量反映和产生那里文化生活的文学作品，最明显的是马克·吐温、田纳西·威廉姆斯和威廉·福克纳的作品。在 19 世纪的美国，女性对地域主义文学的贡献相当大，这可以从萨拉·朱厄特（Sarah Orne Jewett）、玛丽·弗里曼（Mary E. Wilkins Freeman）、爱丽丝·卡里（Alice Cary）、格蕾丝·金（Grace King）和玛丽·奥斯丁（Mary Austin）的作品中得到印证。

华莱士·斯泰格纳（Wallace Stegner）可能是写地域诗的一个很好的起点，他在《地域感》（*A Sense of place*）一书中将浪漫的美国流浪汉与他所谓的“被安置的人”进行了对比。他说，尽管我们有时都想要完全自由、独立和流动，但被安置的人更有人情味。以自己童年的无所寄托为出发点，斯泰格纳认识到有多种路径可以使自己被安置，他说：“有些人出生在他们的地域，有些人找到了它，有些人经过长时间的寻找后意识到，他们离开的地域就是他们一直在寻找的地域。”（85）斯泰格纳还为那些认为地域写作都是自然写作的人提供了一剂解药。斯泰格纳断言，正是人们体验并塑造了一个地域，才使得一个地域成为“一个地域”。

对于 19 世纪太平洋西北地区的大多数人来说，基本的文化冲动是模仿东方的方式。也就是说，作家、教育家、艺术家和其他文化领袖都倾向于从东北各州得到认可的个人和成就中寻找线索。毕竟，该地区的大多数居民都是从东部移民过来的，并认为他们的任务是将他们留下的文化移植到新的领土上。然而，也有少数西北人，比如阿比盖尔·斯科特·杜威（Abigail Scott Duniway）对此持有不同的看法。他们的想法是，该地区的社会和自然环境为新的政治和文化形式提供了机会。部分原因是他们觉得西北太平洋地区不需要受到其他地区所做的事情的限制；在一定程度上，一个地域独特的条件应该能够滋生出独特的表达。

因此，在 1894 年华盛顿大学西雅图新校区的奠基仪式上，校友会总统成员帕克（Adell M. Parker）敦促正在扩张的华盛顿大学致力于建立一种新的地域文化：

> 西方应该在时尚和理想上坚定不移地追随东方，就像美国应该遵循欧洲的标准一样，这种想法是错误和致命的。让勇敢无畏、不带偏见的西方发现自己的理想，并追随它们。美国在文学和哲学方面的标准长期以来被遥远的东方所固定化。一些狂野和自由的东西，一些强健和饱满的东西将从西方涌现出来，并在最后的美国类型中得到认可。在这些大山笼罩的阴影之下，一个独特的人格将会出现，它将采用其他的风格，创造新的理想，并由几代人来证明它们（《正当的形式》（"With Due Formality", 1894）。

在19世纪，大多数西北人是否相信他们的地区能实现帕克的预测是值得怀疑的。然而，在20世纪，越来越多的人开始对西北太平洋地区实际上能够产生独特文化成就这一观点表达了支持。事实上，对于一些人来说，对地域文化的追求变得如此具有侵略性，以至于它变成了一种西北沙文主义。1927年，詹姆斯·史蒂文斯（James Stevens）和H. L. 戴维斯（H. L. Davis）出版了《状态重现》（*Status Rerum*），这是20世纪体现这种自信的早期巅峰之作。两位合著者深信不疑，该地区能够——实际上应该——产生自己独特的文学作品。然而，史蒂文斯和戴维斯似乎也感到尴尬，毕竟当时西北地区产生的优秀文学作品如此之少。因此，他们的地域主义表达了一种文学自信，但同时也带有一点心有余而力不足的感觉。

在《状态重现》这本书中，史蒂文斯和戴维斯提出了文学质量的问题。太平洋西北地区是否不仅能写出区域性的文字，而且还能写出赢得东方文化权威尊重的具有独特区域性的纯文学作品呢？《美国传统英语词典》（第四版）将"纯文学"定义为"以其审美价值而非说教或信息内容为出发点的文学作品"。在该著作出版之前，绝大多数关于这一地区的非原住民作品——比如探索者、拓荒者和支持者——

实际上都是说教或信息性的，而不是审美导向的。该著作也谴责了出于商业动机的写作。史蒂文斯和戴维斯询问西北的作家是否有能力达到更高的艺术标准。简而言之，他们不仅要求地域写作，而且要求地域文学，即诗歌、小说和非小说，这些都被证明在美学上令人愉悦和满足。总体而言，斯蒂文斯和戴维斯可能是第一次共同关注是否存在一种独特的、美学上令人愉悦的西北写作。

尽管几乎所有致力于地域写作的学者将《状态重现》的问世看作西北作者如何评价自己和作品的转折点，而宣言引发了众多学者对地域文学的反思性讨论。目前尚不清楚这种反省与讨论对当代文学具有什么样的影响。然而，有两件事是显而易见的。首先，史蒂文斯和戴维斯本身就是西北文学兴起的关键人物，他们不仅在这一主题上引起了如此大的轰动，而且还对地域写作做出了广泛贡献。其次，《状态重现》肯定该地区的情况，但或许更重要的特点是该作品在一定程度上反映了一个特定的时间和地点——20 世纪 20 年代的西北部。史蒂文斯和戴维斯渴望地域文学的进步，他们呼应了一种更广泛的观念：第一，西北太平洋地区仍然是美国的落后地区，实际上是一个殖民地；第二，尽管它确实落后，但该地区即将确立一种独特的身份。在 1920 年到 1945 年间，史蒂文斯、戴维斯和其他人的著作帮助西北地区开始摆脱其作为美国落后地区的声誉。当然，对该地区的崛起而言，比文学更重要的是一系列国家和国际范围内的其他事件。到第二次世界大战结束时，整个西北地区以及其文学领域的条件都已具备，开始超越其殖民地位——这是一种比《状态重现》允许的更为多样化的环境。

史蒂文斯和戴维斯被视为既推动了文学发展事业，又反映了该地区局限性的过渡性人物。他们两位都是非常优秀的作家——很可能是该地区迄今为止最好的本土小说和诗歌作家。戴维斯的诗歌在 1919 年获得海伦·海尔·莱文森奖（*Helen Haire Levinson Prize*），他的小说《霍恩之蜜》（*Honey in the Horn* 1935）在 1936 年获得普利策文学奖。他的诗《雨鸦》（*The Rain Crow*）以一种早期作家（包括那些在

《状态重现》上受到攻击的人）无法企及的方式捕捉到了西北地区的自然世界。史蒂文斯的很多小说也开始流行起来，尤其值得一提的是，他重新塑造了保罗·班扬的传说，帮助创造了对西北木材世界的持久印象。两人都在东方杂志上发表过文章，并得到了卡尔·桑德伯格（Carl Sandburg）和 H. L. 门肯（H. L. Menken）等杰出人物的鼓励和认可。他们的作品表明，在某些方面，西北地区即将登上国家舞台。

然而，在某些方面，人们可以推测，这两人的文学视野因他们的地域身份而变窄了。他们表达了对西北在更广泛的文学世界中的焦虑，表明了一种对地域、对于这两个人在文学世界中的位置以及西北相对于其他文化区域的地位缺乏安全感。格伦·洛夫（Glen Love）评论说，这些作者传达了一种"激进的地域主义"（aggressive regionalism）（*Love* 1993：xviii-xix）。结果，尽管史蒂文斯和戴维斯在西北很可能比他们的前辈们更有归属感，他们似乎已经更自觉地表达了地域视野，而忽略了会让他们的作品更广泛、具有持久吸引力的普世主题。例如，《蜂蜜在牛角》（*Honey in the Horn*）是一项令人印象深刻的作品，但事实上后人发现它很难欣赏，情节读起来枯燥乏味，就像俄勒冈州的路线图。哈罗德·西蒙森（Harold Simonson）（1980：148）却对此持不同的看法。他认为，史蒂文斯和戴维斯的作品在"地域文学"一词中强调形容词，而在随后的作品中重音落在名词上。戴维斯和史蒂文斯的地域主义局限性的另一个体现是，他们在呼吁真正的地域文学声音时，实际上相当接近地模仿了门肯的风格，几乎把他当作他们的赞助人（*Love*，331-335）。这两位作者攻击那些没有才华的作家，因为他们对东方形式的盲目依赖，但他们对门肯的屈从表明，他们自己也并没有完全从东方的控制中解放出来。威廉·贝维斯（William Bevis 1990 xii）提醒我们，即使他们在《状态重现》中爆发，也反映了斯蒂文斯和戴维斯对东方的尊重："不幸的是，反叛，就像模仿，会让你屈从于别人；他们的期望定义了你的行为，不管是模仿还是反应。《爱》甚至暗示，《状态重现》的含义之一是，只有世界性的东方人才能欣赏真正的西北文学。”

当一些激进的地域主义者认为他们在西北得不到理解时，另一种常见的抱怨——也是地域缺乏安全感的额外证据——是东部体制对西北的文学问题负有责任。由于东北是出版业的总部，一些西方人很自然地把他们的失败归因于东方编辑的偏见和无知。1966 年，爱达荷州作家瓦迪斯·费舍尔（Vardis Fisher）将这一观点发挥到了极端，他认为“东北地区情感不成熟、智力贫瘠、道德败坏的文学体制”注定要“埋葬”美国西部文学。此外，他觉得在西部的“乡村”思想和纽约的“城市”思想之间存在着鸿沟：“那些人，闻着令人窒息的毒药，沐浴在臭气熏天的水里，日夜聆听着地域的喧闹声，不会像我一样更热爱我们的国家和所创作的作品。他们更喜欢城市里疯疯癫癫的生活，狂热生活中机械化的相聚，还有枯燥的、近亲繁殖的、被过度赞扬的书。”（费舍尔 1966：244-245，252-253）在费舍尔身上，就像在史蒂文斯和戴维斯身上一样，人们可以看到地域主义有时是如何让位于乡土意识的。然而，费舍尔将该地区的文学问题归咎于东部地区，斯蒂文斯和戴维斯则将责任归咎于该地区本身。

尽管史蒂文斯和戴维斯对西北地区的作家提出了最引人注目、最尖锐的批评，但其他当代出版物也表达了他们提高地域著作水平的愿望。《状态重现》绝对严厉抨击了 *The Lariat* 期刊。此刊由欧内斯特·霍费尔（Ernest Hofer）于 1923 年在俄勒冈创办，是一本关于西方讨论和批评综述的月刊，致力于在广泛的文化表达线上提高文学的标准。但霍费尔在他的编辑中也带有一种激进的地域主义色彩。他在发布传单招募订阅时，用文字呼应阿戴尔·M. 帕克（Adell M. Parker）的评论，“我们仅仅是欧洲和我们国家东部的影子和反射，还是我们有能力在新的和更高的路线上出击，展示健康的西方个性？”霍费尔宣称该期刊代表了西方的品质，也代表了一群已经超越了东方口述和商业化标准的新作家流派。除了促进地域性的声音，霍费尔还谴责了现代主义对写作的影响。部分原因是他偏爱那些坚持维多利亚时代审美和道德标准的诗人，后来的读者们——这是有原因的——认为该期刊的大部分投稿者充其量不过是三流作家。然而，在六年的时间里，该杂志确实帮助提升了一个地区的声音，并首次出版了许多西北诗人（包括少数受人尊敬的诗人）的作品（Swensen 1998：16-17，19）。

在另一个审美层面，由蒙大拿大学（University of Montana）出版的文学期刊《前沿：西北杂志》（*The Frontier：a Magazine of The Northwest*）代表了另一种鼓励地域写作的自觉努力。在最初的7年里，《前沿》为大学生提供服务，但在1927年11月，主编哈罗德·G. 梅里亚姆（H. G. Merriam）是该大学的一位文学教授，他重新调整了杂志的重点，以吸引更广泛的读者，吸引更多的作者，并服务于一个更明确的地域性使命。在一篇名为《无休止的篷车》（*Endlessly the Covered Wagon*）的社论中，梅里亚姆解释了《前沿》的新目的：

> 西北在工业和农业上都很活跃；它需要显示自己精神上的活力。在文化上，它太长时间要么转向东方寻求营养，要么接受作家在精神上过于模仿和缺乏灵感、缺乏勇气的、非本土的“文学”表达。在这个领域里，我们需要认识到，文学，以及所有的艺术，如果还有什么价值的话，都是对现实生活的真诚表达。我们文学的根应该扎在我们自己的岩石地上，而不是格林尼治村的泥土、中西部的壤土或欧洲的泥土，更不是在任何地域经过筛选、肥沃的温室里。在我们的土地上我们成长，在我们的土地上我们应该表达自己……（梅里亚姆，1）。

同年，梅里亚姆用礼貌的语言表达了与史蒂文斯和戴维斯在《状态重现》中说的一样的话。霍费尔上校为纪念西部牛仔和拓荒者的旧西部，将月刊命名为 *The Lariat*，而《梅里亚姆》社论的标题——“无休止的篷车”——表明他不希望让《前沿》为过时的地区神话服务。

梅里亚姆希望边疆能创造出一种更强烈的共同区域认同感。他在1927年的社论中提到该地区“从科罗拉多到华盛顿”是《华尔街日报》的地域，后来他回忆起试图统一一个更狭义的地区的努力：“我意识到……让太平洋西北各州……实现他们的共同文化的必要性。当我在里德学院教书时，我很清楚俄勒冈州和华盛顿州之间的竞争，波特兰和西雅图之间的竞争，当我来到蒙大拿州，发现了爱达荷州和蒙大拿州之间的竞争。这个地区似乎没有作为一个整体的感觉。如果可能的话，我希望《前沿》能够帮助在文学问题上建立某种这样的统一。”（梅里亚姆，25）梅里亚姆、史蒂文斯和戴维斯可能确信“西北文学”正在兴起，但他们不相信蒙大拿州、爱达荷州、俄勒冈州和华盛顿州的居民认为自己属于一个超越特定州的地域。

在 20 世纪 20 年代，梅里亚姆、霍费尔、史蒂文斯和戴维斯都意识到西北地区需要认识并拓展一种独特的、杰出的、地区性的文学。虽然他们有理由认为自己属于少数人，但他们可能从整个地区的文化骚动中得到了鼓励。例如，俄勒冈州诗人霍华德·麦金利·康宁（Howard McKinley Corning）在他的文学回忆录中回忆说，在《状态重现》出现的时候，大多数西北地区的作家写作是出于经济原因，而不是审美原因，文化觉醒的“发酵”“甚至在那时就已经开始了，我们中的一些人正在发酵……我们中的少数人在《国家》《新共和国》《周六评论》和《纽约先驱论坛报》（*New York Herald Tribune*）的书籍上刊登诗歌”（康宁，302-303，311）。

在把霍费尔、梅里亚姆、史蒂文斯和戴维斯归为“激进的地域主义者”时，人们需要小心地指出他们之间的区别。与其他人不同的是，梅里亚姆在该地区的大学任教，作为《前沿》杂志的编辑，他向大学生征集材料。与梅里亚姆和霍费尔相比，史蒂文斯和戴维斯在《状态重现》一书中为他们的思想注入了强烈的阶级维度。洛夫（1993：xix）解释说，史蒂文斯和戴维斯既攻击“文雅的传统”，也攻击被认为是“西北文学日益过分精致”的东西。“他们在那些从事采掘业——伐木、农业、牧场、渔业等等——的人的经历中找到了真实。他们还诋毁那些在大学里教授创意写作和参加诗歌俱乐部的都市花花公子。”梅里亚姆谈到了西北“自己的岩石地面”，戴维斯和史蒂文斯似乎认为，真正的地域文学只能产生于那些曾在当地的土壤和水域中沾染过自己的手的人。他们的地域主义情绪标志着一种后来的学者所提炼的环境决定论的兴起。根据这一解释，真正的区域内容来自“吸收”自然环境（Bingham，163，168）。

作为对人们如何成为“西北”作家的一种解释，这篇文章提出了两个对地域身份至关重要的特征。一是直接接触自然环境；另一种是持续的时间。对于土生土长的作家来说，这个公式没有明显的实际问题。但它给新来者或工作的人留下了很少的空间，例如，在城市室内而不是在农村户外工作的人。它无法解释为什么西奥多·罗特克（Theodore Roethke）和大卫·瓦格纳（David Wagoner）这样的大学教授在1945年之后的几年里如此迅速地成为西北地区至关重要的作家。此外，一个作家像海绵一样“吸收”他或她的周围环境，然后把它们像墨汁一样挤出到纸上的观念，肯定掩盖了他或她的创作过程。这种对地域主义的解释往往忽略了地域影响的复杂性。然而，史蒂文斯、戴维斯和梅里亚姆等人通过更密切地关注作家与周围环境的关系，成功地将更宏观的现实主义带入了地域写作，并破坏了早期作品的浪漫色彩。

史蒂文斯和戴维斯等“激进的地域主义者”正确地认为自己对地域不那么敏感。但是，他们试图识别一种独特的西北文字品牌的努力，使他们对这个地区有点沙文主义，在这方面，他们与包括霍费尔上校在内的众多倡导者并没有明显区别。无论是地域主义作家还是某些类型的支持者，都将西北地区视为一个特殊的地域——一个不仅值得拥有自己的文学作品，而且在国家经济和全国各地的移民中受到更大欢迎的地域。与物权法大致同时的是，西雅图商会于1924年出版了《过滤的阳光地带》（*In the Zone of Filtered Sunshine*），这本小册子用相当种族主义的语言解释了为什么西北注定要战胜加利福尼亚和美国其他更温暖的地区。再一次，区域环境被唤起作为区别的来源。事实上，它使西北社会不仅与全国平均水平不同，而且高于全国平均水平。地域主义轻而易举地变成了例外主义。西北地区在经济和政治上可能是殖民地，但在其他方面，对许多居民来说，它似乎是上帝的国家。这片乐土的主题，就像在早期的发现文学中发现的有关失去的主题一样，贯穿了很多关于西北的写作。

虽然许多西北人在第二次世界大战前对该地区的前景表示有信心，但更令人关注的是该地区相对缺乏发展。支持者称该地区是一片乐土，以吸引移民和投资者，帮助其克服在北美落后的经济和政治地位。与此同时，史蒂文斯、戴维斯和梅里亚姆对地域文学局限性的关注重申了文化领域的西北地区仍然是美国其他地区的殖民地，与美国其他地区相比，西北地区的发展还处在滞后的现状。这种自我意象在1890—1945 年的大部分时间里都是一个重要的关注点——当然，它也是西北人如此热切地从东方寻求模式的结果。来自旧金山或东部的大规模投资，以铁路和采掘业资本化的形式，巩固了西北在国民经济中的从属地位。该地区生产和出口原材料，而相对而言，中国其他地区依靠更多的制造业和向西北销售相对昂贵的制成品而繁荣起来。该地区在政治上也是殖民地。它在首都的影响力不如联邦的其他地区，因此通常无法从山姆大叔那里获得援助，以帮助它摆脱遥远权力的控制。

然而，在 1890 年至 1945 年间，西北地区一边抱怨自己的落后地位，一边想方设法减少自己在政治、经济和文学上的屈从。其中一种方法是像旧金山和东部地区长期以来对西北地区所做的那样，将其殖民为具有榨取性的腹地。1893 年，横贯大陆的铁路在西雅图的出现，使它能够与 1896 年至 1900 年间涌向克朗代克（Klondike）和阿拉斯加的淘金热所产生的贸易进行有效竞争。这些事件使西北的一部分成为自己的大都市，而不再是遥远的首都的腹地。1909 年，西雅图举办了一场名为“阿拉斯加-育空-太平洋博览会”（Alaska-Yukong-Pacific Exposition）的世界博览会，宣布了城市步入成熟发展阶段，以及对阿拉斯加的商业占领。这座城市的文化造诣几乎没有达到国际博览会的水准，但至少它的视野被提升了。

美国政府聘请了一位“左倾”的民谣歌手来宣传大坝，大坝给该地区带来了变化，这表明新的一天即将到来。通过投资、规划、宣传和其他行动，联邦机构帮助西北克服了经济和政治上的落后。在某些方面，人们可能会得出这样的结论：山姆大叔已经成为一个新的殖民主子——尽管是一个更友善、更温和的主子。在某些方面，新政机构仿效铁路公司的做法，作为外部实体，在人口相对不足和不发达的州发挥巨大的影响力。例如，就像铁路一样，新政的规划者们坚持让该地区更多地把自己看作一个整体，而不是单独的城镇和州。然而，联邦关系加强了该地区的经济和政治地位，并加强了它与其他地域的联系。波尼维尔电力管理局（Bonneville Power Administration，简称B. P. A.）的成立，赋予了该地区特殊的官僚地位，使太平洋西北地区在现代世界中成为一个尽可能具体的实体。BPA 的成立只是为了服务太平洋西北地区，它雇用了格思里，促进了大坝的建设，并通过建设一个区域性电网进一步统一了西北地区。在许多方面，英国保护区和大坝使该地区比以往任何时候都更加突出和连贯，并在此过程中完成了霍费尔、梅里姆、史蒂文斯和戴维斯开始着手做的一些事情。

到 20 世纪 30 年代末，哥伦比亚河上的两座主要水坝邦威水坝和大古力水坝（Bonneville and Grand Coulee）已经完工并开始发电。然而，在 1940 年，几乎没有人对它们产生的千瓦数有需求。后来美国参加了第二次世界大战，对西北电力的需求突然飙升。鉴于全球的冲突，哥伦比亚河的管理有了新的意义。该区域为国家动员第二次世界大战和冷战所作的贡献是该区域能够克服其殖民地位的另一种手段。两场战争都带来了联邦政府对该地区经济的巨额投资，这些投资支持了现代制造业（飞机、核武器、铝、船舶）和服务业的发展，因此该地区的经济对采掘业的依赖大大低于以前。

长期来看，联邦国防开支的现代化和军事化影响在西北地区的分布并不均衡。与俄勒冈州、爱达荷州、蒙大拿州和不列颠哥伦比亚省相比，华盛顿获得的军事基地和国防相关工业远远超过其份额，这一事实对该州的人口、环境、经济和政治产生了深远的影响。1940 年后波音公司的成长是华盛顿转型的一个例子（Kirkendall 1994；柯肯特尔 1997—1998）。现代化和军事化的另一个例子是在华盛顿东部哥伦比亚河、斯内克河和雅基马河汇合处附近的汉福德遗址的开发。大约40年以来使用生产钚来制造核武器的经历，刺激了有关汉福德的创作的发展，为动员起来的太平洋西北地区的重要方面提供了声音。

第二次世界大战和冷战带来的人口、政治和社会变化与19世纪后期铁路的出现不相上下。自由主义和激进主义是20世纪30年代西北政治的特征，但在40年代后期却遭遇了反动。战时变化的另一个后果是人口多样性大大增加。在20世纪40年代早期，拉美裔和非裔美国人的移民数量比以往任何时候都要多，他们在迅速发展的工业经济中被招募为劳动力。第二次世界大战结束后，并非所有人都留下来了，但有足够多的人留下来，在以前存在相对较小群体的少数民族聚居的地域，创建了实质性的社区。结果，非裔美国人和拉丁美洲人对该地区文化的贡献增加了。例如，西雅图成为爵士乐的发源地（De Barros 1993），墨西哥裔社区开始在雅基马谷发展文化机构。尼尔·亨利的回忆录《珍珠的秘密》（*Pearl's Secret*，2001）回忆了战后西雅图非裔美国人的童年，而20世纪70年代的奇卡诺（*Chicano*）诗歌则传达了西班牙人对战后西北地区的看法。

第二次世界大战给另一个少数民族带来了变革性的经历。根据罗斯福总统1942年2月颁布的第9066号行政令和其他法律，联邦政府在战争期间监禁了大部分日本人，并将其他日本人从太平洋海岸迁移到其他地域。这些被拘留者在被监禁和搬迁期间创作了大量作品，比如松下岩夫（Iwao Matsushita）在米苏拉堡（Fort Missoula）拘留所[由美国移民归化局（U. S. Immigration and Naturalization Service）运营]所创作的诗歌。战后，文学的发展一开始非常缓慢，后来越来越迅速，大量文献开始用引人注目的术语来描述日经指数的经历。莫妮卡·索恩（Monica Sone）的回忆录《第二代日裔美国人的女儿》（*Nisei Daughter*）（1953）讲述了一个女人在西雅图长大以及在华盛顿和爱达荷州米尼卡的和谐营（Camp Harmony）被拘留的回忆。四年后，约翰·冈田克也（John Okada）的《禁忌男孩》（*No-No Boy*，1957）问世，讲述了一个日裔男子在被监禁后回到西雅图家中的虚构故事。

1981 年，乔伊·科加瓦（Joy Kogawa）用她精雕细琢的小说《老妇人》（Obasan）演绎了加拿大版的《拘留》（*Internment*）。1994 年，大卫·古特森（David Guterson）出版了《雪落在雪松上》（*Snow Falling on Cedars*）。古特森的故事建立在大量历史研究的基础上，试图融入日本人、德国后裔（以及其他族群）、男性和女性的视角。这本书因为没有以尽可能复杂或同情的方式表达非白人和女性的观点而招致批评。

古德森对日经经历的描述，就像桑恩、冈田克也和古川的描述一样，让我们想起了詹姆斯·史蒂文斯（James Stevens）和 H. L. 戴维斯（H. L. Davis）在写《太平洋西北文学》（*Pacific Northwest literature*）宣言时忽略的许多声音。《状态重现》的侵略性地域主义假定了地域与国家之间的某种文化关系。戴维斯和史蒂文斯对"东方"是关于什么，以及太平洋西北地区与美国其他地区的关系有着强烈的想法。但似乎值得怀疑的是，他们的担忧或利益是否在日本后裔的心中占据了重要地位。莫妮卡·索恩（Monica Sone）的家庭成员、《禁忌男孩》中的角色或者克里斯汀·昆塔斯克特（Christine Quintasket）的《科金维》（*Cogewea*）中的主要人物，或许也可以被视为殖民地的子民，但是他们的边缘化与史蒂文斯和戴维斯所经历的文化多样性是不同的。太平洋西北地区日益多样化的人口产生了更加多样化的西北文学作品。

第二次世界大战结束后的几年里，地域文学迅猛发展，由越来越多的风格各异和才华横溢的作家组成。太平洋西北地区的视野扩大了，而史蒂文斯和戴维斯等人的地域性思维是狭隘的。然而，20 世纪 20 年代出现的激进地域主义几乎没有停止。在 20 世纪后期，该地区人口不断增长，许多人开始相信他们确实居住在应许之地。对一些人来说，殖民地对东部（和加利福尼亚）的屈从感让位给了对西北的优越感。记者兼历史学家大卫·萨拉索恩（David Sarasohn，224）在回顾 1981 年俄勒冈州的观点变化时指出，"一种曾经可能是地域主义的态度……现在更准确地描述为地域主义。"

长期以来，在许多有关西北的著作中，地域主义——甚至是例外主义——对该地区的看法一直是一个次要主题。但在20世纪70年代之后，随着一种新的激进地域主义的出现，这种看法变得相当有影响力。1975年，加州伯克利的作家欧内斯特·卡伦巴赫（Ernest Callenbach）出版了小说《生态乌托邦》（*Ecotopia*）。卡伦巴赫把故事背景设定在1999年，回顾了一个虚构的新国家的发展历程——一个生态乌托邦——这个国家出现于1980年，当时位于特哈查皮山以北的华盛顿、俄勒冈和加利福尼亚被认为脱离美国，成立了一个新国家。与美国其他地域的居民相比，生态乌托邦居民大多与环境和谐相处。他们将每周的工作时间减少到20小时，禁止使用内燃机，采用太阳能，并回收几乎所有的废物。想要用木材建造房屋的人们必须在森林里工作一段规定的时间，这样他们就能清楚地知道他们所消耗的自然资源的情况。

生态乌托邦中几乎所有的活动都发生在加州，然而西北地区的人们开始相信这个故事是关于他们自己的。20世纪70年代末，这本书每月还能卖出1000本，作者声称其中至少有一半是在太平洋西北地区被购买的——这个地区越来越被认为是环保主义的地区。当记者乔尔·加罗（Joel Garreau）出版他的畅销书《北美九个国家》（*The Nine Nations of North America*，1981）时，他重申了卡伦巴赫的观点，将北美西部从蒙特雷到安克雷奇的沿海地带贴上了“生态乌托邦”的标签。后来的思想家修改了这一跨国地区的内容，并将其重新命名为“卡斯卡迪亚”，但继续从自然环境和环保主义政治两方面来定义它。在1996年的一次采访中，加里·斯奈德（Gary Snyder）在为自己定义沿海地区时重申了生态乌托邦的观点：

> 我对西海岸的印象是，它从大苏尔河（大苏尔河是鲑鱼流经的最南部的河流）附近的某个地域向北延伸到乔治亚海峡及更远的地域，再到阿拉斯加南部的冰川湾。这是我心目中的一个领域。人们通过它彼此联系；我们有很多相同的关注点和文本，也

有很多相同的树和鸟（Carolan 1996）。

与其他卡斯卡迪亚的拥护者一样，斯奈德更喜欢从流域、动植物的角度将西北地区定义为一个生物区域（Bunting 1997）。这个想法越来越受欢迎，至少在美国境内是这样。一般来说，加拿大人并不急于贬低国际边界的重要性。在他们看来，“激进的地域主义”意味着一个国家——美国——长期以来一直在咄咄逼人地向北发展。像“生态乌托邦”和“卡斯卡迪亚”这样的想法和《状态重现》一样具有激进的地域主义色彩，尽管它们倾向于以不同的方式看待环境。史蒂文斯和戴维斯来自一个以采掘业为经济规范的社会；卡伦巴赫和斯奈德在一个对自然资源开采日益警惕的时代创作。两代作家之间的差异部分反映了 1945 年后西北地区的巨大变化。这些变化不仅影响了经济和环境，也影响了该地区的文学。

三、西北诗派的地域主义

本书没有旨在对西北诗派进行全面的考察和概括，而是侧重于与地域感密切相关的主题，这一主题似乎在相当多的西北诗人中得到了不同程度的呼应。这个主题是生态隐喻表达式的地域为了跟踪区域初始和变异的隐喻，研究主要集中在西北诗派，西奥多·罗特克、威廉·斯塔福德和加里·斯奈德等诗人都被认为是这个地区杰出的诗人，他们的作品除了有着悠久、坚实的文学力量之外，同时也与太平洋西北地区有关。就这些地域而言，它们都与太平洋西北地区有着明显的联系。

西奥多·罗特克 1947 年从中西部来到西雅图的华盛顿大学（University of Washington），一直待到 1963 年去世。一年后，威廉·斯塔福德（William Stafford）来到波特兰郊外的刘易斯·克拉克学院（Lewis & Clark College）任教，此后一直留在该地区。最后，加里·斯奈德（Gary Snyder）在华盛顿州西部的一个小农场长大，就读于林肯高中（Lincoln High School）和波特兰的里德学院（Reed College）。

自 20 世纪 60 年代末以来，他就一直住在加州北部内华达山脉（Sierra Nevada）的山麓地带。

如果不提到罗特克在西北的存在，那么有关西北地域主义演变成某种西北地域感的讨论是不完整的。第二次世界大战之后，旧地域主义被发现正在迅速衰落，西北诗歌活动普遍减少。1947 年，罗特克来到西雅图的华盛顿大学，这无疑标志着一个与现代主义传统相接触、内容和风格范围更广的具有诗歌活力新时期的开始。罗特克不仅作为诗人在全国享有盛名，而且还是一名教师，他迅速吸引了一大批年轻诗人追随他。罗特克的到来引发了人们对他是否开创了西北诗派的讨论。创造这个术语的人是诗人卡洛琳·凯泽（Carolyn Kizer），出自她在 20 世纪 50 年代中期写的一篇著名文章《诗歌：西北太平洋学派》（*Poetry*：*School of The Pacific Northwest*）。然而，凯泽所说的“流派”并不是什么显而易见的东西：“除了罗特克从叶芝那里改编并自成风格的、偶尔出现的三音步，这些诗人在创作手法和技巧上都具有高度的个性。”换句话说，没有特定的共同点把这群人联系在一起。然后她继续说：“这些诗人只有在他们作品中所谓的‘情感领域’中才能统一起来。”她的意思是，这些诗人都有一种共同的意愿，即在他们的诗歌中表现情感。一群诗人围绕着一个充满活力的中心聚集在一起。学派很重要的方面是团体本身的活力和领袖的名声。在凯泽的文章中，没有提到任何关于地域的重要意义，也没有提到任何关于地域素材在诗歌中的具体使用。

1963 年罗特克去世后，关于遗产的讨论仍在继续。最全面的试图评估罗特克以后西北部诗歌的活动是在 1975 年后在西雅图杂志《米尔山评论》（*Mill Mountain Review*）刊登的“西北部诗歌研讨会”。研讨会达成的共识似乎是罗特克引起全国关注西北部的诗歌，包括他自己的，在某种程度上促进了该地区总体的诗学活动。然而，对整个研讨会讨论的若干问题，比如对西北诗派的看法，意见不一。例如，理查德·雨果断然拒绝西北学派的观点，而理查德·布莱辛（Richard Blessing）也拒绝任何风格或内容持续相似的观点，他认为罗特克的教学方式是由以前的学生或亲密的朋友继续传承的，这可能构成一个重要的文学传统。贝丝·本特利（Beth Bentley）也说：“我想我会把西北诗人定义为基本上受到罗特克以及他的学生和朋友影响的人。”显然，在这些讨论中，并没有对罗特克在西北诗歌发展过程中所扮演的角色做出广泛、一致的描述。

然而，值得注意的是理查德·布莱辛对罗特克地域感的观察，因为他发现了地域作为隐喻，内部和外部景观之间的对应模式，但他未能认识到它的重要性：

> 如果西北部本质上意味着背景在西北部，意象，这一地区的自然意象是关于在这个地区的，比如罗特克，显然没有受到这一地区的影响。《北美序列》的诗歌有一些，或者很多不发生在这里，很明显不在这里——但他做的许多过去的事情有更加内化的景观……非常超自然的。我的意思是，他在讨论他心灵的景观，不是西雅图地区的景观（Brougton，11）。

诚然，布莱辛的观点是正确的，他指出在罗特克的诗歌中并没有大量的特定的西北意象，但重要的是当这些意象出现时他的地域感的本质是什么。对罗特克来说，在《北美序列》（*North American Sequence*）的诗中，以及在他早期的《温室》（*Greenhouse*）的诗中，地域在情感上和精神上都得到了肯定，并被转变成乔治·维恩（George Venn）所说的“神圣的空间”。在这些例子中，地域感的意义，对该地区的引用，已成为一种隐喻。

由于罗特克在他的诗歌中出现隐喻后不久突然去世，与威廉·斯塔福德（William Stafford）和加里·斯奈德（Gary Snyder）后来的作品中表达的隐喻相比，它仍处于相当初级的阶段。然而，它显然与斯塔福德和斯奈德所使用的生态隐喻有实质联系。在这三位诗人中，隐喻的存在并不主要是因为某一位诗人对另一位诗人的特定影响，而是因为隐喻只是共享了一种生态的视角，这种生态视角已经成为一种新的普遍的参照系。

这些诗人都拥有着相同的地域感，许多学术文章将西北塑造为一个文化区域。但它也部分受到了欧内斯特·卡伦巴赫（Ernest Callenbach）的乌托邦小说《生态乌托邦》（*Ecotopia*）第一版封面的影响。这部小说是20世纪70年代所谓的“狂热经典”，它的封面只是展示了美国西北角的一幅大规模地形图，华盛顿、俄勒冈州和加州大部分地区被强调为乌托邦国家的生态乌托邦。

小说在选择美国的这一部分时所要表达的观点是，这个有点延伸的西北地区反映了一种具有凝聚力的生态意识，这种生态意识使它有别于美国的其他地区。这部小说的中心目标不是主要探索这种差异，而是想象一种生态因素占至关重要地位的生活方式的可能性。在多大程度上，这个地区与美国其他地区不同，这不是本研究的重点。重要的是，本研究中的西北诗人确实展示了似乎支持卡伦巴赫假设的诗歌策略。

在对生态隐喻进行更详细的分析之前，对有关西北诗歌与地域的讨论以及讨论中所使用的术语做一个简要的总结也许会有所帮助。由于西北作为北美西部的一个次区域存在，西北诗歌经常被认为是更大的文学潮流的一部分，被称为“西方诗歌”。事实上，许多评论家和诗人甚至不愿意把“西方”一词再细分为几个小的区域，而倾向于把“西方”视为诗歌的关键。例如，考察关于这一问题的讨论，你会发现，诗人兼出版商艾伦·斯沃洛（Alan Swallow）的早期案例。根据莫顿·L. 罗斯（Morton L. Ross）的说法，斯沃洛在30年（1935—1965）的时间里，从非常坚定的传统地区主义信念转变为完全相反的观点，拒绝任何地域主义的主张。斯沃洛观点的转变准确地反映了在现代主义和新批评主义几乎确立了所有优秀诗歌标准的时期，包括西北地区在内的整个美国诗歌中对“地域主义”的新主导态度。

另一方面，有一些更当代的作家认为，西方作家有更多的共同点，而不仅仅是共享相同的地理空间。例如，托马斯·J. 里昂在他的文章《西方诗歌》（*Western Poetry*）谈道：

> 我认为存在一种可识别的诗歌立场，由主题、价值和某种程度的共同意识组成，这可以恰当地称为美国西部。在我看来，这种西方立场的要素是一种回顾性的、后边疆的历史视野，一种非二元的、"生态的"自我和生活意识，以及一种对地域深切的忠诚（27）。

一些学者赞同里昂的三个主要观点（尽管我对整个主题的研究方法在许多方面有所不同），但并不认同他将西部视为从亚利桑那州到阿拉斯加的统一区域的宏大概念，也不赞同卡伦巴赫提出的区域定义。

以诗人威廉·艾佛森（William Everson）为例，他的两本重要著作《原型西部：作为文学区域的太平洋海岸》（*Archetype West: the Pacific Coast as a Literature Region*）和《诗人的诞生》（*Birth of a Poet*）都探讨了诗人与地域的关系。不过，艾弗森说的很多东西也适用于西北的作家。在探索西方创造性能量的本质的过程中，艾弗森探索了西方文字中符号的来源。艾弗森称之为"西方原型"，他认为它由许多不同的方面组成。很简单地总结一下，这些似乎是"与日落有关的死亡"毒品狂热分子所表达的日落象征的"梦幻、诱惑的一面"；在泛神论中，"自然似乎承载着神圣的全部力量"；在性象征方面，"加州是一个女性化的州"；最后，创意冲动的瓦解或减弱："方向的问题——当你到达终点时，你会去哪里？"

这个原型的某些方面似乎也在西北海岸发挥作用。理查德 W. 伊图林（Richard E. Etulain）认为，在当代诗歌的讨论中，西语与西北语在术语上的区别是相当近的，这是由于整个西方的历史形势相似所致。例如，在文学传统方面，只有记录下来的简短的文字，旅行者和探险者的记录，由定居者和早期移民所写的日记和日志。此外，作为一个先锋社会，西方依赖于一个成熟的东方出版市场的观念和品位。伊图林还指出，"20 世纪 20 年代之前出版的大多数西方著作都把西方视为一个边疆——一个尚未被识别为具有独特文化的独立地区。"

(377) 因此，20 世纪 20 年代以前的作品很少能被贴上“地域性”的标签：也就是说，一个作品展示了一个地区的塑造力量及其文化对该地区居民个性的影响。换句话说，在 20 世纪 20 年代之前，西方无法界定独立的地域文学潮流，从地域视角来看，“西北”与“西部”的区别实际上是不存在的。文学史学家和批评家们似乎对这种解释有一个普遍的共识。因此，自省的地区诗歌的发展可以说始于 20 世纪 20 年代的太平洋西北地区，并在接下来的 20 年里成型。

这种早期的西北地区诗歌美学主要是在与期刊《边疆》(后来的《边疆和内陆》) 有关的诗人和作家群体中形成的，该期刊由哈罗德 · G. 梅里亚姆 (Harold G. Merriam) 编辑，并在米苏拉的蒙大拿大学出版。其中包括戴维斯 (H. L. Davis)、凡尔纳 · 布莱特 (Verne Bright)、霍华德 · 麦金利 · 康宁 (Howard McKinley Corning) 等诗人。当人们看到《边疆》(*The Frontier*) 杂志或同一群人在其他地域发表的诗歌时，很快就会意识到，这是一场诗歌运动，试图描述和强调该地区独特的地理、人文、历史和文化特征。直接追随将西方视为前沿的时代，它仍然是面向前沿的，回顾性的，很少有来自城市环境的经验。它代表了第一次统一的、严肃的尝试，试图理解这些作家发现自己所在的地域。在缺乏大量的白人定居者历史的情况下，自然，无论是它本身还是它对人类的影响，在地域的视域中发挥了重要的作用。这种美学在语气和描述上也主要是客观和现实的；它倾向于用纪录片的形式来寻找地域的真相。在风格上，它喜欢简单和直接。人们总是很青睐传统的诗歌形式。语气通常是叙事性和描述性的。对诗歌形式的尝试很少。在许多方面，这是一场有理论家、批评家和实践者参与的自省运动，他们创造了自己的发泄渠道，集中在《边疆》和其他小型文学杂志和一些地域出版社，以推动文化独立和分权。因此，这第一次西北的区域性文学运动，并不是每个在西北创作诗歌的人都欣然接受的自发事件。它和当时美国的其他地域主义运动是平行的，它是一个由少数地域主义者认真讨论和辩论的文学立场。

第一次西北地区主义诗歌运动在第二次世界大战开始时结束，当时唯一的主要的西北地区期刊《边疆和内陆》停止出版。战争一结束，就试图通过召开西北作家会议来对地区运动的总体情况做出评价。这次会议于 1946 年 10 月 31 日、11 月 1—2 日在俄勒冈州的波特兰完成，由波特兰图书馆协会和里德学院共同赞助。这次会议后出版了《西北收获：区域盘点》（*Northwest Harvest*：*A Regional Stock-Taking*）。尽管会议的最引人注目的结果是对于同质文化的西北地区和共同的地域主义观点还缺乏普遍共识。这本书包含了一些非常有趣的文章，标志着地域的价值观以及观点的变化，这种观点在某种程度上促进了加里·斯奈德以及威廉·斯塔福德早期作品的诞生。《西北收获》可以被理所当然地认为是整个北美写作传统中关于边缘地区运动的总结性著作。这本书具有一定的意义，因为它试图阐明一种文化身份的开始，一种家的感觉，后期的作家可以以此来定义自己。换句话说，有些东西需要被接受、拒绝或修正。它还创建了一个起点，不管是否完全接受早期地域主义者使用的语境，至少证实了将西北地区写作纳入文学的可能性。西北地区早期的诗歌中最优秀的诗人 H. L. 戴维斯被重新发现，作品被再版，现在市面上很容易买到。正如 20 世纪 20 年代和 30 年代首次定义地域主义，在定义被贴上地域标签的当代诗歌在主题、主题和总体美学方面存在的差异时，要理解地域主义的本质是很关键的。显然，当时"地区主义"一词的含义与今天这个词所暗示的含义并不相同。就像早期的地域主义者赞成使用"地域主义"（regionalism）这个词，因为对他们来说这意味着对一个地域严肃的研究和反省，排斥"地域色彩"（local color）这个词，因为它似乎暗示着对地域素材的曲解、利用和夸张。当代诗人倾向于排斥"地域主义"这个词，因为它似乎暗示偏狭，或狭隘的视角，他们更喜欢使用"地域感"（sense of place）。

20 世纪 70 年代中期，《南达科他州评论》（*The South Dakota Review*）对作家与地域的现代关系非常感兴趣，询问 87 位作家有关"作家的地域感"的八个问题，并用整期文章刊登他们对问题的回答。编辑约翰·R. 弥尔顿（John R. Milton）在一篇社论中指出：

> 把有关“地域”和“地域主义”的问题带给各位作家，目的是要开始一场新的讨论，找出哪种共识是普遍存在的。一般来说，地域风格的问题在于评论家、评论家和出版商，而不是作家本人。作家的地域主义很好地局限于当地的诗歌社团。我们不谈那个。我们的主题是福克纳式的地域主义者（直到瑞典授予他诺贝尔奖，他才被高度评价）。

根据同一篇社论，这些作家的回应可以分为三类：(1) 那些相信地域感的人，他们对地域主义和个性在艺术上的优势持积极态度；(2) 那些不相信地域感的人；(3) 那些不确定或谈论它时自相矛盾的人。”这些回应的一个有趣的方面是，即使调查覆盖整个美国地区，并没打算定义特定地区的特定态度，但似乎在西北作家（除了一两个例外）中间，他们统一地准备接受作家与地域的关系，即使术语“地域主义”并不是那么容易接受为代表的东西一致的定义。

在本书中收录的西北诗派的诗人中，斯塔福德和斯奈德都遵循这一模式。斯塔福德曾在访谈中确认了“地域主义”和“地域感”的区别：

> 是的，我认为在美国使用的用语中，地域主义意味着作者故意夸大了素材的地域性。作者所指望的、读者正在品味的那部分，是来自别处的味道，或者是离奇古怪的味道。我认为，地域感是不同的，因为你不会刻意利用素材的异国情调，你只是在素材之中，只是在你的生活中使用对你来说自然的东西。所以有一种文学上的姿态与地域主义相结合，有时他们甚至使用奇怪的拼写，比如像“咒骂”（tarnation）这样的词（Nordstrom，42）。

加里·斯奈德，当被问及同样的问题时，也反对“旧地域主义”这一术语，他用以下方式来解释他的立场：

> 好吧，毫无疑问，旧地域主义有地域感，但是在美国它是与政治历史相混淆，它是与美国梦命运神话相关联。因此，它也背

负着责任和为美国剥削和所犯下的错误感到罪恶。

> 我所说的新地域主义非常精确地始于地域感，拒绝一个美国身份的必要性，重命名大陆，重命名地域，消除政治界限，扩展时间，承认发生在大陆的各个层面的不公、剥削和破坏，然后寻求与北美印第安人一道，与他们共享视域，开始重建一种新的文化，在这种文化中，地区和地域将永远是一个起点（Norstrom，16）。

斯奈德在这里提起的“新地域主义”，与之密切相关的概念通常被称为“生物地域主义”（bio-regionalism），可以粗略地从生物的角度，即它的生命，与其相关的植物、动物和环境，以及其历史和目前的人类活动来定义地域。

在这两位当代诗人的诗学中，我们可以发现，他们都愿意确认与地域的契合感，并重视由地域提供的素材。但与此同时，在与“地域主义”这个词联系起来时又稍显犹豫。那么，这是一种地域主义吗？当然不是20世纪30年代西北地区存在的地域主义。今天在西北地区出版的文学期刊虽不少，但在推广地域素材的编辑政策上，却没有一种可以与《边疆》相提并论。现在没有编辑纯粹基于地域主义价值来推广诗歌，没有具有地域主义立场的有组织的理论家，也没有创作特定地域诗歌的追随者。就文学形式而言，西北诗人的文学形式可谓千差万别。

50年前地域主义发展的一个方面与在东方寻找与西方有联系的严肃材料的出版商的困难密切相关（也就是说，材料不是模式化和公式化的）。编辑H. G. 梅里亚姆（H. G. Merriam）经常提到这一点，并敦促西方出版社的发展。后来艾伦·斯沃洛（Alan Swallow）也提出了同样的观点，就像《南达科他州评论》（*South Dakota Review*）的编辑约翰·R. 米尔顿（John R. Milton）在1975年指出了同样的问题。即使是诗人爱德华·菲尔德——出版于1979年的大型诗集《诗人地理学》（*A Geography of Poets*）的编辑——也坦率地承认，在纽约主要出版社出版的西方诗人的作品远远少于东方诗人。这本诗集旨在证明自20世纪60年代中期以来北美诗歌的衰落。还有许多西方诗人和评论家支持西方出版的例子可以列举出来。所以从传统的地域主义的角度来看今天的情况似乎很讽刺，因为现在西北的文学活动比以前丰富得多，但仍然没有人想用地域主义来定义它。如前所述，西北的许多文学杂志已经建立了牢固的根基，还有几家享有全国声誉的地域图书出版商、大学和高中为诗人提供的教学职位、诗歌节、书商和永久的诗歌阅读项目。

美国西北地区的诗人玛德琳·德弗雷斯（Madeline DeFrees）将地域主义简明地定义为“一个人的身体和想象场所之间的对应”。德弗雷斯定义的含义是，我们抛弃了早期地域主义者的现实主义，进入了隐喻的领域。地域已经不仅仅是指地点了；它也暗示了诗人的内在品质，无论是情感上的要求还是更理智的关系。当我们试图理解当代西北诗歌的新维度时，记住这一点是绝对必要的。乔治·维恩（George Venn）采用了莫西·伊利亚德（Mircea Eliade）定义的概念，写了一篇激励人心的文章《寻找美国西部文学的神圣空间》（*The Search for Sacred Space in Western American Literature*）。他在文章里讨论了西部环境从“世俗的空间”转换到“神圣的空间”。他认为，创造世俗空间的概念是美国历史上西进运动的必然结果：

> 西方征服和殖民要求美国人认为西部是一个世俗的空间，那里居住着“嚎叫的野蛮人”，必须通过引入基督教神和《创世纪》神话中的英雄来神圣化，这些英雄享有上帝对人类统治一切生命的认可。
>
> 在这种情况下，世俗空间意味着一个人拥有特权而不需承担责任的领域。它是同质的和中性的，因此没有任何质的差异的持久经验。世俗空间的出现和消失是一种权宜之计和必然的结果。这是一个可以穿越的空间，而不是一个称为家的空间。

与“世俗空间”相反，维恩提出了“神圣空间”。他将其部分定义为“超越任何特定个体作为客观现实来源而存在的地域”。在神圣空间中，内部空间与外部空间具有连续性；人类寻求这种连续性，并将自己与之结合在一起。正是在这一点上，寻求内在和外在现实之间的对应，将诗人带入了一种以隐喻形式存在的诗歌。由于这种隐喻的复杂性和当代诗人对它的多种不同的回应方式，本书将局限于前面提到的生态隐喻的重复模式中地域的表达方式。

为了理解生态隐喻的本质在诗歌的表达，有必要首先看它与这两个生态学的一些基本原则的关系，这似乎反映，其与环境伦理的发展有关联。当然，生态学是一门试图理解并解释生物体与其环境之间关系的科学。生态隐喻的语境中创作的诗歌不涉及生态科学，它作为科学研究具有相同的目标，以生态学所提供的洞见为基础，形成了人与自然关系的新视野。这种新的视野包含了一种与早期西北地区主义者所表达的非常不同的自然观点。

简单了解一下生态学的基本科学原则，有助于我们理解这种变化的本质。查尔斯·朱泽克（Charles Juzek）和苏珊·梅尔滕斯（Susan Mehrtens）用通俗易懂的语言总结了生态学的四个基本“定律”：

1. 世间万物都是相互依赖的（尤其是人类）；

2. 所有的东西都必须有个归宿（这是对物质既不会被创造也不会被毁灭的物理定律的重新表述）；

3. 大自然知道得最多（人们不一定知道管理生态系统的所有事情）；

4. 天下没有免费的午餐（这是一条经济真理：不劳而获）。

从西北诗歌和地域的传统来看，自然观也因对这些基本规律的回应而发生了变化。一般来说，这一转变已经从基本的功利主义转向了更全面的观点，承认所有生物的相互依赖，甚至转向了一种非宗派和非教派意义上的神圣的自然观点。这种新认识的进一步结果是，对人在与自然的关系中所扮演的角色产生了一种更为谦逊的、非等级的看法。正如我们将在罗特克、斯塔福德和斯奈德的诗歌中看到的那样，接受我们与自然界所有生物的联系的重要性和相关性，加上对当前生态问题的认识，导致了一系列不同而复杂的反应。换句话说，它们的回答是不相同的，因为它们强调相同的方面，但它们都在相同的一般参考框架内。

这种对人与自然关系观点的转变既没有历史先例，也没有文学先例。正如罗德里克·纳什在他对《荒野与美国心灵》(*Wilderness and the American Mind*) 的深入研究中所表明的那样，对北美荒野的最初看法是建立在清教徒解释的旧世界观念之上的："当威廉·布拉德福德 (William Bradford) 走下五月花号进入一个'可怕而荒凉的荒野'时，他开始了一种厌恶的传统。"(68) 除了少数的仇恨外，后来的拓荒者们继续以挑衅的仇恨对待荒野。正如我们将看到的，这种态度的持久性是显著的，因为它代表了早期西北地域主义者的观点（他们本身只是第二代或第三代开拓者），直到20世纪上半叶。当然，与这一传统相反的观点是浪漫主义运动和先验论者。根据纳什的说法，这种变化是在19世纪初发生的，当时他发现荒野中存在着某种宗教的、抚慰人心的、鼓舞人心的东西。在横扫西方思想的浪潮中，这是一个相对年轻的想法，具有革命性的意义。如果宗教被认为是荒野，而不是像传统上那样与之对立，那么它就产生了欣赏的基础，而不是仇恨。

在他的整个研究过程中，纳什通过亨利·大卫·梭罗 (Henry David Thhoreau)、约翰·缪尔 (John Muir)、奥尔多·利奥波德 (Aldo Leopold) 等人物追溯了保护荒野态度的发展历程。也许从有生态意识的利奥波德开始，早期的荒野保护运动与后期运动的区别在于保护论点赖以存在的基础。由于原始的荒野意识是一种精神价值的来源，早期的保护主义者经常将荒野视为人类的避难所，这些人类在物质文明的劳动中筋疲力尽。荒野是疲惫的城市居民可以选择去的地域，回来时精神焕发。然而，许多后来的生态保护支持者的特点是，他们的论据是建立在生态学所产生的知识基础之上的。他们认为人类与支配所有生态系统的规律是不可分割的。在这里，这种见解是基于一个简单但根本的结论，即人类属于生物圈的程度大于生物圈属于人类的程度。

当我们看西北诗歌表达生态隐喻，它所展示的自然观已经从功利主义的观点转变为将自然视为人类生活不可分割甚至神圣的一部分的观点，这种转变必须按照纳什所描述的一般模式来理解。生态隐喻在一定程度上有明显的先验主义传统根源，但它的观点主要来源于生态学和相关的土地伦理。在这方面，它可以追溯到20世纪40年代奥尔多·利奥波德的生态思想。

第二次世界大战之后，但主要从20世纪60年代初开始，生态学已经揭示了对生态系统不加考虑的干扰或破坏所产生的日益复杂的影响，因此，建立对影响环境的行为的伦理考虑已经成为一种相应的需要。

这种不同的反应通常被统称为环境伦理。一些反复出现的讨论是基于对人口过剩问题的普遍认识；污染；有限的原材料和能源资源迅速枯竭；破坏耕地、森林和荒地；动物、鸟类和鱼类加速灭绝；以及核战争对所有行星生命的威胁。此外，技术应用对自然环境的影响也许是上述所有因素中的一个因素，但经常作为一个单独的主题加以讨论。

因此，人们在环境伦理背景下发现的许多反复出现的主题，都直接反映在特定问题上，如如何控制人口过剩和污染的理论，或如何保护荒野和野生动物。例如，人们还发现有人主张，有必要限制浪费性消费，改变技术的方向，或维护非人类世界的权利。但是，与其列举每一个遇到的主题，倒不如说，由论证的背景决定的许多方法增加了复杂性。此外，一些关于环境伦理的著作并不是对上述问题的直接回应，而是由这些问题引发的，是对政治或宗教观念的探索。举例来说，一方面，人们可能会有一个非常详细和倡导的技术讨论，描述了“后代的政治代表权”的实际实施，当代世界没有权利降低后代的环境质量，这些后代应该有民主权利通过代表来保护他们自己的福祉。另一方面，人们可以找到伊恩·G. 巴伯（Ian G. Barbour）的宗教观点，他从基督教的角度来看，惊叹于“地球的独特性”，并认为“破坏如此稀有的宝石，浪费它生命中所投入的巨大创造性投资，在瞬间就消灭那些花了数百万年才形成的物种，这是一种亵渎神灵的行为。”（8）换句话说，通常所说的环境伦理是关于如何处理和解决大量生态问题的不同建议的集合。

在诗歌中，环境伦理的另一个方面也必须提道：采用早期印第安人的生活和价值观作为一个广泛和多样的文化与其环境和谐相处的主要例子。在这种背景下，从本土印第安文化中吸收元素的过程是具有高度选择性的，理解这一点是很重要的。所采取的措施是根据当代环境伦理学的标准来执行的，正如我们所看到的，这是对现代生态学研究结果的回应。本土印第安人表达环境伦理的生活方式是基于与现代完全不同的前提，必须被理解为这样，也在环境伦理学的一般讨论中得到了认可。被诗歌雇佣或暗示美国原住民的态度在生态隐喻不感兴趣，因此，诗歌在生态隐喻中使用或暗示印第安人的态度，对早期西北印第安人文化的整体不感兴趣。西北部落保留奴隶的事实，一些人卷入了持续的战争，一些人吃人的现象都很少出现在诗歌中。也没有兴趣（除了一些美国原住民诗人）去探讨当代美国原住民在保留地的生活现实。

为了了解诗歌在本土印第安人的背景下是如何回应的，借用一位古老的圣人对加州水力金矿开采的评论是很有帮助的：

> 白人从不关心土地、鹿或熊。当我们印第安人杀肉的时候，我们会吃掉所有的肉。我们挖根的时候会挖小洞。当我们盖房子的时候，我们打小洞。当我们为蚱蜢烧草时，我们不会破坏东西。我们把橡子和松子摇下来。我们不砍树。我们只用枯木。但是白人犁地，砍树，杀光一切。树说：“不要。我痛。不要伤害我。”但他们把它砍倒，切碎。大地的神灵憎恨他们。他们炸开树木，把它炸到深处。印第安人从未伤害过任何东西，但白人摧毁了一切。白人碰过的地域都是痛的。

这句话的暗示力量是显而易见的，它不仅暗示了人们对于如何谨慎地生活以维持生命的环境的深刻认识，也暗示了人们对另一个连树木也会说话的世界的了解。不难看出，当代诗人如何在生态隐喻的语境中运用这种不同的感知。

本土印第安人生活的另一个方面对于作为地域表达的生态隐喻非常重要：他们对地域表达了强烈的忠诚感。例如，在世纪之交，塞西利奥·布莱克图斯（Celilio Blacktooth）向一位政府专员解释为什么不能交出土地时，他说：

> 我们一直都在这里。我们不关心其他任何地域……我们一直住在这里。我们宁愿死在这里。这里有我们的祖宗。我们不能离开他们。我们的孩子出生在这里，我们怎么能离开呢？如果你把世界上最好的地域给我们，它对我们来说并不像这样好……这是我们的家……我们不能生活在其他任何地域。我们出生在这里，我们的祖辈葬在这里。我们想要这个地域，而不是其他的……

在当代生态诗歌中，就像印第安人与他所在的地域之间有一种纽带一样，有一种对土地的强烈渴望。显然，对于当代的非印第安人来说，不可能有同样的连续性，所以原因可能是不同的。也许，对土地归属的渴望可以被理解为一种表达对一个不断移动的社会的排斥，这种社会助长了无根性，而且不关心它所居住的环境。但更重要的是，因为生态学关注的是有机体和生态隐喻中的环境、诗人与地点的关系也同样至关重要。诗人认为自己与他称之为家的地域互动的方式，以及他所表达的价值观成了中心。地域不仅被视为一首诗的起点，而且被视为一个不断回归的源泉。当然，在西北诗派的诗歌中，价值观和态度并不总是以一个特定的、可识别的西北地域来表达，也不总是与生态隐喻相结合来表达，但在他们的作品中肯定有一种明显的模式。

第一章　美国20世纪中期的西岸文学运动与西北诗派

美国西岸的文学运动自20世纪中期起风起云涌，由旧金山文艺复兴、垮掉一代、嬉皮等诸种文学运动到亚洲宗教及文化思想的流行。西北诗派不同程度地在文学创作和文化观的形成等方面受到了这一文化潮流的影响。西北诗派是美国西岸文学中独具特色的诗人群体，对他们的发掘和研究，将有助于深化美国20世纪文学研究。

一、20世纪中期的西岸文学运动

20世纪五六十年代正是美国社会反文化运动（counter-culture）风起云涌的时期，这也是当代美国社会令人瞩目的事件。“反文化”这一术语让人们会很自然地联想起美国20世纪60年代的摇滚乐、吸毒、性反常、堕胎、裸奔等迷恋怪癖和追求荒诞的嬉皮文化，以及嬉皮士们在纽约中央公园、旧金山金门公园和纽约郊外伍德斯托克（Woodstock）的昼夜狂欢，以及至以后的“政治正确”（political correctness）、多元文化（muti-culture）及其对主流文化的挑战。反文化作为当代西方的一种文化思潮不仅局限于美国，而是60年代西方社会的普遍现象。它可以追溯到60年代以前美国的嬉皮士运动和法国1968年6月的大学生运动，当时巴黎和许多城市的大学生走上街头，打出“意识形态革命”和“文化革命”的旗号，宣称要埋葬旧传统，争取真正的自由。

事实上，从字面上理解，“反文化”运动是指美国60年代在青年人当中流行的以反战和反主流文化为特征的一种价值观、文化和生活方式。第一次将“反文化”归结为以60年代发生在美国社会政治、文化领域的青年人抗议运动为特征的，是美国加利福尼亚州立大学海沃德分校（California State University，Hayward）历史学教授西奥多·罗斯扎克。他于1969年出版的《反文化的诞生：反思技术社会及其年轻人的反叛》一书，在嬉皮辍学者和学生中的激进分子这两个分裂的群体中间找到了契合点，那就是反文化，亦即反抗以技术为主体的工业化社会。在他的定义中，反文化运动是指60年代发生在美国社会的一切抗议运动，既包括校园民主运动、妇女解放运动、黑人民权运动、反战和平运动、环境保护运动、同性恋者权利运动等方面的政治“革命”，也包括摇滚乐、性解放、吸毒、嬉皮文化及神秘主义和自我主义的复兴等方面的文化“革命”。

处在这一时期的美国社会，在文化、政治、经济、军事等各个方面都发生了天翻地覆的变化。美国在第二次世界大战中聚敛了巨额财富，直至战争宣告终结时，美国已拥有资本主义世界工业总产值的60%，外贸额占全世界的1/3，黄金储备是世界各国黄金总储备量的75%，成为世界最大的资本输出国和债权国。然而，当“日本投降后仅十天，就有180万美国工人领到了资方的解雇通知书。”其后发生的冷战，以及美国社会统治一切、主宰人们的观念、打击异己分子的麦卡锡主义使美国国民在这段时期遭受种种折磨。日益明显的社会动荡，接连不断的热战和冷战，使战后的知识分子们似乎看到了鲜血淋漓的现代社会，甚至在整个西方世界中都产生了一种历史的破裂感。

众多作家、学者纷纷在其作品中抨击这样的社会。金斯伯格曾在经典诗作《嚎叫》中用“摩洛克社会”来描述，而萨特则称这个阶段的美国社会是染了“狂犬病的社会”，诺曼·梅勒称这个时期为恐惧的臭气从美国生活的每一个毛孔中透出。

美国社会文化的激烈震荡使青年人感到失落、惶恐、焦虑。越来越多的青年人以公开嘲弄社会的方式来表示他们对传统价值观的蔑视和摒弃，或以逃避现实的方式表示对社会的不满。这一代的青年被称为“垮掉的一代”（The Beat Generation）。他们以自己独特的方式反对美国传统文化价值观念、反对美国的权力结构，它同当时美国国内的民权运动、学生运动、反战运动、妇女运动相互交织，构成冲击美国社会的巨大浪潮，对美国社会的政治、文化和道德观念产生了明显的影响。

发生于20世纪中期的美国“垮掉”运动是在“二战”后冷战时期的特定环境中的一场影响深远的社会、文化和文学运动。它是美国的民主传统和麦卡锡主义、人性自由和清教主义、大众文学同学院派文学激烈冲突的产物。1955年金斯伯格的一声“嚎叫”冲破了当时美国主流文化的高压，宣告了一个新时代的到来。“垮掉”运动同民权运动、反战运动以及其他社会、政治、文化运动结合在一起，形成了一股势不可挡的洪流，猛烈冲击着美国的现存秩序，使美国经历了自南北战争以来前所未有的深刻变革。“垮掉”运动是这一变革的始作俑者和新精神的先驱。对于“the Beat Generation”这一称谓，目前国内学者已逐渐统一将其译为“垮掉一代”。其中最具代表性的观点认为“‘垮掉一代’是美国资产阶级道德沦亡、腐化堕落最集中、最无耻的表现。在他们身上，几千年来人类创造的高尚的道德、优美的情操都糟蹋殆尽，荡然无存，只剩下了卑劣、污秽、淫乱、颓废和堕落”。[4]

在中文里，“垮掉”是一个具有贬义的词语，与“颓废”“卑劣”“堕落”等贬义词同义。但在英文里，“beat”一词内涵则更为宽泛、更为中性。霍尔姆斯（John Clellon Holmes）对这个词进行了定义：“这个词不只是令人厌倦、疲惫、困顿、不安，还意味着被驱使、用完、消耗、利用、精疲力竭、一无所有；它还指心灵，也就是精神意义上的某种赤裸裸的直率和坦诚，一种回归到最原始的状态。”

二、西北诗派

在某些方面，太平洋西北部的历史最明显地符合美国所有地区的典型特征。这里的结构和变化格局比较清楚。太平洋西北部是由河流或水棚系统连接在一起的。它虽然被山体划分为东、西两部分，但南北两部分在地理上具有相似的特点；东段和西段有共同的水系。这一地理因素不断产生着有效的区域化影响。此外，在统一文化力量的冲动受到限制的那些时期，这种影响是强大的。从 1843 年到 1885 年，太平洋西北部地区相对孤立，这是第一次大规模的经济增长，在许多方面起着决定性的作用。因此，在那里发展起来的文化很大程度上是地域性的，比由许多地区和几个国家的人组成的社区更有“特色”。定居者来自中西部，从老南方和新英格兰，直接或经伊利诺伊州、艾奥瓦州和密苏里州，来自加拿大、不列颠群岛、德国和斯堪的纳维亚国家。然而，他们被混合成一个惊人的同质群体。与 1885 年之前人口增长缓慢的华盛顿相比，俄勒冈州的情况尤为明显。在技术正在削弱或改变其他地域的区域特征的那些年里，这些孤立的地理和定居条件有助于建立一种区域文化。

在新英格兰或老南方延续了数百年的变化在这里几十年就发生了。尽管如此，除时间因素外，增长模式在许多方面遵循着美国其他地区的典型模式。发展的迅速和“集中”不仅使小说尤为突出，而且也突出了共同之处，从而便于对它们的考察。一个地区的边界是沟通的有效限制。在地理、政治、经济和美学上，这些限制是不同的。它们通常是模糊和重叠的。但是一个地区的边界就是协议的边界。这种“一致”包含许多因素，比如通过地理资源或当地品位和需求获得的经济机会的相似性，以及来自熟悉的联想和共享共同问题的“地域亲缘感”。在工业革命和随之而来的土地利用、交通和通信革命之前，地球的原始表面条件强烈地阻碍了人类生活中的采矿和区域化因素。在那段漫长的时间里，可以说是河流创造了地域。河流是交通要道，河谷是自给自足的经济区，是文化发酵的中心。

太平洋西北部最早的定居者是皮毛贸易站，它们总是在河流上，在海岸附近或河口处，在可能的情况下，在内陆两条河流的交汇处。然而，在这一地区，只有少数几个贸易站成为我们的现代城市。它们所处的位置正是皮毛贸易所需要的，因为这几乎是一个纯粹的前沿产业。在它们建立几十年后，随着城市的发展，它们中的大多数被遗弃了，有时城市就在它们附近，但通常是在离农产品更近、更方便登陆的地域，或者是在工业力量下降的地域。威拉米特河（Willamette River）及其在俄勒冈州的小支流的山谷是那些不断扩张的定居点中的第一个。在威拉米特山谷，哈德逊湾公司的退休仆人们开始务农。对美国人来说，这是俄勒冈之路的终点。这些移民乘船来到温哥华堡，在考利茨河口以北、威拉米特-马河口对面的哥伦比亚北岸登陆，他们向山谷上游进发，在自己的族群中建立一个新社会。

在太平洋西北部，它一直建立在这里被称作“地区亲缘关系”的基础上。它首先是由物理通信路线、河流系统以及人类的成长环境所决定的；孤立的限制使人们走到一起，改变了他们，使他们有了许多共通之处。接着是一段混乱的时期，不同的人从事不同的工作，有不同的想法，与世隔绝的状态被打破了。这几十年发展起来的地域主义在某些方面不同于过去，它是由各种新技术所促成的。由于自我意识上的差异往往会减少或消除，人们再次感到自在，觉得自己“属于”这个地区。下列新通信设施的扩展——无线电、国家对消费品的分散，以及最近不可避免的国家间的联系——可能会抵消过去形成地区的因素。在目前的太平洋西北部历史上，情况并非如此。人们在情感上的理解和逻辑上的接受是有限的。这个极限就是地域的范围——血缘、理解、有效的沟通。一个地区不是一成不变的地理位置，也不是一成不变的社会。在历史上，这是一个连贯的、相关的变化领域。它的边界是共同的问题和相互之间的边界。这里有多种因素的混合：土地和劳动力，人民和遗产；它最终成为社区生活中必不可少的协议。

罗宾·斯凯尔顿（Robin Skelton）在《太平洋西北部的五位诗人》（*Five Poets of the Pacific Northwest* 1964）的导言中指出，“河流、

山脉和岛屿"的诗歌表现展现了"自然界的崇高权威"。他提出，大自然的奇异和壮丽，迫使作家和读者认识到所有生物都在为生存而斗争。斯凯尔顿还声称，自然世界对书名中所指地区的文学产生了特别强大的影响。在五名诗人中，他收集了美国诗人肯尼斯·欧·汉森、理查德·雨果、卡洛琳·凯泽、威廉·斯塔福德和大卫·瓦格纳的作品。他不认为风景是决定地区身份的唯一因素——"那些对诗人产生重大影响的环境因素……可能是语言学和社会学以及地理和植物"，但他将太平洋西北诗歌描绘成受到该地区环境条件的显著影响："一些诗人直接向大海、河流、森林、山岭寻求意象；其他人则避免直接描述；不过，所有的人似乎都有一种根深蒂固的归属感。"(3)

地理与写作之间的联系对于斯凯尔顿的地域文学概念至关重要。他试图用"地域感"定义和描述美国和加拿大太平洋沿岸的文学，他在《马拉哈特评论》（*The Malahat Review*）（1969 7）的一期上评论太平洋西北地区的12位诗人，其中包括雨果、苏珊·马斯格雷夫和查尔斯·里沃德。他在文章中将太平洋西北部的边界延伸到加拿大。斯凯尔顿在使用"太平洋西北"和"西海岸"这两个词时比较随意，有时指加拿大和美国，有时指这两个国家中的任何一个。但是，总体说来，他认为西海岸，从南阿拉斯加到俄勒冈州，是一个统一的文学区域。他对公元前写作的评论与他对美国西北文学的评论几乎一模一样。斯凯尔顿后来编辑了《不列颠哥伦比亚省的六位诗人》（*Six Poets of British Columbia*，1980）一书，其中包括利拉德、肯·凯泽斯、利昂娜·戈姆、特里萨·基什坎、罗纳·默里和哈罗德·亨尼斯的作品。在这本书中，斯凯尔顿也强调了该省的风景对其文学的巨大重要性，声称"绝大多数"的不列颠哥伦比亚省诗人"无法不去探索人类与陆地和海洋的关系这一主题"。他坚持认为，公元前的文学必然不同于多伦多和蒙特利尔的写作，而多伦多和蒙特利尔是加拿大的两个城市，与之形成鲜明对比的是，他定义了一种西部地区的敏感性。

斯凯尔顿的选集并不是第一部将太平洋海岸确定为文学区域的选集。温特斯（Yvor Winters）在此之前已经编辑了两本诗集，《太平洋地区的十二位诗人》（*Twelve Poets of the Pacific*，New Directions 1937）和《太平洋地区的诗人》（*Poets of the Pacific* 1949），其标题暗含着一种地域敏感性。然而，它们并不是具有代表性的区域性作品。他们收集了“斯坦福大学最好的诗人”，温特斯在那里教书。与这些选集不同，斯凯尔顿的书坚持认为西海岸文学与当地环境密不可分。他对太平洋地区文学的视域与威廉·艾弗森的“西方原型”（*Archetype West*）紧密相连（Oyez，1976）。他将西海岸刻画为走到绝境、充满矛盾的地域，正如罗宾逊·杰弗斯在诗中把海岸描绘成一个悲惨而又美丽的地域，在那里可以深刻感受到野性世界的巨大力量 。

斯凯尔顿对环境重要性的坚持在《马拉哈特评论》（*Malahat Review*，1978年1月）的一期特刊上再次得到了体现。这是四年来发表的三篇关于这一主题的文章中的第一篇，它是一项被奉为经典的项目，与《太平洋西北地区的五位诗人》和《不列颠哥伦比亚的六位诗人》一样，它断言存在一种著名的、有成就的区域性文学，并试图确定其特有的主题和形式。第一期《西海岸文艺复兴》汇集了相当多的作家（有些是加拿大人，有些不是；都居住在公元前一段时间），并声称他们对该省文学文化产生了重大影响。它还描绘了公元前文学的发展，表明这一时期的写作标志着文学成就的复兴，而这些成就与早期几乎不为人注意的成就是密不可分的。它试图定义“西海岸想象”（West Coast Imagination）的特征，斯凯尔顿用“西海岸想象”这个词来描述区分收集到的文本并将其标记为区域现象的一部分的感性。斯凯尔顿在开篇的“评论”中指出，该书收录的诗歌并不仅仅因为诗人的传记而具有地域性。相反，这些诗歌以不同的方式回应“地域的力量”——大自然永恒而有力的存在。

斯凯尔顿提醒不要夸大公元前文字的统一性，也不要暗示西海岸文艺复兴时期的作家属于一个有组织的运动：“没有宣言来界定一所学校的成员。他不愿夸大公元前文学的成就，并流露出对他将西海岸文艺复兴与19世纪80年代及之后的爱尔兰文艺复兴进行比较的担忧。”斯凯尔顿指出，特刊的目的是作为一份临时文件：“目前还不可能记录我们文艺复兴时期真正领袖的姓名。只有时间才能提供必要的后见之明。”30 年的经验表明，斯凯尔顿在某些方面非常有洞察力。在这个问题上出现的一些作家的诗，现在和当时一样，是公元前和加拿大文学的重要人物。斯凯尔顿对自然地理近乎痴迷的兴趣似乎是有先见之明的，因为西海岸的许多作家一直对地域着迷。他坚持认为，本土的传统是理解公元前文化历史的必要条件，美国的文化史是对太平洋沿岸多元文化特征的重要认识。

20 世纪 60 年代和 70 年代，当研究西北太平洋地区的学者被问及是否存在大量的地域文学时，他们的回答往往是否定的。他们一致认为，该地区虽然创作了一些令人印象深刻的作品，但它似乎还没有提供一组令人信服的作品，可以合理地确定为属于或反映太平洋西北部的地域风情（Gastil et al. 1973：148，157-159；Cantwell 1973：280-281；维恩 1979：99；宾汉 1983：172）。然而，到了 20 世纪 80 年代，观察家们对西北部文学这一独特的、赏心悦目的文学形式的存在越来越有信心，例如，《时代的来临》（*Coming of Age*）。1987 年，尼古拉斯·奥康奈尔（Nicholas O'Connell）收集了 20 位西北太平洋作家的访谈《在大地之边际：与 20 位太平洋西北部作家的访谈》（*At the Field's End*：*Interviews with Twenty Pacific Northwest Writers*），进一步加深了一种感觉，即一个地区性的文学团体已经联合起来了。到了 1990 年，人们有一种强烈的感觉，认为太平洋西北文学肯定存在。在更广阔的西方层面，也发生了类似的转变。20 世纪 60 年代，华莱士·斯泰格纳（Wallace Stegner）对美国西部是否存在一个成熟的地区文学表达了相当大的质疑。20 年后，威廉·基特里奇发现，西方文学作为一个整体，已经超越了斯泰格纳所发现的局限性；他列举了许多作者和书名，作为一个成熟的地区文学的证据（Kittredge，1987a）。此外，在 20 世纪 80 年代后期和 90 年代早期，有人对蒙大拿州和俄勒冈州的作品进行了全面收集。

确切地说，这一地区的作品是什么时候出现的，可以通过一项调查来说明，该地区几乎是在什么时候开始承认其文学的到来的。1981

年，《西北太平洋》杂志开始评选“西北地区最优秀的25本图书”，但它并不确定能找到这么多杰出的作品。但研究结果却让人放心：“尽管该地区还处于初始发展阶段，但我们的感觉并不糟糕，这让我们感到意外。”［《25本西北最佳图书》（25 *Best Northwest Books* 46）］就我们的目的而言，这个列表有两个特别突出的特点。第一，尽管西北地区没有亨利·詹姆斯（Henry James）或纳撒尼尔·霍桑（Nathaniel Hawthorne）那样的小说家，但它却拥有“四位发出异常强烈声音的诗人：西奥多·罗特克（Theodore Roethke）、大卫·瓦格纳（David Wagoner）、理查德·雨果（Richard Hugo）和威廉·斯塔福德（William Stafford），他们不容忽视”。地域诗人威廉·基特里奇说，“可以说西北地区从来没有一位伟大的作家（小说家），但这些诗人的作品汇聚在一起，形成一个伟大的文学”（“25本西北最佳图书”47）。第二个特点是，绝大多数广受好评的书——25本中有21本都是在1960年或更晚的时候出版的。早期作品是《西雅图酋长演讲》（*Chief Seattle's speech*，1854）；詹姆斯·G. 斯旺（James G. Swan）的《西北海岸》（*Northwest Coast*，1857）；戴维斯的《号角里的蜂蜜》（*Honey in the Horn*，1935）；还有詹姆斯·史蒂文斯（James Stevens）的《吉姆·特纳》（*Jim Turner*，1948）。最优秀的诗歌和小说大多出现在第二次世界大战后，与此同时，该地区本身逐渐不再是一个殖民地，并获得了与美国其他地区更大的经济、政治和文化平等。地域写作的繁荣也与看待地域环境的新方法不谋而合。

1945年之后，太平洋西北地区出现了一批知名的优秀文学作品，这最终回应了史蒂文斯和戴维斯在《状态重现》（*Status Rerum*）一书中对地域文学缺失的质疑。事实上，如果说《宣言》的出版和1927年梅里亚姆（H. G. Merriam）对《边疆》（*The Frontier*）的重新创作标志着地域写作近代史上的一个转折点，那么二战后的这段时期则标志着另一个转折点。1947—1949年形成了地域写作创新的初端，因为在这个短暂的时期，太平洋西北部地区三位才华横溢的初来乍到者，开始在该地区创作，并在作品中展现该地区。而且，更重要的是，通过他们的教学和亲身示范开始发展更多的地域写作。这些新来者深刻地改变了西北文学的面貌。西奥多·罗特克（Theodore Roethke）于1947年被请到华盛顿大学（University of Washington）工作。威廉·斯塔福德第二年从堪萨斯也来到这里，在刘易斯和克拉克学院安顿下来。1949年伯纳德·马拉默德（Bernard Malamud）也加入进来，受聘在俄勒冈州立大学教授创作（最初，马拉默德因为没有博士学位而被禁止教授文学）。为了进一步丰富这张西北文学地图，我们注意到，1954年罗特克聘请了大卫·瓦格纳加入他在西雅图的团队。突然间，该地区已然拥有了一批才华横溢的作家、教师和编辑——尤其是那些在战后美国诗歌中让该地区如此凸显、不容忽视的作家。

这些新来者的一个有趣之处在于，他们对西北文学创作的贡献，颠覆了传统的观念，即一个地区性的优秀作品群体是如何出现的。为了解释该地区比以前更真实的散文和诗歌，学者们提出了不同版本的所谓“有机模型”，该模型利用花园的意象，假定作家与自然环境之间存在某种重要的互动形式。这个模型有时相当准确地指出，在西北地区的作家的身体和思想中，存在着某种东西，在水和空气中，然后在印刷的纸张上，再次显现出来。在不拒绝这种解释的情况下，我们希望建议，当我们在西北文学中寻找地域认同时，与其把重点放在某种意义本土文学的写作上，我们还需要考虑从其他地域（至少在某种程度上）输入的写作。我们需要一种解释，既能解释本地人，也能解释新来者。

传统的历史学家和文学评论家一直以来坚持认为，几十年来，由于种种原因，作家们与西北地区格格不入。从有机模型的角度来看，他们并没有真正在那里扎根。这种观点认为，早期的作家专注于从东方引进文学形式和“文雅”的态度，尽管这些形式和态度不一定适合西北地区。根据这一解释，从东部移居的欧美移民花了几十年的时间才在美国西北部定居下来。最后，到了20世纪20年代后期——大约是斯蒂文斯、戴维斯和梅里安的时代——一代人的成长让他们感到根深蒂固。一旦根系扎好，选定的作者就变成了海绵，从土壤中吸收地区性的精华，然后把它们挤到书页上。因此，历史学家埃德温·宾汉姆（Edwin Bingham）描述了对 H. L. 戴维斯的影响。他列举了戴维斯生活过的各种各样的地域，以及他做过的许多工作（牛仔、牧羊人、拾荒者、测量员、编辑、副警长）。宾汉姆以同样的方式解释了诗人理查德·雨果（Richard Hugo）的少年时代：“他 1923 年出生于西雅图，直到 19 岁才离开华盛顿州……每只手上都是木头屑和水，他沉浸在周围环境的汁液和纹理中。”（Bingham：163，168）然后这些纹理和汁液以某种方式进入书面形式。人们可以继续解释其他土生土长的地域作家，比如俄勒冈州的肯·凯西和威廉·基特里奇；华盛顿的苔丝·加拉格尔和卡洛琳·凯泽；艾奥瓦州的玛丽莲·罗宾逊；蒙大拿州的伊万多依格。

现在，虽然有机模式可能解释了地域文学作品中产生的一些影响，但它既没有解释影响写作的各种因素，也没有解释创作优秀作品的各种人。在这种模式下，成功的地域写作只出现在那些从 19 世纪中期来到这里的白人殖民者的几代后裔（如果不是从生物学上说的话，也是从文化上来说）身上，因此忽略了本土和亚洲移民作家，他们以某种方式从本土风景中获得了写作灵感。此外，在这个模式中，广泛的其他外部影响被忽略了。

为了说明有机模型的问题，让我们更仔细地看看宾厄姆提到的两位作家——海绵作家。H. L. 戴维斯因其 1935 年获得普利策奖的小说《号角里的蜂蜜》（*Honey in the Horn*）被划入西北作家名人堂之列（Northwest writers’ Hall of Fame）。但戴维斯是在亚利桑那州和墨西哥写的这本书，而不是俄勒冈州，因为他在 1930 年决定从西北部搬到更为干旱的地域。有机模型能解释戴维斯吸收的西北精华是如何被移植到如此遥远的南方而存活下来的吗？此外，1927 年，当戴维斯的《状态重现》（*Status Rerum*）逐渐淡出他在该地区的受欢迎程度时，他受到了巴尔的摩编辑兼评论家 H. L. 门肯（H. L. Mencken）的明显影响。换句话说，作为一个作者，II. L. Davis 并不是一个纯粹的西北作家，而是一个受到不同地区影响的混合作家。

诗人理查德·雨果提出了一个更有趣的例子。和戴维斯一样，他出生和成长在西北部，事实上，他的很多作品描绘了他在生活中不知何故“浸透”的自然环境。他最终成为波音公司（Boeing）的一名作家，这是西北地区一家典型的公司。但是，是什么因素使雨果成为一位成功的作家呢？最重要的是，人们可以辩称，这是他在伟大诗人西奥多·罗特克（Theodore Roethke）的指导下完成的。罗特克于1947年被华盛顿大学（University of Washington）录取。在H. L. 戴维斯的例子中，罗特克甚至比门肯更甚，他从雨果身上汲取了“本土”的素材，并加以培养，使雨果成为一名成功的地区作家。此外，罗特克本人或许成为该地区最杰出的作家。但是他是一个移居到西北的人，而不是土生土长的，在他的根深深扎进西北的土壤之前，他就开始创作并鼓励伟大的地域作品。如果我们想要解释他的深远影响，我们需要一个比有机模型更复杂的解释。与其过多地关注时间和地点对地域文学作者的影响，不如考虑影响他们和区域的更大范围的环境，以及他们个人的才能和贡献。

西北文坛上才华横溢的新人的到来由于一系列正在发生的更广泛的历史变化而成为可能——从第二次世界大战开始，该地区人口和经济的巨大增长；使该区域在更平等的条件下融入国家，而不是严格地作为一个资源腹地；大学等机构的蓬勃发展；将该区域的大部分（但不是全部）转变为工业化和城市化的地域；环境保护主义缓慢而稳定地发展，人们开始意识到户外不仅仅是采掘工作的来源。简而言之，这个地域正在以各种方式改变着它的文化，因此鼓励了一流的诗歌、小说、非小说和戏剧的创作。有人可能会说，在某些方面，战后的西北地区能够负担得起以前似乎缺乏的文化改良。此外，它的人口大量增加（艾奥瓦州、俄勒冈州和华盛顿州的总人口从1940年的330万猛增至1990年的870万），为未来的作家提供了更大的人才库和更广阔的国内地区写作市场；观众，因为它更好地融入了民族文化，被认为比以前更具有审美鉴别力和世界性。然而，如果没有西奥多·罗特克、威廉·斯塔福德、伯纳德·马拉默德和大卫·瓦格纳等天才人物的到来，这些地域的条件本身不足以改变西北地区的写作。

战后新来者的非凡影响说明了移植作品对地域写作的重要性，并提醒我们不要过于狭隘地关注本土作品的局限性。新来者在许多方面做出了贡献。一方面，他们通常不受詹姆斯·史蒂文斯和 H. L. 戴维斯的自我意识和地域不安全的影响。他们高超的写作技巧会使他们在全国任何地域都受到高度重视，他们的诗歌和散文反映出的地域主义者在国家舞台上证明自己的必要性要小得多。威廉·斯塔福德在被问及他的工作如何与西北地区互动时，提出了这一点。他似乎不愿意称自己为西北地区的作家："我写堪萨斯，我写阿肯色州，我写伊利诺伊州，我写印第安纳州；无论我是什么。"（奥康奈，259）对斯塔福德来说，一个人在什么地域被重视并不重要，重要的是他如何回应一个地域，以及他如何表达这种回应。丹尼斯·莱弗托夫（Denise Levertov）也有类似的感觉。她关于西北的诗之所以取得成功，并不是因为她在那里扎下了根，而是因为她"对地域有一种回应"。她对墨西哥、纽约、波士顿、欧洲、南太平洋和澳大利亚的描写也同样出色(奥康奈尔，337)。

然而，这并不是说太平洋西北岸这个特定的地域对文学新手来说无足轻重。事实上，恰恰相反。最近的到来让人们对周围的环境有了新的认识，部分原因是他们有了更多的依据，可以将其与其他地域进行比较。瓦格纳对西北"声音"或声音的概念持怀疑态度；从文学角度来说，华盛顿州的边界是一个意外。但他发现这里的环境非常具有挑逗性，就像他在 1998 年被问及西北地区是否是做诗人的好地域时回忆的那样："对我来说，绝对是。对我来说，这是原生态对内心带来的巨大震撼。我来自一个自然遭到破坏的地域，这里的自然世界仍然处于原始状态，在一些地区，你可以很容易地找到他们。"（瓦格纳 1998：5，4）西奥多·罗特克在他的诗《玫瑰》（*The Rose*）中也做了类似的回答：

有些人认为地域不重要，

但是这个海和淡水交汇的地域，
是很重要的。
鹰在风中摇摆，
没有一个翅膀拍动，
老鹰低低地飞过杉树，
海鸥对着乌鸦叫，
在弯曲的港湾里，
潮水涨到了草地上。
被羊和兔子啃……
我摇摆不定，
进入暗流之中，
进入浮木之中，
水流盘旋着流过小小的海岬（罗特克 1964：29）。

新来者对美国西北部的自然和印第安人都很感兴趣。一些土生土长的西北人可能认为这里的自然环境和印第安人是理所当然的，但罗特克、斯塔福德、瓦格纳和其他最近来到这里的人却重新看待了这一切。此外，他们卓越的技能和审美洞察力——迄今为止主要是在中西部和大西洋沿岸培养起来的——使他们能够以新的方式表达对西北地区的看法，并激发了其他地域的人们对该地区的兴趣。移居他乡的作家使得西北太平洋地区的环境和人民比以往任何时候都更吸引外界的注意。也许罗特克、瓦格纳、斯塔福德和其他新来者对西北的描绘增加了它的吸引力，从而帮助吸引了战后数百万新来者的关注。

这些新来者影响的另一个重要方面是征聘他们的体制环境，而他们又获得进一步的发展。在《状态重现》一书中，雷伦·史蒂文斯和戴维斯曾对学院和大学在提升西北文学地位方面的无能大加嘲讽。相比之下，1945 年后，学院和大学——尤其是公立大学——成了文学领域的核心。1947 年罗特克搬到华盛顿大学后，为该校的创意写作项目注入了新的活力。1954 年，罗特克将瓦格纳招至麾下后，与瓦格纳一起培养了一批才华横溢的作家，其中包括（但不限于）土生土长的西北人。早在1956年，卡洛琳·凯泽（Carolyn Kizer）在《新共和》（*The New Republic*）杂志上发表的一篇文章中指出，西雅图和华盛顿大学是多产的、全国公认的诗歌“西北太平洋学派”（School of the Pacific Northwest）的发源地（Kizer 1956：18–19）。罗特克和瓦格纳的许多学生来自全州各地，如西雅图的理查德·雨果、洛杉矶港的苔丝·加拉格尔（Tess Gallagher）、斯波坎市的卡洛琳·凯泽、班布里奇岛的大卫·古德森（David Guterson）和塔科马市的劳拉·詹森（Laura Jensen），他们通过教学和实例帮助培养其他地区的作家。罗特克和瓦格纳，伊丽莎白主教和路易斯·菲利普斯哈德逊，马克链和纳尔逊·本特利和其他人使华盛顿大学的写作计划非常成功，它仍然能够招募更多同事diverse-authors来自其他地区，包括查尔斯·约翰逊（Charles Johnson）、理查德·肯尼（Richard Kenney）、琳达·比尔斯（Linda Bierds）、希瑟·麦克休（Heather McHugh）、麦克尔罗伊（Colleen McElroy）。最后，凯泽和瓦格纳在1959年至2002年间编辑了杂志《西北诗歌》（*Poetry Northwest*），这是另一部得到国家支持的地区性作品，受到了全国读者的关注（据瓦格纳估计，《西北诗歌》的作者中，只有10%来自该地区）。

鉴于该地区很多著名的作家以及他们所取得的成就，瓦格纳发现创意写作计划在华盛顿大学的地区文学日益成熟背后的主要动力也就不足为奇了：“……渐渐地，在当代诗歌中出现了一种更激烈阅读的饱和状态，写作技巧也有所提高。人们从全国各地来到华盛顿大学学习写作课程，然后没有离开。他们把自己的技能带到西北的其他大学，创办地区性的文学杂志，支持小型诗歌出版社，比如铜峡谷出版社（Copper Canyon）和灰狼出版社（Gray Wolf）”。地域不足的问题似乎突然消失了，正如瓦格纳所解释的那样：

> 你知道，当我回想起20世纪50年代末在卡洛琳·凯泽的那些夜晚，有时会有斯坦利·库尼茨、迪克·雨果、吉姆·赖特以

> 及未来的普利策奖得主，我们以为我们只是坐在一起谈论诗歌。当我想到这个团体后来获得的所有奖项时，我感到很惊讶。当迪克·雨果在这里读罗特克的作品时，他在引言中提到，我们曾经坐在一起抱怨东方的权势集团。他在观众席上对我说：“戴夫，你知道，我前几天突然想到，我们是东方的权势集团。”我是普林斯顿大学出版社诗歌系列的编辑，迪克成为耶鲁青年诗人系列的一员（Yale Younger Poets Series）。我们是东部社会精英。

从《状态重现》一书开始，西北地区已经取得了长足的进步。如果说华盛顿大学在1945年后对优秀地区写作的发展起到了至关重要的作用，那么蒙大拿州大学（University of Montana）则走了一条类似的、相互关联的道路，尽管它不那么依赖诗歌。梅里亚姆（H. G. Merriam）在20世纪20年代鼓励这所大学发展地域创意写作。然而，直到1941年，该机构将莱斯利·费德勒（Leslie Fiedler）招至米苏拉市，并在第二次世界大战后开始发展壮大，米苏拉才成为聚集A. B. 格思里（A. B. Guthrie）、理查德·福特（Richard Ford）、詹姆斯·韦尔奇（James Welch）和玛丽·克里曼（Mary Clearman）等才华横溢的作家的地域。这群人对蒙大拿和西北地区的认同程度是一样的（关于蒙大拿和西北地区有多少重叠的问题仍然存在）。但是，蒙大拿大学的创意写作项目帮助加强了蒙大拿和西北地区作家之间的联系。雨果写了一些关于蒙大拿州普吉特湾乡村的最好的作品。威廉·基特里奇去米苏拉教书，并在那里写下了他在俄勒冈州东部华纳谷长大的令人难忘的回忆录。这些事件提醒我们，作家们在西北地区内外都进行了移植。

在俄勒冈州、艾奥瓦州和华盛顿州东部地区，学院或大学创造性写作项目的发展落后于华盛顿州西部和蒙大拿州，但1945年后，这些地区也从人才的引入中受益良多。1948年，斯塔福德从堪萨斯州搬到波特兰的刘易斯和克拉克学院，他的诗作着力描述了这个地区，很快就得到了认可。俄勒冈州立大学在1949年雇用了伯纳德·马拉默德。他在1961年离开科瓦利斯去哈佛之前，已经成为全国知名的作家。他的大部分作品都是在西北以外的地域完成的。《新生活》（*A New Life*，1961）出版于他离开后不久，这是他唯一的例外（克拉克，1990）。此外，俄勒冈州的土地出让任务也不利于像华盛顿或蒙大拿这样的创意写作项目的发展。尽管如此，马拉默德还是对地域文学做出了贡献：威廉·基特里奇（William Kittredge，1987b：56）曾在俄勒冈州立大学与他一起学习［尽管另外两位土生土长的西北人——理查德·雨果和雷蒙德·卡弗（Raymond Carver）——对基特里奇的影响更大］。

比起蒙大拿州和华盛顿州，艾奥瓦大学（University of Idaho）中杰出的创意写作项目出现得比较晚。在某种程度上是邻近州的溢出效应造成的。20世纪90年代，蒙大拿州大学的玛丽·克利尔曼·布鲁（Mary Clearman Blew）和金·巴恩斯（Kim Barnes）在莫斯科定居，那时罗恩·麦克法兰（Ron McFarland）和罗伯特·里格利（Robert Wrigley）已经在莫斯科教书。除了在回忆录领域做出了巨大贡献外，这两位女性的努力还鼓励艾奥瓦州文学得到更广泛的认可和尊重。布鲁的自传《*Balsamroot*》（2001）从蒙大拿州中部到艾奥瓦州，再到华盛顿西部的奥林匹克半岛，特别阐明了太平洋西北部地区内移民的重要性。到了21世纪初，艾奥瓦大学已经开设了一个创意写作硕士课程。东华盛顿大学（Eastern Washington University）获得创意写作硕士学位的时间更长。厄休拉·赫吉、克里斯托弗·豪厄尔和约翰·基布尔等作家帮助建立了该项目，并为著名的文学期刊《柳树泉》（*Willow Springs*）和出版社提供了坚实的支持。

并不是每个杰出的地域作家都是从西北地区的一所著名大学的创意写作项目中脱颖而出的，也不是每个人都热情地看待自己的大学经历。谢尔曼·阿莱克西（Sherman Alexie）先后就读于贡扎加大学（Gonzaga University）、华盛顿大学（University of Washington）和华盛顿州立大学（Washington State University），并在学生时代就开始发表诗歌，但他觉得大学并不是一个很有帮助的地域。他很珍惜在普尔曼从 Alex Kuo 那里得到的支持，但除此之外，他觉得自己没有得到机构的赏识（Alexie 1994：63）。肯·凯西和巴里·洛佩兹曾就读于俄勒冈大学，并一直与该校保持着联系，但这段经历对他们后来的成功有着不同的意义。洛佩兹在一个学期后离开了文学创作硕士课程，但是受到了英语系巴利·托尔肯（Barre Toelken）的深刻影响（Lopez 1998：11-12）；另一方面，肯·凯西在斯坦福大学的工作比他在尤金大学的研究更能体现他的成功和声望。伊凡·多伊格（Ivan Doig）将他在新闻（芝加哥附近的西北大学）和历史（华盛顿大学）的学术训练——而非创造性写作——作为他职业生涯的基础。多伊格因居住在西雅图时写的蒙大拿故事而闻名，他与理查德·雨果（在米苏拉教书时写过关于西雅图的故事）一样，成为负责蒙大拿西部和华盛顿西部之间地区文学轴心的人物之一。

许多西北地区的作家可以被描述为移居国外的人，他们的大部分作品都是在外地完成的，但他们还是写了很多关于西北这个地区的事情。诺曼·麦克林（Norman Maclean）来自蒙大拿州，但他成年后的大部分时间都远离该州。雷蒙德·卡弗（Raymond Carver）在雅基马长大，他的大部分作品都以西北部为背景，但在返回华盛顿之前，他在其他地域成名。玛丽莲·罗宾逊（Marilynne Robinson）在艾奥瓦州长大，后来去了东部的大学，在那里她发现自己试图说服人们，西部内陆地区有能力培养出能够创作出优秀文学作品的人才（Robinson，1993）。她的小说《持家》（*Housekeeping*）（1980）在 1981 年《西北太平洋》杂志评选出 25 本地区最畅销的书籍时才刚刚出版，因此被排除在名单之外。很难想象今天它会被排除在名单之外。最后一个例子，大卫·詹姆斯·邓肯（David James Duncan）来自大波特兰地区的工人阶级家庭，几乎没有接受过写作方面的学术培训。然而，他最终成为西北小说、回忆录和散文的著名作家。搬到米苏拉地区后，邓肯开始在蒙大拿大学教授创意写作，这在很大程度上是因为这里的自然环境没有俄勒冈州西部的过度城市化和森林砍伐那么恶劣。

大卫·詹姆斯·邓肯（David James Duncan）代表了另一种地域

性的文学潮流——作家对环境的态度发生转变。这一趋势也反映了更广泛的模式，即西北地区和整个国家比以前更倾向于保护自然资源。早期地域性的、非本地的作者对环境有很多要说的，但是他们倾向于把重点放在探索环境、开发环境（如伐木或耕作）和驯服环境（如筑坝）的工作上。詹姆斯·史蒂文斯（James Stevens）是《状态重现》（*Status Rerum*）一书的合著者，也是把保罗·班扬（Paul Bunyan）的传奇故事搬到西北地区的作者，他在西海岸伐木工人协会（West Coast Lumberman's Association）担任了数十年的公关顾问。然而，在第二次世界大战后，无论是本地人还是新来者，都强烈地倾向于陶醉于自然，从自然中汲取灵感，提倡保护自然，尤其是以荒野的形式保护自然。瓦格纳、罗埃斯克和斯塔福德在他们到达后不久创作的诗歌听起来似乎是自然环境让新来者大吃一惊。包括西雅图本地人加里·斯奈德（Gary Snyder）在内的"垮掉的一代"作家从火警哨和高速公路上赞赏地描写了西北地区的环境。从弗吉尼亚搬到西北部后，汤姆·罗宾斯（Tom Robbins）跟垮掉一代一样对亚洲哲学和宗教感兴趣，他很快就融入了自然环境，并在小说《另一个路边景点》（*Another Roadside Attraction*，1971）等作品中充满了对那里气候的热爱。罗宾斯坚持说："最重要的是，最终，我选择在这里是为了这儿的天气。"就像罗特克、瓦格纳、丹尼斯·莱维托芙（Denise Levertov）、查尔斯·约翰逊（Charles Johnson）和其他许多移民一样，罗宾斯似乎也被西北的环境所吸引。

地域作家找到了许多方式来表达新的生态精神。自然写作成为西北文学的重要组成部分，俄勒冈州居民巴里·洛佩兹（Barry Lopez）是美国最重要的作家之一。一位著名的地域文学评论家声称，对环境的关注比其他任何事情都重要，这几乎总是使西北文学与众不同（Venn，1979）。最后一个例子是，俄勒冈大学的格伦·A. 洛夫（Glen A . Love）成为生态批评的领军人物。生态批评是一种相对较新的文学分析流派，专注于对自然世界的书面表达。鉴于 20 世纪晚期的社会似乎正在走向"生态自杀之路"，洛夫总结道，"文学（以及英语教师）如今最重要的功能，是引导人类意识，充分考虑其在一个受到威胁的自然世界中的地位。”在这样的背景下，书写关于地域的文章显得尤为突出。他坚持认为，如果我们理解“我们的地区作为一个生态系统，作为一个整体是如何运作的，或无法运作的”，我们就能做好应对环境灾难的最佳准备。作家们接受了文学的环保使命，通过让地区和地域更清楚地了解自己所处的位置来提供帮助。生态意识似乎是地域意识的必然结果。考虑到俄勒冈州的美丽，我们意识到我们有责任不玷污它。文学的教训将现代西北人带回到原始，使他们更类似于原始俄勒冈人，即印第安人，不仅练习一个离开这个国家的生活方式，使这个国家生态健康和美丽，而且还达到一种与自然合一的地域。

与格伦·洛夫一样，20 世纪后期的西北作家乌苏拉·勒金、丹尼斯·莱维托夫和大卫·詹姆斯·邓肯在他们的小说、诗歌、散文和回忆录中都十分直接地论述了自然世界。然而，并不是所有的地域作家都同意文学的主要“功能”是生态的。在第二次世界大战后的几年里，出版或知名的西北太平洋地区作家的流派不仅在规模上增长，而且在背景和观点的多样性上也在增长。其中一些作者的使命不是记述生态灾难，而是展现战争的恐怖，或者国家与个人之间的关系。还有一些人更关注种族、阶级和性别之间的不平等。大卫·古特森（David Guterson）的《雪松上的雪》（*Snow Falling on Cedars*）对自然界给予了大量的关注，但它主要关注的是人类之间的关系。

此外，还有一些作者认为，文学不必主要关注为某一使命服务，或向读者传授某些道德、精神或实践课程。自《状态重现》时代以来，西北太平洋文学的一个显著特征是，一种文学的出现，其价值至少与其所传达的教训或信息同等重要。可以肯定的是，许多地域作家被证明有能力创作出艺术上令人愉悦、主题上具有教育意义或知识性的作品；文学不必仅仅被看作是一件事或另一件事。但是，在史蒂文斯和戴维斯发表宣言提倡更为复杂的写作方法后的今天，呼吁将审美考虑降到最低，这似乎是一个相当突然和具有讽刺意味的转折。

有一种观点认为，西北文学在作家扎根之时就已经成熟，但该地区一些最著名的作家却声称自己与这个地域没有这种联系。雷蒙德·卡弗（Raymond Carver）解释说，他已经“漂泊了这么多年，没有任何真正的地域或地点，有些东西对作家来说是如此有益。”因此，他的故事几乎可以发生在美国的任何地域：“你可以说，无论在洛杉矶港、贝尔维厄、休斯敦、芝加哥、奥马哈还是纽约市，男人和女人的行为都差不多。”（奥康奈尔，1998：93）丹尼斯·莱维托芙（Denise Levertov）也感到没有根——也许她也要避免在特定地区扎根。例如，她发现西北地区的作家在他们的作品中以荒野为中心，但她自己却拒绝去那片荒野。她通过自己在西雅图的房子的窗户远远地观望，创作了许多关于雷尼尔山的诗，但她拒绝通过亲自参观而玷污了雷尼尔山。她的态度与瓦格纳、斯奈德或贝基的态度截然不同，后者不可能满足于与荒野保持一臂之遥。

当一个人的听众、他的主题，或许最重要的是他的才华和抱负，并不一定局限于某个地域时，被一个地域定义有什么价值呢？尼古拉斯·奥康奈尔（Nicholas O'Connell）在采访斯塔福德时，用了几种不同的方式问他，太平洋西北部到底对他的写作有何影响？斯塔福德一直否认对他有很大影响：

> 许多作家在一个像西北地区一样明确的地域感到这是他们写作的一部分。关于我，我不太确定……我的态度是：你住在哪里并不重要，重要的是你对你住在那里的感觉是什么。因为我住在西北，是的，我写关于西北的诗的意义是地名在我的诗中，但至于任何神秘的东西，它没有在我的记忆中……我可以毫无疑问地说，当我写作的时候，我所居住的是语言而不是地域。我不想说我对风景不感兴趣；它对我产生一定的影响。但我知道一些作家显然是靠它过活的，他们需要很多的风景。但这让我分心。

最后，斯塔福德得出结论，有机模式根本无法解释他作为作家与西北地区的关系。“这是一个令人愉快的想法，但这种风格根植于风景的想法在我听起来有点古怪。”他接着说，如果西北地区有一种地域风格，那与其说是与地域有关，不如说是与一个人交往的地域的人有关。作家们的“同伴”比附近的“风景”和“神秘”更有影响力。“如果西奥多·罗特克没有搬到西雅图，这里的场景会是一样的，但文学场景就不会是这样了”（奥康奈尔，1998：259-60）。最终，在美国西北地区以及关于西北地区的优秀作品，与其说来自这个地域，不如说是来自居住在这里的个人——既有土生土长的，也有新来者。

在某种程度上，更好地融入更广阔的世界意味着这个地域可能看起来不那么重要，而不是更重要。就像他们写的故事、诗歌和散文一样，作家们也抵制分类。如今，许多生活在太平洋西北部并撰写有关该地区的文章的人，都对自己被认同为太平洋西北部作家而感到自在。但也有人认为，这个地区的标签在某种程度上是一种狭义的界定，甚至是一种贬低，很可能是不准确的。

太平洋西北地区最终形成了自己独特的、杰出的地域文学流派，居住在那里的既有新近移居的人，也有在北美和世界各地都享有盛誉的根基深厚的土著人。在文化上、经济上、政治上和社会上，太平洋西北部不再是美国境内的一个殖民地。正如其区域文学的成功所证明的那样，西北地区已经更好地融入了更广阔的世界，而没有失去使其与众不同的所有特征。

第二章　西北诗派成长及栖居的地域背景

西北部独特的地理环境、自然风貌、种族迁徙与分布以及人文与历史之发展皆对西北派的文学创作产生重大影响。他们对地域的强烈情感和深刻理解使他们超越对地域的模式化和表面化的理解，而触及深层次对地域的历史、范围和文化的界定。他们在创作中力图将地理、空间、文化与文学相结合，通过创作展现他们成长或栖居的太平洋西北岸的地域背景、地域记忆及其文化表征，展示了一种生动有机的地域文化身份。西奥多·罗特克在西北部发现了整个自然的缩影，找到了寻求自我与自然和宇宙精神和谐统一的意象和象征；理查德·雨果的作品着重表现西北部尤其是蒙大拿州的边疆生活，在他看来，没有地理上的支撑点，就无法拥有精神上的支撑点；大卫·瓦格纳的大部分作品则均以西北部为创作背景，探究人与自然环境之间的神秘联系。

一、西奥多·罗特克

（一）寻找自然与精神的统一

1947 年，西奥多·罗特克（Theodore Roethke）抵达西雅图时，在那里他找到了一种平衡。他从一个更成熟稳定的社会来到西部，从本宁顿学院、哈佛大学、密歇根大学，从童年时在萨吉诺（Saginaw）的家，来到一个更年轻的地域——华盛顿大学和战后的新兴城市西雅图。但是罗特克是一个花农的儿子，一个养花人，他发现西北是一种古老的温室，那里的自然感觉比他以前住过的任何地域被开发得更少，离人更近。西北是可以让他感受到生命的地域。在诗人父亲死后，在他在本宁顿度过艰难岁月后，西雅图，对一个野心勃勃、奋起向上的诗人来说，确实是一个可以重新扎根的开放之地。但公平地说，这并不容易，这对他来说是一种压力。他经常抱怨自己在当地默默无闻的地位，抱怨天气，抱怨自己和其他严肃作家之间的千里之遥。他在 1962 年西雅图世界博览会中谈道："有些人，地域对他们是不重要的，/但这个地域，在海洋和淡水相遇，/是很重要的。"

罗特克带着他的诗歌驱动力、诗歌联系和诗歌信念来到西雅图。他是一个有竞争力的人，充分利用和欣赏最优秀的诗人——路易斯·博根、斯坦利·昆尼兹、蕾奥妮·亚当斯、迪伦·托马斯、W. H. 奥登、威廉·卡洛斯·威廉斯、罗伯特·洛威尔。他钻进整个诗学传统，在他的早期作品和许多笔记本中的一个模仿记录他研究的诗人：克里斯托夫·斯马特、约翰·克莱尔威廉·华兹华斯，尤其是叶芝。他毫不羞愧地承认，可以从长期的诗歌实践形式中学到了什么。他通过展示同时代作家和"伟大的死者"的作品，开启了自己的阅读之旅。在教学中，他鼓励学生学习"像别人一样写作"，因为他们在朝着自己的风格努力（Roethke 2001：55-62）。他开始了他的课程，指导他精心挑选的学生们"阅读所有的英文诗歌"，背诵、练习短到长的诗行，即使是优秀的诗行，如果不为诗歌的主题服务，也要删掉。聆听诗歌的韵律，让语言歌唱。值得注意的是，罗特克如何给西北注入了伟大的诗歌，就像西北赋予罗特克自身的声音一样。

罗特克把教学诗人大卫·瓦格纳、纳尔逊（Nelson）和贝丝·本特利（Beth Bentley）带到华盛顿大学。在华盛顿大学，纳尔逊·本特利（Nelson Bentley）通过赞助一系列长达数年的公开诗歌阅读活动，扩大了罗特克的影响力。受希泽尔和埃罗尔·普里查德（Errol Pritchard）启发，瓦格纳编辑了杂志《西北诗刊》（*Poetry Northwest*），历时 43 年，并在一位敏锐的编辑耳畔教授了半个世纪。瓦格纳的诗作在他的学生中引起了和他导师一样的尊重。罗特克的许多学生后来都成为诗人和教师。因此，罗特克在西雅图居住的 16 年改变了该地区文学的成熟度和品位。

罗特克保留了学生们的作品。华盛顿大学特别收藏了罗特克几乎所有学生的诗歌、考试、论文和练习——从第一次研讨会雨果发表的作品到苔丝·邦德·加拉格尔在最后一次研讨会宣读的作品。罗特克在给一名学生的笔记中写道："好吧，你加入了。有你在身边会很有趣，但你得在语言方面多下功夫，我的朋友。"他建议每个学生都读最适合指导自身成长的诗人的作品："亲爱的，研究霍普金斯吧。"他说道，"打起精神来。""更富于紧张的节奏感。"他每学期的教学大纲都假定他的课是唯一重要的。除了学生们的原创作品，他还要求学生们写一篇关于著名诗人的长篇论文（至少 25 页），几篇较短的论文，几页手写的主要诗作——他自己的笔记本上满是这些内容，每周都要背诵——以及更多以多种韵律和形式作为练习的原创诗歌。他教得很有戏剧性，很入迷。瓦格纳、凯泽、雨果、苔丝·加拉格尔（Tess Gallagher）等人都学过他的课程。在整个西北和更远的地域，罗特克的学生们继续着教授诗歌和写作的艺术。"我很惊讶，"凯泽说，"我自己的教学方法竟然和他的一模一样……我只是像大师教我的那样继续下去"（Roethke 2001：4）。

把优秀的作家称为"地域性"是不准确的。"无论意象是在哪里形成的，一部意象鲜明的作品都会深入读者的内心。"契诃夫笔下的俄罗斯、华兹华斯的英国、福克纳的密西西比、卡弗的亚基玛让他们闻名世界，他们活在每一本书中，活在每一种思想中。尽管如此，看到自己的国家被最精湛的语言所定义，这是一种特权。好的作品有助于公民定义"家"的含义。在阅读《玫瑰》（*The Rose*）时，任何西北地区的公民都能看到和听到圣胡安群岛（San Juan Islands）。罗特克改变了西北地区的精神面貌，他向许多新诗人展示了如何像他那样认真地写作，如何把风景和天气作为通向想象的道路。

罗特克的诗歌形式多样，风格各异。他的一些作品很容易就能读懂，一些作品晦涩难懂，更多的是通过同情心而不是理解力来理解。就像在《我认识一个女人》（*I Knew a Woman*）中一样，大多数都是音乐、声音和感觉。“我认识一个女人，骨子里很可爱/当小鸟叹息时，她也会对它们叹息；/哦，当她移动的时候，她移动的方式不止一种：/一个明亮的容器可以容纳的形状！”（罗特克 1966：122）

罗特克偶尔会情绪崩溃，这些经历和他们的狂乱以及随后的住院经历让他感到恐惧，所以他的诗中经常提到对另一场战争的恐惧以及对自我内心的黑暗认识。“在黑暗的时候，眼睛开始看见……”（罗特克 1964：79）。

罗特克的读者可以从许多方面来理解诗人的作品。他的作品涉及诗歌的各个领域，从儿童诗歌到最古老的技术传统诗歌，再到实验性和超现实主义诗歌。总之，他的诗给予了读者所给予的一切。罗特克在《觉醒》（*The Waking*）中说：“我们通过感觉来思考。有什么可知道的？”“我通过我必须去的地域来学习”（罗特克 1966：104）。

> 对有些人来说，地域并不重要，但这个地域，这个海水和淡水交汇的地域，却很重要。
>
> ——《玫瑰》（*The Rose* 202）

在所有关于罗特克诗歌的评论材料中，很少有人会持续关注他与地域的关系，以及这种关系的意义是什么。唯一一个针对这个被忽视的主题写过一定篇幅的评论家是克米特·范德比尔特（Kermit Vanderbilt），他在颇具开拓性和刺激性的散文《西北诗人西奥多·罗特克》（*Theodore Roethke as a Northwest Poet*）中写道，“有大量证据表明，罗特克绝不能被误认为是一个地域诗人。”他接着说，“论证罗特克作为一个男人和诗人的积极理由，他的整个职业生涯可以理解为他对美国地理和自我的不断占有。他认为这是一个渐进的过程，包含了区域描述和象征的两种元素，以及自然的沉浸和结合。”

范德比尔特的文章追溯并定义了这一发展过程，清楚地表明了在罗特克的一些作品中，尤其是在他最后的诗歌中，与地域建立的重要关系。建立对罗特克诗歌的地域解释的基础，无疑是对我们理解这位诗人作品的独创贡献。范德比尔特还暗示了罗特克诗歌的另一个方面，这个方面没有得到太多关注，在他自己的文章中也基本上没有探讨。这是在地域忠诚里更深层次的问题模式：美国的文学区域（原文如此）可能通过其自身塑造的神话和原型，以其自身必要的形式充分实现其存在的独特理由，来主张健康的自治权——我们的文学历史学家和批评家很少认真地考虑这种可能性。在本研究中，我将从范德比尔特的基本地域主张出发，试图证明罗特克对太平洋西北地区地域描述的强烈要求，不仅遵循了早期评论家所追溯的心理发展和过程，而且实际上也代表了一种生态隐喻的表现。在罗特克的作品中，我们会看到，这种隐喻有根源追溯到他最早的诗歌和评论，但因为它的发展与对代表内外景观和谐的地域感的追求相呼应，它同样在后期的《北美序列》中达到了一个成熟的点。罗特克的北美序列代表了隐喻的开端，因为他是第一个在后地域的西北诗人中形成这种新的地域感的主要西北诗人。

第二次世界大战后，太平洋西北地区几乎没有任何带有地域色彩的诗歌（除了加里·斯奈德和其他一些人的早期诗歌），而罗特克是第一个以隐喻的方式来接近这个地区的人。此外，这只是一个开始，因为罗特克在诗歌中采用这种唤起地域的新策略不久后就去世了，这当然阻碍了他任何可能的发展。最后，它代表了一个开端，因为我们将会看到，它与美国大众生态学运动的开端是相当相似的。

1963 年，大卫·迈尔斯（David Myers）在与罗特克的电影《在黑暗时期》（*In a Dark Time*）一起接受采访时，罗特克呼应了庞德的格言，即诗人是种族的触角。他说："诗人大概处于意识的前景。从某种意义上说，他在事情发生之前，或者在它们一般发生之前就知道了。因此，即使是对潜意识信号做出充分反应，对他来说也并不陌生。"当我们在罗特克诗歌的语境中提到"生态"一词时，我们可以看看这个词在他诗歌创作的大致时期是如何被定义的。这将提供一个同步的语境，帮助我们理解隐喻的发展。20 世纪 50 年代末，当“生态学”一词刚刚开始被广泛使用时，“生态学观点”一词在有关这一主题的一本导论书中被定义为：

> 这种观点既不局限于科学家，也不普遍存在于所有不同类型的专业科学家中。它不需要大量的详细资料，也不需要广泛的实验或科学方法经验。我们只需要充分认识到生物世界的复杂性、相互依赖或整体性，就能激发出一种谨慎的方法来干预如此复杂的机制。(Buchsbaum 1)

“生活世界的复杂性、相互依赖或整体性”的意识在罗特克的诗歌中得到了肯定的体现，就像有一些段落揭示了他对现代文明对自然环境的干预力量的看法一样。同样重要的是，当我们想起罗特克的诗，要记住这个定义的基本性质，不要把它与许多后期更多地在诗歌中表达生态观点的政治表达相混淆，这些表达产生于 20 世纪 60 年代后期，并持续到 20 世纪 70 年代。

由于《北美序列》代表了西北地区生态隐喻的第一个连贯的综合，早期的评论家似乎没有意识到这一点，因此他们拒绝对此进行研究。例如，休·B·斯台普斯（Hugh B. Staples）可能在他的文章“海风的玫瑰：阅读西奥多·罗特的《北美序列》”（*The Rose in the Sea-Wind: A Reading of Theodore Roethke's “North American Sequence”*）中暗示过这一点。这位诗人对自然现象的敏锐观察，以及他赋予这些现象的近乎图腾的意义中，有一些原始的东西。也许在 1964 年，斯台普斯写这篇文章的时候，下结论还为时过早。另一位更当代的评论家，如沃尔特·巴伦·卡莱吉安（Walter Barron Kalaidjian）关注到一条孤立的生态通道，就像《长水》（*The Long Waters*）第三部分的开头，他将其称为“生态转型的景观，但未能认识到贯穿整个序列的潜在生态问题模式”。还有一位批评家詹姆斯·麦克迈克尔（James McMichael）在他的文章《罗特克的北美》（*Roethke's North America*）中认真思考过现存生态模式的批评家。但他反对追求理念："因为序列是最近写的，因为其涉及的自然的细节让我一次又一次地想起了北美的风景。我很想读这些诗，至少在一定程度上是把它当作生态学的文献来读的。这是我应该努力抵制的一种诱惑，因为这一顺序显然不是说教，也不是简化到陈词滥调的程度，而在这种程度上，大多数危机几乎不可避免地会引起讨论。"

这个序列并不是公然的"说教，这是真的，与罗特克其余的诗歌相比，这样的立场确实令人惊讶。"当时的问题或政治话题很少出现在罗特克的"诗歌"中。例如，《伤心》（*Dolor*）是最接近这类诗歌的作品。尽管如此，生态视角并不需要被降低到"陈词滥调的水平"，即大众媒体为了讨论或传达标题新闻而肤浅地追求轰动效应。换句话说，这个序列主要不是对北美生态危机的悲叹；相反，它代表了一种对已被接受为家的地域的新态度的探索，并直接暗示了这一点。

这种态度，是环境伦理的第一个暗示。因此，尽管生态学本身并不是罗特克作品中明确的主要主题，但在他的大部分与自然有关的诗歌中，有大量的生态学见解，这构成了一个重要的基本框架。他试图从自然本身的立场来看待自然，而不是作为一个游离的、外部的观察者，他实际上已经成为自然的盟友。正如他在自己的一本笔记本中所说："我厌倦了人类的思考。让我们有一些非人道的考虑。"

《北美序列》中生态隐喻的表述，是对早期分散但反复出现的模式的更完整的综合。这些策略可以说包括以下四种基本的诗歌策略：

（1）他利用人格化把自然世界提升到一个接近或等于人的存在的更高层次。

（2）他还将人与自然的存在、过程和元素相联系，并探索外部景观如何与他的内在景观相对应。也就是说，他把人"降"到动物和植物世界的水平。与这种认同相关的是反复出现的、明确的希望加入非人类本性的生命，或在早期存在中加入或成为其他生命形式的经验，所有这些都暗示了所有生命形式之间的终极相互关联。

（3）此外，他不断地用图像和符号来传达生命的本质是一种循环的现象，死亡是一种生命形式到另一种生命形式的无处不在的转变。与此相关，也有一种一致的描述，生与死不可分割地存在着。

(4) 最后，罗特克表达了现代文明威胁自然秩序以及人类自身的看法。

他唤起了“在美国花园中放纵的机器”的破坏性，在机器和自然世界之间的选择中，他总是站在后者一边。因此，通过罗特克使用的策略，内部和外部之间的区别得到了扩散，这不仅意味着对地域的深刻认同，也意味着任何对外部自然世界的破坏都不可避免地带走了我们内部世界的一个维度。

罗特克诗歌的这些方面当然已经被注意到，并在某种程度上被早期的评论家讨论过。例如，杰伊·帕里尼（Jay Parini）在其杰出的研究《西奥多·罗特克：一位美国浪漫派》(*Theodore Roethke*: *An American Romantic*) 中指出，罗特克与自然世界的关系总体上遵循了浪漫主义传统：

> 除非将罗特克的诗歌置于其美国表现形式中的浪漫主义语境中来阅读，否则人们永远不会正确理解罗特克的诗歌。最近评论家们的作品在展示浪漫主义运动从18世纪德国起源到现在的广度和连续性方面是无价的。在这一近乎棘手的运动中，似乎始终如一的是认识到每个人都与自然隔绝；在这种情况下，艺术在自我与自然（主体与客体）的调和过程中变得不可或缺。每个人要么与自然和平共处，要么发动自己的“思想与天空之间的战争”(正如史蒂文斯所说)。

由于罗特克对生态隐喻的使用可以被看作是一种“自我与自然之间的调和，尽管它被重新表述，略有不同，它当然可以被理解为在那个棘手的，更大的浪漫主义运动中的延续。”派丽蒙（Parim）在他的研究中表明，许多浪漫主义诗人对自然的看法，也可以在罗特克的作品中找到，而且这些观点大体上与生态隐喻相重叠。例如，帕里尼说：“浪漫主义诗人都有遵循‘自然是一个有生命的整体’的概念，一个有机的统一体，以某种方式指向一个精神领域，并与人有关。”任何一个生态学家都会毫无异议地同意这个定义的前半部分，并且同意这个“有生命的整体，也与人有关”的事实。有些人可能也会同意第二部分，这取决于“属灵领域”一词是如何定义的。

其他批评家也以不同的目的讨论了生态隐喻在其他语境中的个别元素。例如，你可以看看威廉·海恩（William Heyen）那篇非常详尽的文章《西奥多·罗特克的最小限度》（*Theodore Roethke's Minimals*）来很好地了解所做的观察的类型。海恩认为罗特克身份背后的核心力量相对最小，他在文章的开头写道：“在他短暂的诗歌生涯的三十多年里，罗特克一直在寻找小事的意义，试图定义和统一自己支离破碎的身份。但与之前在浪漫主义或心理象征主义的语境中讨论的内容相比，这里还有更多内容，即包含在生态隐喻中的不同方面实际上代表了一种连贯的尝试，以唤起和认同一个真正被称为家的地域。换句话说，这种同一性不仅被看作是一个内部问题，而且也被看作是同外部区域的性质不可分割的关系。”

在这种与地域的关系中，我肯定会将罗特克的作品与至少西方原型的一个方面联系起来。这是由威廉·艾文森（William Everson）定义的，尽管艾文森自己在某些地域也将罗特克与西方原型分离开来。奇怪的是艾弗森从未提及构成罗特克诗歌中突出主题的西方原型，“死亡，与日落相关联 ”。这一主题渗透在罗特克对《北美序列》中地域冲动的认识中。这一观点至关重要，因为罗特克在这一序列中使用的生态隐喻正是试图做到这一点：接受自己死亡的现实。通过隐喻的直观表达，诗的叙述者能够超越死亡作为最终灭绝的概念，而接受所有物质存在的循环本性。这背后的理念，来自被称为“继承”的生态概念，即没有最终的死亡，只有一系列连续的不同生命形式的转变。没有中心，没有上下级之分。个体并不是被视为与他周围的生命明显分离，而是被视为生命的一个整体，而主角走向死亡的过程变成了走向统一和完整的旅程。

用语言表达与自然世界中其他意识形式的接触感或认同感，暗示了一种万物有灵论的人格。外部和内部自然的融合是理解罗特克后期诗歌的必要条件。这两者之间似乎没有明显的分离，而存在只能被理解为一个相互联结的系统。罗特克在作品中表明自己的观点介于万物有灵论和生态学之间：“如果死者可以帮助我们寻求身份认同，那么生者也可以——我是说所有的生物，包括非人类。”这与其说是天真，不如说是原始的态度：也许是万物有灵论。为什么不呢？“一切生命都是神圣的：呼唤这些神圣的生命形式”（1965：24）。在罗特克的《召唤》中，为了理解存在的本质，必须把拟人化理解为一种基本的诗歌策略。他对这一技巧的运用与一般浪漫主义诗歌的不同之处在于，他不仅希望以不同的方式看待自然，而且希望以不同的方式理解人与自然之间的关系。

因此，纵观他的诗歌，尤其是在《北美序列》中可以找到拟人化的写法。有趣的是，有些诗作中有许多唤起了独自与自然界交流有关的特性。自然世界会唱歌，会说话，或者拥有能发出存在和美的特性。事实上，有一个层次的语言表达的植物和元素加强了交流和互动的愿景，暗示了生态的相互联结。

重点不在于他们说了什么，而在于他们说的内容和语言是可以被感知的。在《渴望》（*The Longing*）中，我们发现树枝在歌唱，改变了过度的/鸟（*The Collected Poems* 188）。这是使自己的存在为人所知，并在与过度的鸟的对比中加强它的简单之美。在《牡蛎河的沉思》（*Meditation at Oyster River*）中有这样一句话：“潮水悄悄地从石脊间滑落，/水的舌头悄悄地流进来”（*The Collected Poems*, 191）。水的语言“潮水的沙沙声”暗示着水的语言。在这首诗的下一部分，关于嘴的暗喻继续：“在石头的唇上，涓涓细流”（*The Collected Poems*, 191），水也成为自然的一种表达。叙述者的听觉变得更加敏锐：“我听到青苔在说话，/常春藤用它的白色蜥蜴脚前进”（*The Collected Poems*, 194）。从这首诗的语境来看，它与一段神秘的洞见有关：“我升起，落下，时间折叠/进入一个漫长的时刻”，人们意识到这种非凡的感知与罗特克所描述的意识延伸有关。在这首诗的下面部分，水声再次与一个声音联系在一起："我听到树叶的滴水，轻柔的歌曲"（*The Collected Poems*, 194）。存在于自然界的语感也在《长长的水流》（*The Long Waters*）的音节中得到了明确的说明：鲦鱼能听到——蝴蝶，黄色和蓝色的，/享受着气味和舞蹈的语言（*The Collected Poems*, 196）。它是一种生物层面上的感官印象和传递的语言，强调一种积极的相互联结感。这一观点的结果是，所有的自然都是一种可以被理解的语言，它可以指导人与自然之间的互动。这一点在这个序列的《玫瑰》（*The Rose*）中再次得到证实，"我"在与自然的超然和谐的视觉中。与海水的暗流结合在一起，想到"岩石在歌唱，光自己在沉默"（*The Collected Poems*, 204）。

罗特克用策略来识别他的叙述者与自然世界的各个方面、感受和过程，从而暗示生态的相互关联性，涵盖了一系列的诗歌技巧。可以说，罗特克试图用诗歌表达神学家伊恩·G. 巴伯（Ian G. Barbour）认为的自然生态关系的核心主题之一："人类与所有生物都是亲缘关系，共享漫长的进化史，参与相同的创造过程。"他是生命交织结构的一部分。简而言之，人既是生物有机体，又是负责任的自我，他始终是一个更大群体的一部分。罗特克除了简单地陈述与非人类融合的愿望，或描述与非人类真正短暂结合的经验之外，罗特克还使用了大量的明喻和隐喻来消除人类与非人类之间的界限。其中的一些隐喻为表达内心的心理现实与外在的自然世界的映照而变得相当丰富和精细。这种与自然的认同意味着，人作为独立个体的重要性降低了。这是失去自我过程的一部分；或者，正如他在他的一个笔记本里写的那样："这些昆虫教会一个人/成为匿名的人"。

罗特克认为，与自然有直接对应的个人方面是无意识的。谈到它的不可预测性，他做了以下陈述：无意识，你可以潜入其中，想象有各种各样的垃圾挂在你的脖子上，或者你也可以想象美丽的东西，意思是，在某种意义上它"像自然"。假设这是自然，一个内在的自然，那么诗人的任务就是创造出真正的人与自然之间的棱镜。例如，较早的一首诗《夜鸦》（*Night Crow*）（*The Collected Poems*, 49），可以作为将自然（乌鸦）和心灵（“大脑深处”的无意识）合而为一的例子。与次等人类融合并成为自然循环的一部分的欲望在序列的开头由叙述者表达出来。

随着诗歌的展开，这种感觉不断加深，有一些段落描述了与鸟类或水的短暂认同感。这种融合与他的最终愿望相关联，最终达到与外部自然世界的超越的统一。在这首诗的第三部分中已经清楚地陈述过了。罗特克认为这是一种基本的宗教认同。

> 我和鱼、变黑的鲑鱼和疯狂的旅鼠在一起，
> 孩子们在跳舞、花儿在绽放。
> 我渴望形式中心那不灭的宁静；
> 我将是一条小溪，在夏末的大石缝间蜿蜒流淌；
> 我愿是一片叶子，我愿爱这片叶子，享受这尘世生活的混乱。(*The Collected Poems*, 188)

有趣的是，两个最初的意象“变黑的鲑鱼和疯狂的旅鼠”，主要的联系是即将到来的死亡。大马哈鱼已经在河中完成了它的繁殖周期，现在正在死去，然后漂回海洋；而疯狂的旅鼠在“周期性的大规模迁徙”，正在向海洋移动，走向不可避免的死亡。通过这种方式，它们在主题上与叙述者后来希望与之融合的意象——溪流和树叶——联系在一起，成为序列中建立的象征模式的中心。流入大海的河流、死去或行将死去的树木、鸟儿，分别具有明确的象征意义，暗示过程、人的身体和人的精神或灵魂。流向大海的河流，成为他冥想的重要焦点；它暗示着个体的分离过程，在被包罗万象的海洋吸收的过程中，这既是一种死亡，也是一种神秘的统一。树与“我”的身体相关联，树叶唤起了更大的生命之树中较小的、循环的生与死模式。

在《牡蛎河冥想》（*Meditation at Oyster River*）中，“我”再次表达了诗人想成为自然一部分的愿望：

> 那条年轻的蛇，在绿叶中静待着，等待它的飞虫，
> 蜂鸟嗡嗡地从昆西布罗飞向牵牛花，

我希望和他们在一起，
和水在一起：波浪不停地涌来。(*The Collected Poems*, 190-191)

在这里，吸引力似乎是与自然中动态的能量交换的合并。所有的生命都存在于一个持续不断的生态转变过程中，要么吃，要么被吃掉，就像海洋一样，不断地向前移动。但矛盾的是，却一直停留在同一个地域。然后，在这首诗的下一部分，发生了变化；主角的精神现在被简单地与鸟类的特质联系在一起：

在这个时候，
在这第一个认知的天堂，
肉体呈现出精神的纯净平衡，
一段时间内，矶鹞渡变得漫不经心，
蜂鸟的保证，翠鸟的狡猾——（*The Collected Poems*，191）

鸟类自然从肉体到精神的转变意义重大，因为它承认了一种亲缘关系。在《牡蛎河的冥想》的结尾，与鸟也达成了暂时的统一：“精神断断续续地奔跑，/在小波浪中进进出出，/与勇敢的滨鸟奔跑。”（*The Collected Poems*，192）与鸟一起奔跑的可能性，以及超越肉体极限的可能性，也成为主角看待死亡观点的核心。在“内在之旅”（*Journey to the Interior*）末尾，“与鸟一起呼吸”实际上将主人公对死亡的愤怒转化为积极的和美丽的东西：“但当我与鸟一起呼吸，/愤怒的精神成为祝福的精神，/死者从黑暗中开始在我的睡眠中唱歌”（*The Collected Poems*，195）。在这篇文章中，有一种与死亡和解的清晰感觉，与大自然融合的能力有关。

《渴望》中“我”所表达的“与水相融”的愿望，最终在序列的最后一首诗《玫瑰》中得以实现。与海洋合一意味着最终转变回到“一切的摇篮”，一个完整的循环为下一轮做好准备。

这段话也呼应了诗人更早期的一首诗《循环》（*The Cycle*），这首诗显示了罗特克对水循环的持续着迷。“循环”甚至可以说展示了对生态原理的基本理解，因为它描述了一个过程的相互关联的方面。但是早期的诗作和后来篇章的区别主要是个人认同的缺失。在《玫瑰》中，范围大大扩大，因为人类只是众多生物和元素中的一种。在开篇部分，这个过程就开始了：

我在自己之外摇摆，
进入黑暗的水流，
掉进了一小块浮木里，
海水打着旋儿流过小小的海岬。（*The Collected Poems*，202）

与水的融合，换句话说，就是这个序列的最终融合。在最后一节中，介词“with”再次被用来表示聚集性：“我住在岩石中，它们的杂草，/它们那膜状的绿色边缘，它们粗糙的/边缘，它们的洞”（*The Collected Poems*，205）等等，循环结束；“我”离开了开篇的城市荒地，在自然世界中取得了平衡，河流被排入海洋，达到了和谐。

也许这种与非人类融合的欲望背后的关键经验从未被罗特克完全公开地表达出来，直到在罗特克去世前不久的一次采访。艾伦·西格尔（Allan Seager）在他关于罗特克的传记中提到了这件事，但他的评论只是基于这位诗人简短而神秘的引文，他称之为“尼金斯基的秘密”（*The Secret of Nijinsky*），以及罗特克的同事和朋友所能记得的东西。西格尔建议从尼金斯基的日记中找到一段话作为启发性的参考来源。但在1963年的电影评论中，罗特克揭示了更多：“也就是说，你超越了自己，这不是纯粹的疲惫……而是再次成为整个宇宙一部分的感觉。”这些停顿表明罗特克在表达自己的经历时遇到了困难。在采访之后的几行话中，他说：“但这是我经历过的最深刻、最深刻的经历之一。伴随而来的是一种真正的性兴奋和这种巨大的实际力量的感觉。”在这之后不久：最终在我身上发生的，嗯，一件事……你会有一种奇怪的感觉，觉得自己“真的被变成了一只动物”。我的意思是，你开始幻想，拥有像狮子一样的力量（*Theodore Roethke Speak*，18-19）。

简而言之，与非人类融合意味着挖掘原始力量的源泉，真正参与到渗透自然，但已在文明中消失的宇宙生命起源。

如果我们探究罗特克在这个序列中对明喻的使用，我们会发现它也经常将动物、植物或元素的特质融入主人公的精神维度中。在《渴望》中，“我”说出了他的梦想，那是一种纯粹超越的状态，“我超越了月亮，/像蓓蕾一样赤裸，像虫子一样赤裸”（*The Collected Poems*，188）。在这一组图像中，“赤裸的”暗示着天真和脆弱，而“花蕾”唤起了发展成为整个序列的关键象征之一——玫瑰的可能性。在《远方的田野》（*The Far Field*）的开篇几行，他描绘了自己走向死亡和神秘结合的旅程：“我反复梦见旅行：/像蝙蝠一样飞进狭窄的隧道。”（*The Collected Poems*，199）后来在同一首诗中，精神前进的感觉被比作河水的加速：

> 我感觉到一种失重的变化，一种前进的感觉
> 如流水变快前河道变窄
> 当两岸汇聚，宽阔的河流泛白（*The Collected Poems*，200）

正如我们所看到的，罗特克运用的与精神运动过程相结合的图像，主要来自自然世界。但值得注意的是，最终选择用来描述精神运动的图像，《玫瑰》（*The Collected Poems*，203）中帆船的比喻，并不是来自自然。船的运动在海风的柔和流动中是一种轻松，与其他人造的前进方式，汽车，将在后面详细讨论。帆船也暗示了一种生态理想：与自然的力量和谐共处，而不是试图用机器征服它们。

与自然世界相关的隐喻反复地将叙述者的心理构成与不同的动物、植物和水联系起来。读者在这个序列的最后所得到的累积印象是肯定人与自然的最终同一性。

这首诗的第一部分《渴望》中，停滞不前的精神与更低的、受束缚的生命相一致：

> 精神无法继续前进，
> 但会缩成半衰期，比它本身还短，
> 落下来，鼻涕虫，散虫，

准备好应付任何缝隙，
一个没有眼睛的凝视者。(*The Collected Poems*, 187)

最初将精神与地面上的生物区分开来，增强了物质不断变化的感觉。在《渴望》的下一部分中，“我”从植物的角度定义了他的存在状态：“在这种程度上，我是一株茎。/——多么自由；多么孤独”(*The Collected Poems*, 188)。对植物中间部分的认同，暗示着一种不完整的过程，一种处于事物中间的感觉，一种含蓄的承诺，预示着花蕾和花朵还会继续生长。在《牡蛎河的冥想》的最后一部分，“我”的精神和水之间建立了一个清晰的联系，这两者之间有一种融合：“水是我的意志，也是我的方式，/精神断断续续地运行，/在小波浪中进出。”(*The Collected Poems*, 191-92) 最后，在《玫瑰》(*The Rose*) 中，主角通过在自己的外部摇摆，“融入黑暗的洪流中”，实现了一种神秘的融合，一切都发生了变化：

我是在这里戴过鸟冠吗？
在岩石的远端
光在增强，
下面，不知从哪里冒出来的薄雾，
第一场雨落下来了吗？(*The Collected Poems*, 202)

在这里，“鸟的王冠”的意象唤起了一种超越，而增强的光线加强了体验的神秘本质。“无奇不有的薄雾”和“第一场雨”的创作，将个人到宇宙的精神循环与水的循环联系起来，再次呼应了早期的诗作《循环》。

在《北美序列》中有几个扩展的隐喻，它们将对地点或过程的更大的、现实的描述与叙述者的内心现实联系起来，并在连接形成时呈现出象征性的维度。与其他从自然中定义自我的策略相一致，这些扩展的隐喻主要是关于自然世界的，强调了人类对牡蛎河冥想的自然亲近感，例如，使用了反复出现的河流意象：

或者是在冬春之间的 Tittebawasee，
当冰在午后沿边缘融化的时候。
由于下面的压力过大，中间通道开始破裂和隆起，
冰堆得很高，顶着铁箍的木桩，
闪闪发光，又冷又硬，在午夜吱吱作响——
我渴望炸药的爆炸。（*The Collected Poems*，191）

由于对场景的现实主义给予了详细的关注，并且没有给出对渴望“爆炸的炸药”的具体解释，人们必须在贯穿整个序列的相似的、反复出现的模式的背景中阅读它。在整个序列中至少有 12 个不同的关于河流或河口的引用，表明了这条河流的特殊意义。我们也看到，“我”渴望成为一条溪流，躺在河里，转世来到他身边（*The Collected Poems*，200）。河口的声明意义，也表明河流和海洋之间的最终融合是至关重要的。“但在这个地域，海洋和淡水相遇，/是重要的”（*The Collected Poems*，202）。换句话说，这个隐喻延伸到一个复杂的联想中。

整个序列也以“我”和包含玫瑰的海景神秘统一的音符结束。“我”与外在的自然世界之间不再有任何真正的区别；个体和宇宙融合在一个共同的存在状态中。在这一点上，这种认同是如此完整，以致他认为自己是“在夜晚的过程中”，它是意识外延的最终实现：

我为自己的本色而高兴：
在淡紫色的变化中，白色爬虫般的平静，
在树枝后面的鸟，唯一的一只，
在飞的时候用整个天空来欢迎他，
海豚从黑暗的海浪中升起；
在这朵玫瑰中，这朵玫瑰在海风中，
根植于石头，保持着整个光明，
聚集了声音和寂静——
我的和海风的。（*The Collected Poems*，205）

（二）现代文明是对自然和人类的威胁

杰伊·帕里尼（Jay Parini）在他的《西奥多·罗特克：一个美国浪漫主义者》（*Theodore Roethke: An American Romantic*）一书中表明罗特克的基本观点是一个美国浪漫主义者的观点，牢固地植根于超验主义的传统。所以当我们看他把有关技术的意象作为现代文明的象征处理时，我们必须按照传统来做。尽管如此，如果人们可以概括并声称罗特克的作品把所有技术都描绘成坏的东西，这是误解了他的立场。很明显，它并没有表现出黑白分明的划分。在这种情况下，重要的似乎是明确或含蓄地减少对技术的重视。在讨论托马斯·卡莱尔（Thomas Carlyle）关于现代技术意义的一篇早期文章时，利奥·马克思（Leo Mark）定义了一种浪漫主义的观点，这种观点也适用于罗特克：

> 那么，我们很可能会问，他攻击新工业秩序的理由何在？如果他接受了机器技术的价值，如果他相信没有回头路，为什么他会有这种敌意？在某种程度上，他的答案在于他恪守传统的人道主义理念，即人类生活应保持适当的平衡。我们说男人们的大脑和机械都变得机械了，实际在说他们高估了生活中那些可以计算和运算的方面。出于同样的原因，他们忽视了整个自发的、富于想象力的领域——所有这些都来自心灵的内在源泉：人类最原始的、未经修饰的力量和能量，爱、恐惧、惊奇、热情、诗歌、宗教的神秘源泉，所有这些都具有真正的生机和无限的特性……卡莱尔把这个被忽视的领域（机械的对立面）称为动力的领域，他的整个论点最终可以说是建立在这样一个命题上："只有在两者的正确协调和两者的有力推进中，我们的真正行动路线才会存在。"（175）

罗特克对人类生活的适当平衡的传统人文主义理念有着相同的"承诺"，我们既可以理解整个"北美序列"的运动，也可以理解文本中的具体引用。罗特克经历了这种不平衡的分裂，这一点在他临死前不久的一段话中也很清楚："这种欲望是酒鬼、圣人、神秘主义者以各种方式所渴望的：一种纯洁，一种最终的纯真——这句话是斯宾德先生说的。我认为我们美国人对此非常渴望。然而，我们仍在继续迷恋事物，我们被垃圾、丑陋的东西包围着，在一个致力于浪费的经济中不断重复着。"（1965：19-20）为了回应现代社会对机器的过度强调，必须发展一种环境伦理的意识，这也是《觉醒》（*The Waking*）这首诗的一个重要主题，诗中有这样几行："上帝保佑大地！我将轻轻地走到那里，在我必须去的地域学习。"（*The Collected Poems*，108）

在《渴望》（*The Longing*）中，在序列的开篇部分，痛苦、快乐的缺失、疲惫的灵魂、停滞的精神都与现代、城市环境联系在一起。叙述者迅速指出了中心问题："如何超越这种感官的空虚？"（*The Collected Poems*，187）。文章中的意象反映了寻找者生存状态的一个低点，那里似乎没有任何东西在移动，大多数事物看起来都令人不快，甚至令人厌恶。在这个序列的最后一部分可以找到相反的观点，超自然的运动是可能的，快乐地庆祝自然界的整体性，由此确立了现代文明与自然之间的基本对立，可以说该序列的尝试之一就是架起一座从文明到自然的桥梁。

在整个序列中，有几处或多或少明确提到了与自然世界的破坏有关的现代技术文明的象征。由于精神上的完成只能在自然中实现，因为它与我们的内在本性是一致的，所以保护自然就变得至关重要。否则，我们自己也会失去一些东西。罗特克在 1953 年的 BBC 广播中回忆了他童年的记忆，他提到自己能接触到父亲的温室和原始的密歇根森林土地是一件非常罕见和特别的事情："这是一个让孩子在里面和周围长大的一片地域。镇上不仅有 25 英亩田地，大多数是在玻璃和强烈的栽培下，但是在更远的地域萨吉诺山谷有最后一片未开垦的森林，而在其他地域，我父亲和叔叔把砍伐来的次生木做成了一个小的狩猎保护区。"（Mills，8）

在早期的大学论文《一些自我分析》（*Some Self-Analysis*）中，

他不仅揭示了对自然的热爱，也揭示了他对荒野保护发言人的认识：“我对自然有一种真正的爱。它没有受到丝毫的影响，但却是我生命中不可分割的、强大的一部分。我知道库珀是个骗子——他没有给人一种真正的美国风光的崇高感。我知道缪尔、梭罗和巴勒斯说的是真话。”（Mills, 4）通过这种敏感性，我们可以推断出对自然生命的破坏是对他影响最深的事情。早在诗集《走失的儿子与其他诗篇》（*The Lost Son and Other Poems* 1948）中《采苔》（*Moss-Gathering*）一诗中就明确表达了这种感觉：

> 但每当我挖开那些绿色的地毯，
> 或者陷进了沼泽里松软的淡黄色苔藓里：
> 之后我总是觉得自己很卑鄙，慢跑着穿过伐木公路，
> 仿佛我破坏了那片沼泽地的自然秩序；
> 扰乱了一些古老而重要的节奏，
> 从活生生的星球上撕下肉来；
> 仿佛我违背了整个生活的计划，做了一件亵渎的事。
> （*The Collected Poems*, 40）

牢记这一点，罗特克将花园里的机器视为“自然秩序的破坏者”也就不足为奇了。

尽管这显然不是罗特克作品的中心主题，但有两首诗很快浮现在脑海中。早期的诗《高速公路：密歇根》（*Highway*：*Michigan*）没有主要地把汽车描绘成对自然的威胁（即使汽车与自然的对立通过叙述者的轨迹被唤起），而是把它描绘成对人类有危险的陷阱。另一首相对较早的诗《长巷》（*The Long Alley*）以一幅河流污染的景象开篇，这幅景象与工业废弃地有关：

> 一条河流从草地中流过，河流或蛇。
> 鱼腹部向上漂浮，
> 滑过白色的水流，
> 慢慢地转弯，

缓慢地。(*The Collected Poems*, 59)

在这里，破坏力是与工业主义本身联系在一起的。然后，当我们转向《北美序列》(*North American Sequence*) 中的诗歌时，我们会更敏锐地将机器视为一种象征。例如，对汽车挥之不去的矛盾心理最终转化为对它的排斥。在《在牡蛎河冥想》(*Meditation at Oyster River*) 一诗中，汽车带来了相当负面的联想："死亡的脸重新抬头，/在羞涩的野兽中间，在盐碱地的鹿，/那头斜肩迈着大步穿过公路的母鹿。"(*The Collected Poems*, 190) 鹿的"死亡脸"存在于"大步穿过高架公路"的鹿被汽车撞倒的可能性中。

在《内陆之旅》(*Journey to the Interior*) 中，叙述者承认自己被超速行驶的汽车所吸引：

我还记得在碎石路上开车的感觉，
小心危险的下坡地域，轮子发出呜呜声，
八十年以后，
当你碰到洼地底部的深坑时，
诀窍是把汽车驶向一边，然后全速冲过山坡，
踩油门，
在狭窄的道路上碾来碾去，吐着痰，咆哮着。
(*The Collected Poems*, 193)

他也承认危险，但不得不开车，因为道路是他的一部分。汽车和道路之间有一个重要的区别；不是汽车或速度是他的一部分，而是道路和运动的可能性。下面是一座古老的桥，有一个弯曲的铁栏杆被某个白痴活塞弄坏了：

下面，缓慢的水流在杂草之间流动，
破碎的车轮，轮胎，石头。
一切都过去了——
在大草原中央有两棵被矮树环绕的墓地，

死蛇、死麝鼠和死龟在碎石中喘气。
(*The Collected Poems*, 194)

然而，在这一点上，汽车开始造成破坏和道路死亡事件，它的意象变得不那么积极正面。还有一种隐含的意识，即快速、鲁莽的驾驶，失去控制的机器，等于“白痴的活塞”。事实上，墓园被包含在这些图像的语境中，甚至可能是与汽车有关的死亡纪念。

在前面提到的《远方的田野》(*The Far Field*) 一段中，汽车行驶到了最后的终点：

我多次梦见旅行：
独自驾车，不带行李，走出长半岛，
路边的次生树被雪覆盖，
路面由光滑的柏油变成碎石，
最后在一片无望的沙坑中结束，
汽车在那里熄火，
在雪堆中翻腾，
直到车头灯变暗。(*The Collected Poems*, 199)

最后一段里的气氛是黑暗的，里面有一辆车，它停滞不前，意识消失（用双关语“车头灯变暗”表达），还有雪和冬天。汽车设法把叙述者带了回去，但没有带得足够远。显然，汽车以及它所代表的事物，并不足以让叙述者从城市的异化走向与自然的结合。尽管如此，在“白雪覆盖的次生树”的意象中，还是有一种微妙的对比。“我们意识到，以前也有其他机器在这里砍伐树木，这就把道路与开发荒野联系起来，就像我们将看到的，铁路和杀死野牛一样。但是，随着自然周期在整个序列中被确认，自然已经再生为次生林，自然的循环方面被重新强调。”

在《远方的田野》后面部分，现代技术的浪费被用来对比自然回收，“离不断变化的花堆不远，/在锡罐，轮胎，生锈的管道，破损的机械之间，/一个人懂得了永恒（*The Collected Poems*, 199)，文明的垃圾揭示了生物的永恒循环。

在文本中，另一个死亡使者的象征体现在机器割草机上：

> 我为被夹在割草机里的小鸟和小兔子而痛苦，
> 我的悲痛并不过分。
> 为了在五月初见到林莺，
> 就要去忘记时间和死亡。
> （*The Collected Poems*，199）

“割草机”既暗示了古老欧洲死亡的象征即当代版本的手持镰刀的人（或人体骨骼），也暗示了花园里的机器。在这里，它被清晰地描绘成一个致命的入侵者。如我们所见，与超越有关的鸟类和暗示生命正在生长的“小兔子”都是被割草机杀死的。事实上，叙述者并没有被这些死亡所淹没（“我的悲伤不是过度的”）。当然，这与他将死亡视为向新生命转变的观点有关。

在这个序列的最后一首诗《玫瑰》（*The Rose*）中，还有一台机器在穿越北美途中的最终画面：

> 或者是黎明前的寂寞时光，
> 当缓慢的货物沿着荒芜的山坡边缘疾驰时，
> 风试着树的形状，
> 当月亮徘徊时。（*The Collected Poems*，204）

“慢货运”唤起汽车在花园里的传统形象，在这里，花园已经被“蹂躏”，大部分树木被砍伐了。远处的破坏更加强大，因为风试着接近“树的形状”：这棵树也要砍掉吗？夜间设定的死亡召唤显然与叙述者有关，但也暗示了我们的现代文明正身处一个黑暗的时代，破坏和不尊重自然环境。另一方面，黎明意味着希望，带着某种乐观的情绪。在《渴望》（*The Longing*）的结尾，罗特克用西部水牛几乎完全灭绝的例子来唤起“致力于浪费”的不断扩张的物质经济对自然的威胁。破坏的威力是如此巨大以至于叙述者仍然可以从身体上感知到：

在达科他州顽固的人，那里老鹰吃得很好，
在这个少有湖泊的国家，高大的水牛草
在黏土山丘底部，
在炎炎夏日，我能闻到死水牛的味道，
它们潮湿的皮毛在阳光下干燥散发出恶臭，
干牛粪被晒干。
（*The Collected Poems*, 188-189）

这并不是一些评论家认为的来自当代的意象，而是更有可能来自19世纪60年代和70年代，当时大量的美洲野牛被灭绝。

罗特克着重讲述了在猎杀水牛时期人们所熟知的一个方面：腐烂尸体散发出的令人难以置信的恶臭。例如，一位名叫理查德·欧文·道奇（Richard Irving Dodge）的上校于1873年从他在堪萨斯州的陆军驻地报告说，“前一年还有无数水牛的地域，现在却尸体遍地。空气中弥漫着令人作呕的恶臭，仅仅在短短一年以前还到处是动物的广阔平原，现在已经变成了死亡的、孤独的、腐烂的沙漠”。（McHugh, 274）当然，那是在所谓的“藏人”狩猎的高峰时期，他们猎杀野牛只是为了得到它的皮，但甚至在更早的时候，从移动的火车上猎杀野牛已成为普遍的做法。而且，正如汤姆·麦克休（Tom McHugh）所指出的：“大多数受害者都被留在了铁轨旁，任其腐烂。”（249）火车只是偶尔停下来，让人们把尸体装到行李车上。在短短三年的时间里，死亡水牛的总数超过四百万。在《渴望》（*The Longing*）中，死水牛的气味，换句话说，象征着对自然野生动物的不计后果和不尊重的大规模破坏，其主要原因是众所周知的闯入花园的铁马。因此，这段简短的诗篇作为扩张中的美国文化的生态破坏方面的象征而具有重要意义。因此，《渴望》很合适地拒绝了以火车为象征的西方的物质剥削，而回应了T. S. 艾略特在《东科克》（*East Coker*）中的台词：

老年人应该是探险者？
我将成为一个印第安人。

奥加拉拉吗？
易洛魁人。(*The Collected Poems*, 189)

叙述者站在印第安人一边，既表明了对艾略特的《东科克》(*East Coker*) 结论的否定，也表明叙述者的探索将沿着印第安人的道路进行。由于艾略特暗示的探索是一种精神上的探索，“我”的选择可以被理解为一种印第安人精神的探索，它涉及在大自然中寻找一个盟友。

从更广泛的意义上说，这是对更广泛的美国土著价值观体系的肯定。在他生命的最后几年里，罗特克对印第安人的文化和命运越来越感兴趣。据他的朋友、传记作家艾伦·西格（Allan Seager）说，他甚至打算写一首关于他们的长诗。艾伦·西格还提到了一个例子，揭示了罗特克对印第安人的尊重不仅仅是为一首长诗提供了主题框架："……当他拜访西雅图酋长的坟墓时，他跪在草地上，认真地做了这件事。”此外，在即将成为西雅图市的土地被割让之际，西雅图酋长发表了一篇著名的演讲，这似乎不仅仅是巧合。演讲的最后部分实际上可以作为《北美序列》的座右铭：当最后一个美洲印第安人死亡，对部落的记忆已经在白人中成为一个神话。这些海岸将充斥着我们部落中无形的死者。当你的孩子的孩子认为他们自己在田野、商店、公路上，或在寂静的没有路的树林中，他们不会孤单。在整个地球上，没有一个地域是属于孤独的。在夜晚，当你的城市和村庄的街道寂静无声，你认为他们被遗弃了，他们会和归来的主人挤在一起，仍然爱这美丽的土地。“让他公正、仁慈地对待我的子民，因为死者并不是无能为力的。死了，我说了吗？没有死亡，只有改变世界。”(Bagley, 255)

印第安人将死亡看作“世界的变化”。当然，这是《北美序列》的核心。此外，罗特克认识到，西雅图酋长预测到，那种罪恶感将会因为对印第安人的所作所为而在美国人的良心上挥之不去。但是更重要的是，一个人也必须认识到另一层罪责，在西方文明的两百多年里，与美国原住民对土地的和谐管理相比，美洲大陆的各种生态系统遭到日积月累的破坏。

在这方面，罗特克向印第安人寻求灵感和一种减轻负罪感的方法也就不足为奇了。艾伦·西格（Allan Seager）也非常明确地表达了诗人多方面的内疚。例如，西格尔指出，“一系列严肃的诗歌，以一首长长的挽歌开始，它将通过暗示性和高度紧张的象征性语言表达我们美国人，作为一个民族，对我们在历史和时代上所犯的错误和罪行感到的内疚。换句话说，我相信，在历史面前，我们理应谦卑。”（257）这是另一个信号，人们应该把《北美序列》解读为试图与征服自然的传统态度和平相处，而不是寻找一种与印第安人所展示的平行的和谐方式。

二、理查德·雨果

理查德·雨果（Richard Hugo），原名理查德·霍根（Richard Hogan），美国诗人。雨果是一位地域主义者，他的作品主要反映了西北地区尤其是蒙大拿地区的经济萧条状况。他于1923年12月21日出生于西雅图郊区华盛顿的怀特中心。他的父亲理查德·富兰克林·霍根在雨果出生后不久就离开了这个家庭，雨果是由他外祖父母养大的。他上的公立学校，从小就对看书、钓鱼和棒球感兴趣。1942年，他通过法律程序正式将自己的姓改为雨果，随他的继父姓。他自愿参加第二次世界大战，在那里他在地中海执行轰炸任务，共执行了35次作战任务，并在1945年退役前成为中尉。雨果和其他二战时期的诗人如詹姆斯·迪基和兰德尔·贾雷尔一样，他后来也将自己的作战经历记述到他的诗歌当中。

二战后，雨果进入华盛顿大学，主修创作。他与罗特克一起学习，1948年获得学士学位，1952年获得硕士学位。1952年，他与芭芭拉·威廉姆斯（Barbara Williams）结婚，开始为波音公司做技术撰稿人，在那里工作了近13年。在此期间，雨果对诗歌始终保持着浓厚的兴趣。他的第一本诗集《杰克》在1961年出版。那时雨果已经

37 岁了。此后不久，他开始在蒙大拿大学教英语和写作。他的妻子 1964 年回到西雅图，之后两人很快就离婚了。此后，他又出版了五本诗集，一本回忆录，一本备受推崇的关于写作的书，还有一本悬疑小说。他死后的诗集《诗歌集》确定了这一点，表明他的诗歌中经常出现鲜明、华丽的自然意象，与他自己的沮丧、孤独和酗酒形象形成鲜明对比。虽然他的诗几乎都是用自由诗写的，但他的诗有强烈的节奏感，常常与抑扬格的韵律呼应。他还写了大量非正式的书信诗歌，当时这种形式并不流行。

雨果虽然在蒙大拿大学任教十八年之久，但是他的诗歌却与学院派无缘，在作品中经常赞美废弃的城镇、风景和太平洋西北部的人们。他曾说：如果只让我说学院派评论家的一点不是之处，那么我要说：他们不相信自己的直接感受，他们觉得如果一种感受不能从学术上加以论证，那么就没有合法性。而雨果诗歌中的主题对象主要是太平洋西北岸的风土人情，他尤其擅长写鱼类、牧场以及荒弃的村镇等。他曾说，一个诗人要想写一首真正的诗，就不应该以人们通常认为应该用诗表现的事物为主题对象。他一生共出版十多部诗集，另有论文集与小说；曾两度被提名国家图书奖和普利策奖。他死后出版的《确保其生生不息：理查·休果诗歌全编》（*Making Certain it Goes On: The Collected Poems of Richard Hugo*）收集了已出的单行本诗集以及未收集出版的新诗。

雨果的《真正的西方边缘方式》是一本散文集，通常是自传性质的，详细描述了他的童年、服役经历、诗学以及教学。

在他最著名和经常选的诗歌中，有一首是《菲利斯堡镇不同程度的灰色》（*Degrees of Gray in Phillipsburg*），他开篇写道："你可能会一时兴起来到这里/说你的生活崩溃了。你最后一次亲吻是在多年前。" 1974 年，雨果娶了里普利·图拉姆·汉森（Ripley Schemm Hansen），并协助抚养她的孩子马修和梅丽莎。1977 年，他担任耶鲁青年诗人系列的编辑。他最著名的作品有《卜波辛酒馆之死》（1965）、意大利语版的《祝你好运》（1969）、《你最爱的》（1975）、《依然是美国》

(1975)、《31 封信》(1977) 和《13 个梦想》(1977) 以及《斯凯的疯狂》(1980)。他还写了一本关于创意写作的小而有影响力的书——《触发小镇》。在其他建议中，他建议诗人不要写任何应该写在诗里的东西。

1964 年，雨果也被收录进了一本颇具影响力的诗集《太平洋西北部的五位诗人》(*Five Poets of the Pacific Northwest*)。第二年，他的第二部诗集《卡珀辛酒馆之死》(*Death of the Kapowsin Tavern*) 出版了。1966 年，他获得了西北作家奖的荣誉。在接下来的两年之中，洛克菲勒基金会一直为他资助创意写作基金。

雨果的诗集《使它继续下去》(*Making Certain It Goes On*) 于 1984 年出版。

> 假设如果任何一个地区能够持续地在我心中引发诗歌创作，那就是西北地区。换句话说，如果我害怕某一天写不出东西，我周遭的风景不再能提供我灵感，我会选择住在西北，因为那里失败的可能性比其他地域要小。(*Letter from Hugo*, 1980)

对于像理查德·雨果这样的诗人来说，风景和诗歌几乎是可以互换的。前者定义了后者，或者用雨果的话说，前者引发了“诗歌需要的复杂心理反应”。对雨果来说，太平洋西北岸是产生灵感的地域，是最接近他想象来源的地域——无论是他年轻时的西雅图，还是成年时的蒙大拿州，甚至是他对遥远的意大利或苏格兰的斯凯岛的长期访问。相比之下，大卫·瓦格纳和威廉·斯塔福德在各自事业中“发现”太平洋西北地区的时间相对较晚——那时 1954 年瓦格纳接受了华盛顿大学的工作，而 1957 年斯塔福德从圣何塞州立大学转至刘易斯和克拉克大学。辛格 (I. B. Singer) 曾经说过，所有敏感的人在这个世界上都会感到不舒服，但我认为作家对这种疾病的感受更敏锐。不管这位作家是在纽约市的街道上，还是在堪萨斯的农场里，或是在西雅图的华盛顿湖畔长大，这都是事实。但话虽如此，一个人的独特景观——它的节奏和词汇，它的公共价值和私人私语——提供了艺术创作的具体细节。在雨果的案例中，西北是一个巨大的宣传板，他可以在上面进行身份的探索。正如他在去世前不到一年的一次采访中所说，“……我写作时总是喜欢选择偏僻的外国环境。例如，在意大利，我住在相对偏远的南部，而在大不列颠，我选择了苏格兰的西部岛屿，即使是在 1968 年住在伦敦的时候，我通常会去外地写诗，比如西爱尔兰或康沃尔……当我写作时，我喜欢感觉自己仅仅是文明的一部分。”

在一部名为《黑暗时期》（*In a Dark Time*，1964）的纪录片中，西奥多·罗特克在谈到他在密歇根州萨吉诺的童年时是这样描述的：“沼泽，泥潭，总是在那里——直接而可怕。这是一个训练灵魂的好地域，这是美国。”但总有一种感觉是，自称“快乐诗人”的罗特克过分强调自己心灵健康、爱国的一面。像雨果一样，他寻找边缘，边缘的地域。在罗特克的作品中，有这样一句话：“那是岩石间的地域——是一个洞穴，还是一条蜿蜒的小路？边缘是我所拥有的。”此句说出了一个比曾经流行的术语“异化”更深层的真理（《黑暗时期》）。毫无疑问，如果没有罗特克的帮助，雨果就会变得“边缘化”。他对童年的理解，就像一个 9 岁的孩子那样，很早就知道他是世界上“被遗弃”的人之一。他是由严厉无情的祖父母抚养长大的，像他一样，跌跌撞撞地走上想象与自由的道路，这既是作家存在的理由，也是他的力量——上帝赐予他的财富。后来，罗特克在训练和形式上，在技术和控制上都增加了一些要求很高的课程，但是有人怀疑雨果会自己找到这些课程。毕竟，他很早以前就发生过：

> 我祖父在西雅图煤气厂的工作是一份卑微的工作，他的工作时间与他和祖母的工作时间相吻合。独自一人，又不敢玩收音机，担心这会吵到住在小房子里的祖父母，无事可做，只能自娱自乐，要么画画，要么在纸上写东西，你可以把它定义为写作。我的艺术作品没有承诺，所以我坚持写着。在许多方面，这是一个美好的世界，就像作家所希望的那样美好。
>
> （*AWP Newsletter*，1980：1）

在雨果的作品中，“坚持”意味着在他没有被正式雇佣为波音飞机“技术作家”的时候一直在写诗。在那个年轻诗人，无论成名与否，都是在学院里成长的年代，从 1948 年的文学硕士学位到 1964 年的第一个教学职位，这段漫长的岁月对雨果来说未尝不是一件幸事。如果波音飞机在那些年里确实在开发它现在著名的 700 系列飞机，那么西雅图仍然被认为是一个闭塞的小镇。雨果在西北世界中找到了他写作需要的意境和主题，找到了一种特殊的“声音”。

他的第一部作品《鲑鱼洄游》（*The Run of Jacks*，1961）游离在两种痴迷之间：那种只有在艺术中才能驱除的、一直萦绕心中的游魂；和循环往复、生命所需、让鱼儿自由跳跃的水的运动。这首诗的标题《鲑鱼洄游》很明显是指海洋里的虹鳟鲑鱼，杰克是一条不成熟但性早熟的鲑鱼，产卵的雄性不得不经历极端的生理转变，其生命的行动，随着雌性用尽最后一丝力气，产卵受精，然后死去。这一过程所经历的艰辛，都刻在每一条到达终点的鱼的身上。满身斑驳，龇牙咧嘴，这种鱼为自己选择了一个悲壮的落幕方式。

《鳟鱼》（*Trout*）这首诗的叙述者在一首关于如何认识鱼的诗中写道：

> 我用硬水来验证它的皮肤，
> 他行动敏捷，却像淤泥一样。
> 我羡慕那些看见他弯曲的梦，
> 银的杂草。
> 他和某些石头混在一起。
> 当夜晚把天花板拉紧时，
> 他从背后扑向虫子。

《鳟鱼》是一首充满矛盾和悖论的诗歌。例如，在第一行，像“quick”和“silt”这样的词起着类似韵脚的作用，迫使我们在一张图片中对速度有着截然不同的概念。我们不禁要问，这条鳟鱼怎么能像“淤泥”一样又快又懒呢？准确地说，是诗人和鱼之间的关系，演讲者和观众之间的关系吗？毫无疑问，被精心描述的这条鱼是作者在心理上的延伸，就像在海明威的《双心河》（*Big Two-Hearted River*）中，尼克亚当斯（Nick Adams）对平静悬挂的鳟鱼的描述，他的心理状态告诉了我们很多。

但也有重要的区别。不管雨果和海明威之间有多少背离，这是一首关于感情的诗，关于共同的条件。它的意象有明显的性暗示——暗示着一个世界，在这个世界里，纯真付出了沉重的代价，孕育和死亡是密不可分的——这是真实的。但雨果的诗，不像海明威的故事，并不是描写一个局外人的作品。

> 我盯着钢牙
> 去认识他，在他那汹涌澎湃的大海中
> 为了麻醉他的事实，给他的鳍编目录
> 用翅膀和手臂，漂白黑色
> 在我第一次看到它的背面，我勾勒出了它的叫声
> 这使他迂回前行到被人遗忘的水芹之中（3）

我认为这里关键词是“框架”，努力用艺术的顺序原则来框住这幅自然的画布。从这个意义上说，与其说是效仿海明威的作品，倒不如说是浪漫主义者对鸟的无言之歌（如济慈的《夜莺颂》）或风之音乐（如雪莱的《西风颂》）的痴迷。

相比之下，像《吉诺故居》（*Back of Gino's Place*）或《1614 博伦》（1614 *Boren*）这样的诗则是对已废弃的荒凉之地的研究，雨果称之为是对“其他存在方式”的沉思：

> ……不是唯有贫困
> 还有其他的存在方式
> 使用基本热量：木材带进来
> 在那咆哮的大海旁
> 富裕的船只驶向新粉刷的港口
> （*Back of Gino's Place*，18）

因为雨果的叙述者总是被那些荒凉和废弃的场景所吸引，所以很容易用一个简单的词来形容：异化。看一下《吉诺故居》的开头几行是这样写的：

大多数人忽视了这条路，混凝土被撕裂
弯腰驼背，紫色箱卡
在风中烘焙或在阳光下
直接成为黄铜（18）

“忽视”不仅是一个恰当的名词来描述诗歌展开的场景，也是一个动词，最接近于识别那些躲避这些地域的人。“他（叙述者）来这里是对的。”因为只有在这里，人们才能看到风或太阳“直接像铜一样”，只有在这里，人们才能成为一个“像泥土和木头一样不那么引人注目的灵魂”，让自己变成“白天的颜色”。

如果说雨果倾向于用浪漫主义的笔触来描写自然，那么当谈到城市的肮脏时，他就是一个意志坚强的现实主义者。在《1614 博伦》（1614 *Boren*）中，雨果漫步在废墟中，提出问题，并认真、毫不妥协地写道：

为什么 5 号房间和 7 号房间不能做饭？
即使在当时，这些肮脏的房间也是肮脏的，
厕所安装时很古老，
那灯光总是很微弱，很单调，
就像现在，或者是一个光秃秃的灯泡。（40）

冷酷的侦探小说不可能更有效地描绘这一场景，也不可能有更大程度的超然。然而，前面的一个诗节提到了一幅不协调的画：“这幅画是什么意思，挂在最好的房间里，也许是和平。”“诚然，这幅肖像算不上什么高雅艺术（在这幅画中，一所房子一半被白杨树、柳树和当时用过的黄藤蔓遮住了），但它还是充分说明了人类对艺术的需求。”这是雨果在《1614 博伦》中对荷兰场景的拙劣素描。但这也是一种了解想象力的力量和需求的方式，雨果继续思考这个主题：

但是，在哪里？荷兰
也许，荷兰有运河。
它们是被天空漂白了，还是被烤焦了
被侵略者的枪弄成灰白色？
它可能不存在。这只是素描家一时的心血来潮。
世界上有毒药，世界上有精子
水看起来像水，不像牛奶
或棉花高速公路。
一个在陈旧的房间里流汗多年的男人
可能楼上的那个人，把照片留在这里，
他是故意的，当他搬走的时候，他相信
那是他真正要离开的地域。

诗人坚持“水看起来像水”，而不是说它像牛奶或棉花高速公路，是为了明确地站在现实主义者一边。事实上，这句话带有宣言的光环，就好像雨果一开始就清楚地表明，真正的诗歌意境的表达不需要其他任何东西。然而，推测这幅画的主人（从“有机会”开始）是引入程度不同而不是种类不同的幻想。从本质上来说，他们有什么不同呢？一个人想象着那个人汗流浃背地工作了很多年？在《邻居》（*Neighbor*）一诗中，这种认同的形式是雨果描述一个喝醉酒的邻居和雨果想象的怀着喜爱和恐惧的自我之间的对话，是对自我的一种延伸：

我承认我嫉妒。我在沙龙白珠树那里找到了他
脸朝下，涂满生菜
我经常带他回家
石头对着雨，而我，和煦欢愉（44）

“沙龙白珠树”是一个值得深思的词。《邻居》中有很多“神秘

之事”（例如，第三节充满了对“好女孩——她叫什么名字?”或这只狗，微笑着喝醉，被打死），但“沙龙白珠树”的风险更大，因为大多数读者可能不熟悉这个词，选择它是为了声明语言，为了声明诗人用有关术语作为他诗歌表达的一部分。正如雨果在《螺栓和螺母》中所说：

> 使用任何属于你自己的名词，即使它只有当地的用法。“沙龙白珠树”是生长在太平洋西北部的一种灌木的名字。这个词经常在字典里找不到，但我从记事起就知道这个词了。当我第一次在诗歌中使用它的时候，我不得不和华盛顿大学植物学系去确认它的拼写。这是一个词，是属于我的词。这很让人觉得骄傲，不是吗？但很必要。不要害怕感情用事的言辞。如果你没有足够的爱去拥有几个属于自己的词，要写一首好诗，你得非常聪明才行。

“风”“岩石”“溪流”和“灰色”是雨果的诗中反复出现的词，不可否认，它们没有“沙龙白珠树”那么奇异。粗略地说，他不断扩大的精神识别网络也是如此。如果《邻居》一诗以一个彬彬有礼、面带微笑的醉汉的形象开头，他掉进了雨果的花园里——毫无疑问，神话评论家会告诉我们，这个形象与《圣经》中的花园和人类堕落后的时代一模一样——那么，这位诗人最终既成了秘密分享者，也成了编年史家：

> 我听说他死了，现在在我的门廊上等着。
> 他一定在他的小屋里。马车要来了
> 带他去他们要去的地域
> 晚期酗酒者，可能被称为农场的尽头。
> 我计划不同意，确信他会被执行
> 从嘴角流下的血。(44)

就像钢头大马哈鱼的诗歌中充斥着水与精子的结合、重生与死亡，这里也存在着融合：血液与微笑、酒精与死亡、嫉妒与谨慎的距离。在一首典型的雨果诗中，叙述者带着亨弗莱·鲍嘉（Humphrey Bogart）那样的鲁莽和狂妄冲了进来，就像莱斯利·霍华德（Leslie Howard）那样响彻全世界。叙述者想知道，“在那朦胧温暖的头脑里”想的是什么？更重要的是，他为什么“嫉妒”他？难道仅仅是因为这个喝醉酒的邻居是世界上被抛弃的人之一，是一个可靠的穷困潦倒的人，他那让人放下戒心的诚实吸引了雨果？也许吧，但我认为有许多排斥的因素和吸引的因素一样多，就像它那克制的多愁善感所掩盖的一样多，就像它那哀歌般的语调所揭示的一样多。

实际上，雨果把他的邻居变成了鬼魂，这种创作手法在他早期的诗中是普遍存在的。在《鬼魂的行为方式》和《鬼魂的消失方式》中，这个女人尤其如此。她是一个坚强、毫不妥协的女性，喜欢在花园里劳作：

> 因为，早在第一个温暖的日子
> 其他人都在等待正式的冬季结束
> 而她的锄头在摇动
> （《鬼魂的行为方式》，50）

雨果的读者们长期以来一直认为，诗中这个女性人物是以他的祖母为模板创作的。在他父亲离家出走，年仅十几岁的母亲无法应对生活中突如其来的变故之后，他的祖母，一个虔诚、严谨的女人把他抚养成人。毫不奇怪，雨果否认了该诗有自传体的关联。一个诗人改变，或者提高文学的事实，当然，和他寻找有趣的词是一样的；雨果从他的《诗歌集》（*Collected Poems*）中省略了这些自传体肖像中最具揭示性的部分（《挖掘是一门艺术》和《另一座坟墓》），指向了另一个真理：诗人经常抗议太多事情。

> 她种了玉米，其余的都留给了
> 各种要素，相信上帝
> 用巨大的水龙头来调节雨水

并保护农作物免受霜冻或外来风的侵袭
（摘自《鬼魂的消失方式》，54）

她既不怕霜冻，也不怕树瘤。此外，她创造了她自己版本的伊甸园：

……地球提供食物
如果劳作和浇水，每年秋天种植
黑麦和绿草。或驱动的野生
保持胡萝卜清洁的蛇
她用锄头宰杀蛇和胡萝卜
她的尖叫声像风中翱翔的海鸟
她的刀——不像现在（54-55）

事实上，这首诗所探究的是鬼魂和叙述者的不同之处。其中一个标志是在第一节末尾引入的“外来的风”，但在诗的最后几行，它却重新出现，变了形：

为什么要试图再次看到云呢
那张尖叫着的脸在裂开之前
来自亚洲的风和恣意的雨

除了对疣的嘲讽（“我鼻子上的记忆或喜剧，”雨果在概述了那个女人偷走她鼻子的步骤后插话），《鬼魂溶解的方式》（*The Way a Ghost Melting*）的作者让自己坚定地消失，几乎“溶解”了自己。这是一首用第三人称写的诗。

第四节则介绍了雨果诗的一个显著特征——“我”。如果他早些时候躲在那些长着疣子的人后面，现在是时候“在双跑上花园了，/我的节奏在清脆的耙子里很明显。”简而言之，“鬼魂溶解的方式”溶解成一首关于诗歌创作的诗。随着鬼魂的消失，雨果的诗意意识填补了真空。

从这个意义上说，最后一行充满了双关语，语言被扭曲成复杂的结构。在一系列的台词中，语气占主导地位，让人无法“忘记语气”：

> 忘了基调，叫邻居的小号
> 黄金逆耳，高举杂草。
> 说当地的动物有阶级
> 或者帮助我说鬼魂已经化作种子（55）

音调，当然，指的是判断和声音。无论是讽刺的低语，还是字面意义上的文字所坚持的。

此外，在一首以园艺为中心隐喻的诗中，鬼魂本身“已经变成了种子”。最后，标题中提到了“溶解”。正如雨果所言，这个女人已经变成了一朵云，就像任何在她蜕变之前的名义上的陈述都是难以置信的一样，是不可避免的。事实证明，上帝并没有阻止她远离 7 号线的“外来风”；更确切地说，她坚持着，就像那张尖叫着的脸在打雷前的样子一样。来自亚洲的风和恣意的雨，在这幅肖像画中，雨果还记得那个女人的尖叫声（不管这些尖叫声是否来自他的祖母），但也有一种好玩的可能性，那就是他巧妙安排的话语，可以用一个笑话化解恐惧。因此，他坚持认为亚洲风会带来一场“恣意妄为”的雨——也许这是一个奇怪的音符，在他的第一本书的结尾，但在后来的书中，它会以更大的自信和更纯粹的虚张声势重新出现。

《鲑鱼洄游》是一部混杂而又令人印象深刻的处女作。正如理查德·霍华德（Richard Howard）所指出的，雨果的第一本书从第一首诗《鳟鱼》开始，以同样的智慧和屈尊俯就的态度，仿佛对人类进行研究的是鱼一样。但雨果知道是鱼，而罗特克式的诗歌模式带给他的则是可以变成严肃的诗歌。如果雨果分享了一些与鲑鱼有关的不成熟之处，他也知道他的“奔跑”是以一种方式来宣布一个特殊的词汇，一个独特的声音，一个触发材料。然而，尽管他探索了生殖和死亡的周期性回报的复杂节奏，他还是倾向于寻找那些证实他深切的边缘感的“边缘”。例如，在《杜瓦米什》（*Duwamish*）中，他发现自己终于承认：

但是冷是一个词。沿着河
没有一个词我能理解，或者能说
不是希腊对无鱼的月亮造成威胁
也不是斯拉夫歌曲，所有的词都是印度语
爱在印度语中代表着水，而疯狂
对雷德曼来说，意味着，我要回家了（46）

在最好情况下，《鲑鱼洄游》能带给人一种希望，那就是他所熟悉的荒凉景象并不是全部，异化也不是当代人类故事的结束语：

那个隐士，隐居在田野拖车里
一个被遗忘的角落里，他也有瞬间——
完美的独奏号角，但他不太擅长
翻腾的大海，紫罗兰和奶油
特别礼物。黄昏5点在床上
他听到屋顶上孩子们玩岩石的声响
威胁他浪费生命的权利
随着斯提利号的沉没和大海
被接近卡马诺的泥沼，水怎么能随着戏剧
一起沉没，在最后的丰富的瀑布
是自杀，是地形的牺牲品，还是烈士？
或需要它死吗？不就是那条陈旧的海底隧道吗
爬起来，重新开始这条小溪
在山上的某个地域
或涓涓细流在石头上提醒
雨从哪里下起，黑口鱼从哪里开始洄游？
(*At the Stilli's Mouth*, 53-54)

理所当然。这充其量不过是一个愿望，而非雨果那样的肯定。一连串的千斤顶清楚地表明，还会有更多的千斤顶。

《皮尔斯县酒馆之死》（*Death of the Kapowsin Tavern* 1965）延续了

雨果在无常风景中的逗留。就像《鲑鱼洄游》，这些诗歌往往在隐蔽处和河边的棚屋中，在烧毁和腐朽之中找到一种和谐的氛围：

> 你的世界与金钱同在。一个艰难的猫
> 从木瓦磨里跳出来吃肉
> 它游泳时闪闪发光。轧机是一去不复返了
> 猫在地面。如果我说爱
> 就在这里，沿着河边，让我看看鳕鱼骨头
> 鱼鳞和血，云朵中的脸如此厚重
> 笑声响彻天际。
> （*Duwamish Head*，68）

雨果早期采取了挽歌的形式，而且坚持了下来。当时，太平洋西北岸因机遇而头晕目眩，因其极其成功的世界博览会所带来的兴奋和可能性而兴奋不已，他开始了一项任务：悲痛欲绝地赞扬选择了那些拒绝的建筑和人。结果，不可避免地，在创作上造成一定程度的重复，仿佛他的触发主题注定是“研究”，为未来的一些杰作做准备。

有评论家批评雨果的写作是新瓶装旧酒，但这并没有特别困扰他。正如他曾经说过的那样：

> 事实上，大多数诗人一遍又一遍地写着同样的诗。华莱士·史蒂文斯很诚实，没有试图隐瞒这一点。弗罗斯特说他试图使每首诗尽可能不同于上一首，他这样说也是在表明，他知道这不可能。（TT，15）

尽管如此，《皮尔斯县酒馆之死》中诗歌的开放性表明雨果可以缩小观察者和被观察者之间的差距，这在他的第一本书中是不可能的。演讲者和风景画家之间建立的心理平衡向内转变，往往以一种滑稽的方式对人类进行恰当的研究。比如，在《12 月 24 日和乔治·麦克布莱德去世》（*December 24 and George Mcbride is Dead*）一诗中，他将挽歌与忏悔、自嘲和硬汉的感伤结合在一起：

你是个绅士，我从尘垢中站起来
现在风关上了你黑色的眼睛
我只剩下讨厌这个圣诞夜了。
天啊，他们在唱颂歌。一些废话
永远不会停止……（87）

十多年后，雨果的“书信诗”将这篇朴实无华的演讲提炼成一门高水准的艺术，但我们可以在这里看到它的萌芽发展。走在散文的边缘，写一篇光秃秃的、毫不妥协的诗歌，比如“我相处得很好，写我的诗，本质上/是个骗子”，是在冒很大的风险，尤其是在第二本书中，虽然1965年出版的是真的。同样，雨果仅仅在一年前才加入蒙大拿大学英语系，这也是事实。即使是一个夸夸其谈的“忏悔诗人”可能会重新考虑宣布他或她自己是“骗子”的想法。在那个决定命运的平安夜，雨果显然是不在乎的。

然而，雨果的诗之所以能奏效，与其说是它那时髦的刻板、无情的坦率，不如说是关于死亡问题的诗节——它所呈现的交替的音调和节奏感。在硬汉式的昂首阔步的背后（“天啊，他们在唱颂歌。一些废话/从不停止”），隐藏着他对逝去的哀悼，似乎——在某些方面，确实——是他自己的：“乔治，今天是圣诞夜/和钟声是唱圣诞颂歌。我在厨房，/肥胖和写作，喝啤酒和摇摆”（87）。雨果很早就扮演了一个“胖子”的角色，部分原因是他那传奇般的胃口（他能一口气吃下半加仑的冰激凌），也有部分原因是他需要把世界看成一个怪人，一个滑稽的局外人。

艾琳（Eileen）是在失去和调整，在面具和投射幻想中进行了更为复杂的练习。在这里，围绕着艾琳离开的是风，而不是颂歌。但无论是圣诞歌曲将乔治·麦克布莱德的死亡与神话中的一个神的出生或“淹没了汽车/和扬起的灰尘”的风混为一谈，最终的结果是一样的：

总有一天我会大到让他们打不动
太快，来不及抓住，太快，来不及面对十字架

用幻想或骡子离开
为你的损失向主妇们报仇
寄给你我切过的脸的消息（85）

当然，一个必须面对的事实是，叙述者必须继续生活在压迫之下（“不要给他们的雕像打蜡，哼唱赞美诗”），但他的服务是不情愿的。例如，他不会表现出“对他们的食物的仇恨”，相反，他会等待、欺骗、阴谋和梦想：

……知道
过马路的只是一只鸟
在你身后，阳光照在汽车上（86）

因此，雨果发现自己被“全新的高速公路”或“路到塔霍拉”的景点所吸引就不足为奇了。正如他在《杜瓦米什人的脑袋》（*Duwamish Head*）中所写的那样，这是他第二本诗集中最雄心勃勃的一首诗：

知道就是对河流陌生
这条河帮助我扮演了一个轻松的角色
独自一人，喝酒，失败（68）

像“失败”这样的词可能不像“沙龙白珠树”那样是私人的，但是雨果以特殊的方式使用它。对于他来说，“没有价值的情绪会催生最严厉、最受欢迎的评论家”（TT，70）。在《信仰的声明》（*Statements of Faith*）一文中，他做出这样的评论：

失败的诗人往往不接受没有自我价值的感觉。他们缺乏必要的自我批评去使创作的诗完美。他们拒绝在正确的世界中扮演错误的角色，宣称自己在错误的世界里做对的事情……在某种意义上，他们并不诚实，缺乏修正和使之完善的冲动（TT，70）。

《好运，疯癫的意大利人》（*Good Luck in Cracked Italian*，1969）

直接具体地记述了雨果作为平民回到他在战争期间所经历的意大利后的生活。他的另一部诗集《踢马水库的女人》(*The Lady in Kicking Horse Reservoir*) 发表于 1973 年，并被提名为“全美国家图书奖”(National Book Award)。

雨果在作品《踢马水库的女人》(*The Lady in Kicking Horse Reservoir*) (1973) 中将注意力转向了蒙大拿地区。他自从 1964 年加入蒙大拿大学英语系以来，就一直把蒙大拿称为自己的家乡。在一篇名为《作者的位置感》的文章中，他谈到了一个棘手的问题：“我是一个地域主义者……当然有几种定义‘地域’的方法。当我写诗的时候，我对这个场景充满了感情。”《踢马水库的女人》中的这位女士充满了对风景的观察和对诗歌“主张”的阐述。奇怪的是，记录始于意大利，雨果在那里“想象”蒙大拿州的地图……

他把 1964 年的意大利同他 20 年前所遭受的战争相提并论，以此来理解战争：

两个最有趣的城镇，海伦娜，巴特
给人失败的感觉。有太多的
酒吧里的学生，我比你坚强
还有太多关于金钱的话题……
(相比之下，在意大利) 没有人打架
在装满糕点的酒吧里。数英里处
找不到监狱。但是昨晚意大利人
为我们西部片中的暴力欢呼 (165-66)

实际上，《意大利的蒙大拿州地图》为雨果的第三部作品和第四部作品架起了桥梁。它既做了概述又回顾，以一种方式将他所记得的战争中的暴力与西方本土的暴力传奇相吻合。

在通俗文化的简单层面上，我想，人们可以探索一下“意大利式西部片”(好莱坞拍摄的低成本意大利版影片，与牛仔和枪战者一起拍摄) 的现象，这种现象在雨果写诗的时候很盛行，但那将会错过雨果的视野中更丰富的一面。

要理解蒙大拿的风景，就必须理解孤立与卑劣、空间与充斥其中的残酷之间的关系：

> 黑人和犹太人如此之少，我们已经堕落到
> 彼此憎恨的地步，在我们的河流里
> 丢弃垃圾，虐待印第安人（165）

更重要的是，蒙大拿足够辽阔，环境足够严酷，与雨果废弃的、广漠而荒凉的地域美学相符合。蒙大拿州的绰号是“大天空之乡”（Big Sky Country），原因显而易见——在那里地平线往往不间断地在眼前伸展，无边无际，有草原、荒地和山区。因其极端开放的空间，蒙大拿的风景比华盛顿的还要宽广，酒吧和城镇之间的空间更大；总之，比郁郁葱葱、杂草丛生和森林茂密的普吉特海湾地区更为舒适，更为孤寂。

这种“舒适的孤独感”可以在《银星》（*Silver Star*）这首诗的一般氛围中看到，抛弃对机器和人同样适用。

> 这是发动机的最后安息之所
> 农场的设备很少见，再也没有了
> 比偶尔的男人。人口，
> 海拔，未知……
> 古老的蒸汽火车
> 你觉得这里生锈这么久了吗
> 渴望给它们上油，安上新的轨道
> 再次踏上西部（17）

简而言之，雨果继续在这些废弃的土地上寻找与其和睦相处的方法。他在《磨坊城联合酒吧》（*The Milltown Union Barj*）中的题词发人深省：

> 你能爱上这里……

你永远不需要离开这里。金钱或故事
给你带来酒。

1974年，雨果在第一次婚姻以离婚告终后与雷普利·瑟姆（Ripley Schemm）结婚。第二年，他凭借诗集《你最爱什么，依旧是美国》（*What Thou Lovest Well, Remains American*）获得了全美国家图书奖的第二次提名。他以鲜明独特的抑扬格写作怀旧诗和自白诗，描述他所在地区被人遗忘的破落小镇；他通过人际关系来描述失败、耻辱以及罕见的包容时刻。他将读者的注意力集中于看似微不足道的细节，借此阐释重要的观点。此诗集以一个人对家乡的美好回忆而结尾，好像这些记忆已经成为他的精神食粮：

如果你被困在某个
奇异空旷的小镇
需要饥饿的爱人作为
朋友，需要感到在他们的街头俱乐部里
你受欢迎

1977年，他出版了《31封信及13个梦想》，随着他作品的不断积累及高质量作品的出版，他在1977—1978年获得了著名的古根海姆奖学金。

雨果于1979年最终确立其作为美国主要诗人的地位。那时，他不仅出版了《诗歌选集》，而且还出版了一本关于诗歌和诗歌教学的论文集《触发小镇》，获得了越来越多的读者喜爱。不久后，雨果成为蒙大拿大学创意写作项目的主管。

1980年，雨果又出版了两本诗集：《怀特中心》（*White Center*）和《斯凯的疯狂》（*The Right Madness on Skye*）。前者回忆了他在西雅图的童年，而后者则以他在海外古根海姆期间所居住的苏格兰岛屿为背景。

1981年出版的神秘小说《死亡与美好生活》（*Death and the Good Life*），代表了雨果诗歌中与常规诗歌节奏的某种背离，随后在1983

年又出版了另一部小说《希特勒日记》。同年诗集《海上航线》（*Sea Lanes Out*）的最后一卷出版。

雨果于1982年10月22日死于白血病，享年58岁。他一生获得的成就有很多：他的作品有两次被提名为“全美国家图书奖”；曾获得古根海姆奖学金和洛克菲勒资助；1979年美国诗人协会因他杰出的诗歌成就授予他1万美元的奖学金；他是耶鲁大学年轻诗人系列的评委，也是蒙大拿大学创意写作系主任。简言之，雨果是一位重要的美国诗人。

雨果是当代美国诗歌的坚定捍卫者。他活泼生动的诗歌朗读给大学校园里带来了极大的兴奋感，他投入的教学对数百名学生的人生产生了重要的影响。也许，他更愿意对自己毕生倾注热血的工作有一个更适度的评价——或许，就像《触发小镇》中的这句“信念宣言”：“想象的行为是一种自我接受的行为。”

雨果在他丰富多样的公众生活中给我们树立了很多这样的“行为”；他们改变了我们对于“何为最好的地域主义”的认识，并有助于加强太平洋西北地区对整个美国文学的贡献。但我认为，最重要的是，他的诗歌帮助我们接受自己，接受彼此。

第三章 地域身份的复杂建构

——现代地域主义

地域主义与现代主义往往被视作一对矛盾的文化命题。西北诗派的创作挑战了将地域写作视为乡土、落后的传统观点。对地域的坚持是他们文学创作的永恒主题，很多地域景观被赋予了多重意义而展现出现代主义文学作品的复义性特征。资本主义工业文明的迅速发展在带来物质丰富的同时，也促成了精神生活的荒原。现代社会中人的身份问题是西北派的创作主题之一。威廉·斯塔福德和大卫·瓦格纳的诗集中有很多对现代生活方式的思考以及在传统与现代进程的冲突下个体的危机意识。他们在作品中以地域为载体，审视工业文明的发展是如何使人丧失物质和精神家园，探讨现代人应该如何通过忠实于地域以达到自我身份的构建。

一、威廉·斯塔福德

威廉·斯塔福德（William Stafford，1914—1993），美国西北诗派著名诗人，十分多产，已出版诗集《你的城市之西》（*West of Your City*，1960）、《穿越黑暗》（*Traveling Through the Dark*，1962，1963 年获得美国全国图书奖）、《营救之年》（*The Rescued Year*，1966）、《也许有一天》（*Someday，Maybe*，1973）、《可以是真实的故事》

(1977)、《雨中的玻璃脸：新诗集》(*A Glass Face in the Rain: New Poems*, 1982) 及《俄勒冈讯息》(*An Oregon Message*, 1987) 等数十部；还出版了《在我心灵深处》(*Down in my heart*, 1947)、《你必须修订你的生活》(*You Must Revise Your Life*, 1986) 等散文及评论集。此外，他还获得过美国全国图书奖、古根海姆奖及其他诗歌奖，担任过美国国会图书馆的诗歌顾问。

他 1937 年毕业于堪萨斯大学，二战期间，从 1942 年到 1946 年，他成为一名尽责的和平主义者，并在阿肯色州、加利福尼亚及伊利诺伊州的军营从事替代性服务。他的第一本自传《回忆录》(*Down in my Heart*, 1947) 就是记述他担任和平主义者的经历。1946 年，他在堪萨斯大学获得硕士学位。1948 年到 1950 年，他执教于俄勒冈州波特兰市的路易斯克拉克大学 (Lewis and clark college) 英语系。这所学校最终成为他永久的学术根据地。1962 年，斯塔福德出版的《穿越黑暗》为其赢得巨大声誉，并于次年获得“全美国家图书奖”。他在诗中发出的声音是一种“有节制的自由”，让人读来为之欢欣雀跃。

(一)

20 世纪 70 年代早期是斯塔福德形成生态意识的关键时期。在 1970 年，他在杂志《哈德逊评论》上发表了为 12 本有关生态学的著作撰写的评论《地球之家》。这篇评论尤为重要，原因如下：首先，此篇评论的标题赋予“家”更丰富的内涵，意即“家”不仅仅是人居住的地域，如果从环境伦理学的角度来看，也暗示一种应担负的责任感，这种与地域建立的新型关系也清晰地表达在他的诗歌中。他曾经在文章中指出，自然界作为诗歌道德及精神导师的重大意义，并暗指诗歌本身所应具有的伦理功能：“在人类以外的世界中，延伸至神秘、敬畏、崇拜、尊敬——诗歌，所采取的态度，可能是救赎。”

近几年来，一些评论家已经开始关注“荒野”在斯塔福德作品中的重要地位。乔纳森·霍登曾在颇具开创性的研究著作《*The Mark to Turn*》中提道，“自然是斯塔福德诗歌中的一个重大主题，他颇具想象力地将自然视作礼仪的象征，一种可以拯救地球的方式。”通过分析斯塔福德早期创作的几首诗，霍登提到了斯塔福德作品中采用的生态暗喻，反映了这个世界存在一个理想的人类“地域”。这个“地域”是谦逊的、卑微的，经由过程来定义，要想找到这个“地域”，就要朴素地生活，由信仰引领。霍登注意到斯塔福德作品中的生态主题，但他的研究只限于斯塔福德最早出版的五部诗集。事实上，斯塔福德的生态暗喻更为复杂，关注点各异。因此，霍登的研究不够全面系统。他对生态暗喻的研究中有几点没有深入挖掘，比如斯塔福德诗歌中有关人类最终命运的悲观主义，北美印第安文化在斯塔福德作品中的体现，荒野素材的宗教色彩，技术与荒野的二元对立（对现代技术的批判），采用动物拟人物以及生态暗喻如何以某种“区域”的方式来定义。

另一位早期研究斯塔福德生态暗喻的学者是约翰·劳伯（John Lauber）。他在《艾奥瓦评论》中发表了文章《世界的宾客——威廉·斯塔福德》。他在此文中探究了斯塔福德作品中一系列对自然的忠诚，包括对地球、对地域、对家园、对父母以及对过去的忠诚。

温德尔·拜瑞（Wendell Berry）曾在《*The Unsettling of America*》一书中的《身体与大地》一章中，表达了尊重荒野的重要性。“古老的中国山水画通常在群山之中显现一个渺小的人物形象，步行或骑马穿行而过。这些山水画中总是有人类寄居其间，并不倡导去人类化。画中所展现的是人类所属的世界，但不是经济意义上的所属。造物主为人类提供生活的地域，但人类只是其中的一小部分，不与其处于平等地位，更别说是其主人。”拜瑞所描述的人类在整个自然界中的适当位置也是斯塔福德诗歌中表达的中心主题。例如，斯塔福德诗歌中反复出现的洞穴壁画的意象，不仅显示了造物主创造的人类的脆弱，也暗示人与其更加亲密的关系。居住在洞穴中象征着与大地亲密接触，并与其融合为一体。诗歌 *Querencia* 就描绘了很久以前完成的洞穴画。大地包含了自工业技术时代以来被隐匿并被日渐遗忘的意义，体现了环境伦理道德。在诗歌《触摸》（SM，SCBT，223）中，开篇非人类就发出了自己的声音："夜深，你能听见星星们在呢喃。"叙述者听着星星的声音，站在深邃的峡谷中，意识到背景的重大意义："你在这片大地上/它指引着你。"大地指引着我们恰当地生活。《地球之声》（A. SCBT，172）中，疯马的祖父据说正住在洞穴中，体现本土印第安人与大地的亲密关系。

（二）

细心的读者可以发现，斯塔福德在诗歌中采用一系列的生态暗喻，以此来反映科技与荒野之间的二元对立关系。例如，"汽车"在诗中经常被视作造成野生动物死亡的罪魁祸首。《向加州进发》一诗的结尾处，诗人沉痛哀悼现代社会大规模的汽车数量对野生动物造成的严重破坏。在《穿越黑暗》这首诗中，汽车被描述成动物命运的终结者。此诗探究了一个怀孕的母鹿被司机撞死后逃逸的主题。自然的美好产物被杀戮，无情地遗弃在公路上，无人掩埋，无人悼念，很有可能引起其他事故。这种主题如果普通诗人处理起来，一定是非常感伤。然而，很庆幸，斯塔福德没有掉入这个伤感的陷阱，而是以一个旁观者的角度，冷静客观地报道整个事件。他对整个悲剧事件所持的态度是悲伤，而不是顺从的接受。诗歌的开篇第一句重复题目"穿越黑暗"，表面上陈述了叙述者的实际经历，实则暗含更多的含义。交通事故是刚刚发生，所以可能撞死母鹿的司机也是在黑暗中驾驶，但司机并没有为了鹿或其他人的安全而对事故进行任何处理。司机的冷漠与无所作为暗含人性道德的黑暗。"黑暗"也暗示了叙述者对于如何处置鹿的尸体很困惑。"黑暗"象征了人类在对待自然的麻木和精神空虚。同时，"黑暗"也指涉一切生物最终的宿命，即进入死亡的黑暗。此诗开篇第一句诗行为读者创作了一个虚假印象：一只鹿的惊喜出现，通常是幸福的寓意。但是，下一诗行的第一个词"死了"立刻扭转了这一意象的象征意义。诗人将"死了"一词置于句首，起到强调作用。第二诗节在汽车尾灯刺眼的光线下更近距离地检视了死亡的母鹿：可怕的，地狱般的场景将旅行者的车与肇事逃逸的车联系起来。在第二行中，诗人用“一堆”来形容母鹿，表明它已不再是活生生的生灵，而是一堆冰冷僵硬的东西，随时可能被拖走。然后，我们了解到，它是一只怀孕的母鹿，瞬间让人潸然泪下。但是，斯塔福德的语言始终很精准，有克制力，他不想过度渲染悲情。目睹这个情形之下，他仅轻描淡写了一句，“她的肚子很大很鼓。”第三诗节提出了一个遗憾的悖论。旅行者把母鹿翻过来，用手感知，发现还尚有余温。它的肚子里有一只还未出世的幼鹿。旅行者在死亡中发现了生命，但这不是正常从子宫来到这个世界的生命，因为幼鹿还未出世，也永远不会出世了。他的脑子里充斥着各种情绪，遗憾，愤怒，沮丧，困惑。他甚至想知道，幼鹿是否还能够挽救。读者从第一诗节就能感知到旅行者复杂的情绪。他的犹豫不决在执行不可逃避的任务之前，需要片刻的沉默和祷告。第四诗节在旅行者的汽车和死亡的母鹿之间做了细致的对比。车灯通亮，向前突出，好似一个野兽在凝视黑夜。旅行者站在被红色渲染的、散发着热气的尾气中，毫无疑问这种红色来自尾灯刺眼的光芒，也来自血液冲撞头脑的浓烈的情绪。红色的光芒闪耀，也暗指母鹿的鲜血。旅行者感受到见证我们一行人的荒野：惨死的母鹿，还未出世的幼鹿，燃烧的发动机以及他自己。在最后的对句中，旅行者为所有人着想，不仅仅为这一行人，而是为一切生灵，为一切忍受痛苦和面对死亡的生物，他最终转动方向盘，把母鹿推进了河里。尽管读者从最开始就了解到，这是旅行者为挽救更多生命必须做的事情，但还是有一种无助感。诗人使用直接简练的语言创造了一种人生的暗喻。整首诗的主题不是关于憎恨，而是在人生旅途中伴随每一个旅人在面对不可避免的死亡时的悲伤情绪。因为我们在面对路上所发生的不幸时，我们犹豫不决该如何行动。

斯塔福德的诗歌还经常通过采用“军事机器”的意象来表达对现代科技社会的未来持一种很深的悲观情绪。这些诗包括他最广为人知的反战诗歌，如《在炸弹测试点》中，预示人类生命终将在地球上终结。这一点也反映在美国西岸诗人罗宾逊·杰弗斯的诗歌中。杰弗斯谴责人类与自然的疏离，鄙视现代文明的虚伪，诗作常流露出一股浓重的尼采式的悲观主义色彩，宣称人类在不久的将来将自我毁灭，而世界将在人类毁灭以后变得更加美好。与杰弗斯不同，斯塔福德深信，悲观主义不应是一个人或一个诗人所应采取的唯一有效的态度，还应对人类的未来抱有一种可能性和幸福感。

斯塔福德的诗歌还表达了对地域的深切关爱。“地域”意指对某人具有特殊意义的家乡。对斯塔福德来说，“家乡”主要指他自 1948 年以来在此度过大部分成年时期的西北部地区堪萨斯。这里的“家”具有一种环境伦理学的意义。换言之，“地域”的表达远超过对地理方位的一种单纯描述，而是更多地具有一种象征意义。早在 20 世纪 70 年代，斯塔福德在一次诗歌节中从更抽象、更道德的层面阐述了“地域”的内涵：“事实上，一位诗人眼中的地域只是暗喻很难以确定的某种东西。不是重要的地域，而是一种更根本的方向感……”

斯塔福德在诗歌中主张与荒野重建联系，对大地采取正确的态度。荒野是生态系统中最原初状态的大自然，是一个呈现着美丽、完整与稳定性的生命共同体，也是生命最原初的动力。荒野，充满了自由、奔放的生命原动力，不受现代文明的束缚。只有在荒野之中，我们能够与自身建立一种更深层的、神秘的联结。荒野，但是与荒野联结的前提是还有荒野存在。现代工业技术文明的发展是以牺牲荒野存在为代价的。斯塔福德在短诗《动物园里的郊狼》中，曾描述了荒野日渐被文明所吞噬的这一悲惨现状。“一双黄色的眼睛与我对视：/我突然明了，太迟了，/外面的土地属于/它看不到的地域。”从某种意义上来说，这首诗是在悲情地诉说保存笼中那一块荒野，是多么荒谬的事情。同时，诗人也在发问，作为人类，我们对动物做了什么？对荒野做了什么？在诗人看来，人类与动物皆有各自领地，具有各自不同的权利以及各具特点的生活方式。他教导人们要对动物怀有敬畏之心，不应对其随意干涉和侵犯。在他看来，将尊严和自由给予生灵，也就是将尊严和自由给予自己。正是这种敬畏之心使得万事万物各归其位，和谐共存。而荒野中有一种孩童般、牧歌式的愉悦，一种无拘无束的自在不羁，一种外在简朴、内心富有的生活方式。正如约翰·

巴勒斯所说，“人，回到最基本的状态，大概就应该是在荒野里行走，直接与土地岩石接触，直接与养育所有动物的草木交流。人的本能在荒野里得以复苏，他的心智得以活跃，他的肢体得以坚韧，他的心脏得以轻快，他的灵魂得以博大。”

在太平洋西北部地区的本土印第安人口头传统中，郊狼，即捣蛋鬼是一个重要的角色，它是想象的化身。它是幽默的，具有不可思议的创造力，具有不可预测、不可控制的野性，因为它就是荒野的一部分。当郊狼被锁在笼子里渴望出去时，诗人暗示事情本不该如此。诗中的叙述者认为，创造性的原则就是自由的原则，就像荒野，但必须保持其野性和不可控制力。保存荒野的主张成为一种生态暗喻，暗示与人类的思想建立重要联系。接受荒野的野性就是接受这种创造性的原则，没有这种原则，人类就不完整。与荒野建立联系就是建立完整的过程。郊狼作为引导我们理解创造性冲动的象征作用也出现在诗歌《外面》中。这首诗倡导“我们需要让生活在我们家中的动物们重获自由”，我们必须让家安置于野生的动物之中。这也正是本土印第安人的生活方式。

郊狼意象是北美印第安神话中的关键人物，多次出现在文学作品中，郊狼的角色在神话中变化莫测，极其危险，又强大有力。在喀斯喀德山脉，郊狼变成了乌鸦；而在大湖区，又成了野兔；有时，又叫郊狼人。它既具创造力，又具毁灭性。“它极为狡诈，人的智力无法揣测，是人们在自认为太平无事时突然出现的混乱，是荣格心理学中的‘影子’，是人内心无法预料的一面”。在《听歌》这首诗中，诗人要表达的核心是克服听见郊狼嚎叫声而产生的内心恐惧感，进而去欣赏郊狼叫声的凄美。这首诗所表达的对待荒野的态度跟加里·斯奈德的诗歌《野性的呼唤》有相通之处。斯奈德在此诗中为邻居不能忍受郊狼的叫声而感到悲哀：“歌唱的郊狼/被关起来/因为人们害怕/听到野性的呼唤。”（*Turtle Island*，22）斯奈德在这首诗中对下一代的生存境遇表示深切地忧虑。诗歌的第一部分着重描写一位老人因不愿听到郊狼的叫声，而让当地的政府部门将其捕杀。这位老人不会意识到他会因此而失去什么，但叙述者的孩子们会，他们刚刚开始爱上郊狼的叫声："我的儿子们将会失去/他们开始钟爱的音乐"。而第二部分讲述嬉皮士来到这个乡村的故事。他们与老人一样，做了一些破坏自然的勾当，他们也畏惧郊狼。因为，诗人暗示，他们惧怕深藏于自身的无意识，即"野性"的东西。在第三部分，斯奈德将批判锋芒直指政府。他认为，现代科技通过杀虫剂、化肥等物质对地球造成的危害，简直可以跟越南战争造成的危害相提并论。这种"对地球发动的战争"不仅会破坏整个生态系统，而且最终会导致"郊狼无处藏身"(*Turtle Island*，21-23)。这里，斯奈德不是在专指某一种动物，而是以郊狼象征人类心中深藏的野性，正是这种野性将人类与其他生命体紧紧相连。

屠杀郊狼类似的主题也出现在斯塔福德的诗歌《1080》(*Listening Deep*，1984：26) 中。尽管这首诗也凸显了使用农药进入食物链引起的生态恶果这一重要主题。

> "1080"，他们喊道，当他们叫到
> 我时，我杀得正欢。他们奖励我
> 一块奖牌，牧场主的奖牌。
> 他们爱我。我沿着食物链追寻：
> 郊狼死后，吃了它的秃鹰也死了，然后是蚂蚁
> 和食蚁兽。我选择死亡？
> 然而一次又一次发现死亡。许多幽灵
> 与我同行。
> 甚至在草丛中穿梭捕捉苍蝇的燕子听见我的声音。
> "我的名字是1080。"我低语道——
> "你们也来吧。"然后他们跟来了。

斯塔福德的另一首诗《在沙滩的锡牌下聆听》(SCBT 8) 在诗歌开篇，一位拟人化的风者在与诗歌的叙述者说话。"我就是风。"然后风者告诉叙述者他有一个家。家里有三兄弟，经常争吵不休，所以想

离家出走。他们一见面就会摔跤。最后风者记起以前曾与叙述者相遇过，会后会有期。这首诗主题堪比《郊狼正奔向那里：俄勒冈之印第安文学》一书中的一个短篇故事《风之战争》。这个故事中，各种风被拟人化为兄弟姐妹；在风彼此之间的争斗中，有些被杀掉；争斗的结果是一种一位风者失去它的家园。可以看出，斯塔福德受到本土印第安传统文学的极大影响。他娴熟地将传统的印第安故事素材嫁接到自己创作的诗歌当中。在此诗中，风象征着自然界的力量，在最后一个诗节中，风拥抱叙述者，象征着自然与人建立了亲密关系。风的结束语：“后会有期，无论距离多远”。似乎在提醒人类，永远不可能与自然界相脱离。这首诗还有一首姐妹篇《风之世界》（SM，SCBT，229-230）在内容和结构上都与前篇相呼应。风在这里也被拟人化：wind world 是风者的名字。叙述者（诗人明确定义为本土印第安人）讲述关于风的故事：“wind world 总是与印第安人交朋友。”

斯塔福德在诗作中试图表明人类应该如何在自然秩序的框架之下智慧而有责任感地生存。他倡导人们作为自然界的一分子，每个人都应承担相应的社会责任；作为自然的一分子，每个人也有相应的自然责任或生态责任。目前的生态危机是由人类一手造成的，人类必须对此承担责任。缓解直至消除生态危机，恢复和重建生态平衡，确保这个星球上的所有物种持续、安全、健康地存在下去，是人类不能以任何理由推卸的义务；同时，也只有完成了重建生态平衡的使命，人类自己才可能长久地生存在大地上。

斯塔福德 1914 年出生于哈钦森市，可以说是堪萨斯州最著名的作家之一。堪萨斯州名来自印第安部落苏族的语言，代表了“南风之人”。他曾经在堪萨斯州的威奇塔市、加登城、多拉多、利伯勒尔等地居住过。他在堪萨斯大学获得了学士和硕士学位。很多评论家，如乔纳森·霍登（Jonathan Holden）、朱迪斯·基钦（Judith Kitchen）等，都关注到堪萨斯这一地域对于斯塔福德的生活及写作产生的影响。但到目前为止，鲜有学者去真正解读唤起他写作欲望的这个“地域”。对于斯塔福德来说，堪萨斯是一个神秘莫测、富有想象力的神奇之地。他笔下的堪萨斯是存在于人类堕落前期的，是在人类与自然界疏离前或对自然界造成破坏前的那片净土。诗人笔下的堪萨斯诗篇既展现人类的这种堕落，也创造神话企图去修复这种人与自然的断裂。对斯塔福德来说，通过一种幻想的语言与自然、原初素朴的过去建立联结，展现一种疗愈和自我防御，甚至是一种道德力量。堪萨斯，正如斯塔福德所暗示的，能给人力量，使人变得更强大。

斯塔福德从早年起就关注到出生及栖居之地对他的生活及写作产生的深刻影响，尤其是他的以堪萨斯为主题的诗歌。由丹尼斯·洛（Denise Low）整理的《威廉·斯塔福德的堪萨斯诗歌》里面有很多取自堪萨斯神话和地域的古老典故，从科罗拉多高地、格拉斯孤丘到西马伦交叉路。斯塔福德曾在早期接受美国诗人克林顿·拉尔森（Clinton Larson）采访时坦承出生地对他的影响：

> 我想起给我印象最深的一次是一个柔和的夏日晚上，在堪萨斯西部的西马伦河岸，天空、空气、鸟鸣、连同落日延展了我的整个世界，让我感觉自己真正地活着并在一个伟大虔诚的古老故事中被珍爱着。

对于斯塔福德来说，堪萨斯和他对土地的想象体现着如何与比自我更伟大的某种东西建立联结，如何与一个伟大、虔诚的古老故事互动。斯塔福德在诗歌中想象的堪萨斯成为与一片未被玷污、有疗愈功能的土地亲密接触的地域，这个地域使万物生长，珍爱一切。正如他在《书写澳大利亚爬行动物》（*Writing the Australian Crawl*）一书中所展现的大部分事物来自他对出生的那片未被污染的土地的美好记忆：

> 我们的家庭来自堪萨斯……我们喜欢那里的城镇和乡村，沿着蜿蜒的溪流，在那里我们一起垂钓、狩猎和露营。我们的生活很平静，土地很富饶，我们的老师很出色。直到我在堪萨斯大学攻读完学士学位，去另一个州继续攻读硕士学位时，我才看见一个喝醉酒或恼怒，对社会有威胁的成年人（9）。

在斯塔福德笔下的堪萨斯，土地与人们都没有遭到破坏，保持着原初的美丽与素朴。

乔纳森·霍登曾指出，“斯塔福德有意识地创造和体味一个传奇，与读者分享，一个关于他出生之地的传奇故事。”他对堪萨斯的人和风景的美好深刻的记忆，深深影响和塑造着他的堪萨斯诗歌。他希望通过想象和语言去再现他所出生的这片土地的古老神奇的故事，他希望与这个世界一同分享这种视域。斯塔福德笔下的堪萨斯由天空、空气、太阳构成的具有一种素朴而原初的美丽。在堪萨斯，自我可以与超出自我的某种来自宇宙的力量联结。如在《内陆低语》（*Inland Murmur*）一诗中：

西马伦山上，
草地上没有犁头知道
鸽子在空中翻滚
在偏偏草叶上
暮色中雨水降落
风儿吹动。

蜿蜒的溪水飞溅，
干旱的峡谷中形成的一股漩涡卷入
西马伦山上最柔软的曲线中。

在隆起的土地上，
或在漩涡洪水中，清楚地了解
鸽子的感受和雨水的触觉。
风吹过曲线，整个世界
就在西马伦群山之中。(*Kansas*，3)

对于斯塔福德来说，堪萨斯是一个由雨、风、水、山、土地构成的世界。乔纳森·霍登认为这些词具有象征意义，能够体现斯塔福德的世界观。朱迪斯·基钦认为，斯塔福德诗中的神秘幻象体现了他如何把自己的经历嵌入人类的历史之中（31）。从这个意义上来说，斯塔福德是继承了威廉·布莱克、哈特·克莱恩的文学传统的又一位幻觉诗人。

正如海耶特·H. 瓦格纳（Hyatt H. Waggoner）解释道，所谓幻觉诗人，就是要“保持更好、更深刻、更真实、更富有想象力的知觉，并不断发现大多数人大多数时间不易觉察到的意义和价值模式。”（5）幻觉诗人的职责就是重新创造这个世界。斯塔福德的幻想已超出对自我的认识。他在堪萨斯对自然界的密切观察后，通过接触比自我更广博的东西，带来一种幻觉，能顿悟世间万事万物，所以诗人清楚地了解鸽子的感受和雨水的触觉。这种顿悟让诗人瞥见此刻及永恒。

斯塔福德幻想的堪萨斯那片自然的荒野，给人以慰藉，使人内心获得宁静。拉尔斯·诺德斯特姆（Lars Nordstrom）认为，斯塔福德笔下的荒野（这里主要指代的堪萨斯的荒野）具有再生价值，是一个我们能与自身建立更深刻、神秘联结的地域（59，78）。说得更确切些，斯塔福德诗学幻想中的堪萨斯以及神话般的建筑提供人类自我了解的可能性，一瞥即永恒。斯塔福德借助这些幻想希望修补人与原初大地之间的疏离与裂痕，表达了对科技和被西方文明破坏的自然的忧虑。斯塔福德暗示，我们人类的堕落和与自然界的疏离造成了与我们自身的疏离。这种疏离阻碍我们达到对自我的真正理解。

大卫·卡朋特（David Carpenter）指出，斯塔福德追求人类与非人类重新融合为一体（6），相信“一个人要想心理和精神健康，就需要对相对野性的非人类世界形成一种近乎宗教的认同”（17）。斯塔福德诗中回忆的堪萨斯试图引起人们对这个地域的关注，提供人们一种神话，去修复已产生的破坏、分歧，以期对处于历史中以及更广阔的世界及宇宙之中的自我有更全面深刻的了解。

只有在堪萨斯神秘的世界中才能达到自我救赎。正如他在彼得·斯蒂特（Peter Stitt）的著作《世界象形文学的美丽》中曾经谈道：

我想到希腊神话中的大力士安泰——每次他接触大地，就战无不胜。对我来说，神话是我生活中的一部分——去接触外在的东西，把它们纳入你的诗歌中，这是一种健康的行动。这个世界能拯救你；它能使你强壮。这可能是西方社会的迷信思想，也许不是西方的，但这是我遵循的信仰（96）。

对于斯塔福德，与自然亲密接触并细致观察，能给人无限力量。自然界的力量主要借由语言与传说而获得和发现。堪萨斯这一神秘的土地充当了解世界、调停我们在这个世界中位置的一种方式。在他笔下的堪萨斯诗中，这样一个原初的世界经常存在于历史之外，甚至是时间之外的。“这个地域属于天空/它将再次成为荒野。”（9）在诗人心中，堪萨斯是一块“寓言之地”（9），一个能创造神话的土地，一个能够追求永恒目标的地域。我们在追求比我们自身更伟大的东西时，会受到内在的一种力量的驱使。这时，“向下看”，“这个地域？/它可能就在这儿。”（10）堪萨斯是追求众生中更伟大目标的神圣之地，是提供广阔视野的神话之地，超越我们的普通生活。

斯塔福德在《在河岸边小憩》（*At the Breaks Near the River*）一诗中所讲，堪萨斯从历史上就是一个追求某种更伟大东西的地域：

某年秋天再次发现
没精打采的小草的姿态，野性的
长在西马伦山上，新墨西哥北部的暴风雪侵袭
夏延市，去寻找已生锈的铠甲
由科罗纳多留下的，我的父亲摆弄着手指
在那片印第安营地松软的土地上说
“哦，比尔，去了解这里的
一切！看——整个世界是活生生的
在向历史挥手示意！”（Kansas，13）

堪萨斯，不仅体现了现世与原初的过去的联结，而且是一个人类历史的贮藏室，是谢默斯·希尼（Seamus Heaney）诗歌中的沼泽地。在“印第安营地”可能找到了“已生锈的铠甲/由科罗纳多留下的”。

这样一种挖掘不仅体现了过去的历史，而且体现了由读者拼凑的关于过去的故事。坚持挖掘，反复回归历史，回归过去，到达一个超越现世、超越时间的地域。正如希尼笔下的沼泽地，被看作是圣地，是一部关于历史的传记。堪萨斯如沼泽地一般，能够赋予诗人历史的视角，给予诗人来自历史的慰藉。对于斯塔福德来说，“历史”，不是像未来一样指代过去，而是走向永恒、原初，超越时间的束缚。对斯塔福德来说，时间就是人类的构建，是对永恒自然界的一种强加。

堪萨斯与过去、历史，与原初的自然界的联结值得研究。研究这样一个地域有助于理解处在这个世界中的我们自身。

斯塔福德对精确语言的关注是他堪萨斯诗歌的中心。托马斯·本尼迪克特森（Thomas Benediktsson）提出，斯塔福德使用田园式的词汇来传递他的原始感（201）。正如诺德斯特姆所说，“斯塔福德的诗歌力图阐明我们如何智慧、有责任感地生活在自然秩序之内。”（57）同样，拉尔森（Clinton F Larson）称斯塔福德为“宗教道德主义者”（8）。霍登（Jonathan Holden）发现斯塔福德的作品体现了“这个世界一致的道德观”（8）。基钦（Judith Kitchen）也发现斯塔福德是一位致力于提升道德价值观的诗人。这种道德价值观也反映了斯塔福德在某种程度上受到了贵格会教派的影响（8）。

对斯塔福德来说，中西部地区，尤其是堪萨斯，是一个与这个困惑的世界完全不同的地域。正如《一个家》（*One Home*）一诗中的第一节和最后一节所展现的：

> 我的家就是中西部的家——你可以保持你的世界。
> 素朴的黑色帽子穿过想法，变成我们的密码。
> 我们在家中唱诵圣歌；屋顶接近上帝的地域。
> ……
> 太阳就在我们城镇上方；它像一把锋利的刀。
> 跟着杨木叶子我们朝着风暴奔跑。
> 无论我们望向何方，大地都将把我们举起。（Kansas，7）

在堪萨斯，“密码”是清晰、与众不同的，以接近上帝的人们所戴的黑帽子为标志。斯塔福德的“家”就是大地本身，承载道德价值观的大地，散发明亮、富有启示的光芒，给人以真相和救赎。

《美国哥特》（*American Gothic*）一诗也同样提及堪萨斯提供的道德视域。

> 如果我们通过小小的、冷酷的眼镜
> 看得更清楚，我们就想要戴上这
> 小小的、冷酷的眼镜。
> 父辈遗留给我们眼前的风景
> 这是冻原吗？我们深爱着这里。
>
> 我们经过我们的
> 文艺复兴：满谷仓的干草，
> 航行的玉米
> 一本被光环笼罩的书
> 在客厅里。
>
> 贫困和信心滋生
> 拓荒者。我们从不怀疑。（Kansas，23）

整首诗明显在影射格兰特·伍德的同名画《美国哥特》，同时斯塔福德再一次提出，通过中西部这个地域能够提供一个更广阔、更清晰的视野。堪萨斯土地上的丰收隐喻为再生、复兴，就像带有光环的圣书，大地带来一种精神的富饶，从一无所有，一穷二白，逐渐产生一种自我防卫的拓荒精神。了解大地，就是去了解过去，重新定义过去，倾听原始部落的声音。通过想象大地、回溯过去，在时间上穿梭，创造一种历史感，号召人们重新关注无言的历史。通过神话诗意的堪萨斯，重新定义我们与土地、与历史及语言的关系。对于斯塔福德来说，通过想象回溯过去，就是重新立足地域，一个未被时间和历史所玷污的单纯素朴的世界，为纷繁的现世提供一丝慰藉。

（三）

“我能听到旷野的声音”。斯塔福德在《穿越黑暗》的标题诗中写道。在斯塔福德的诗歌中，我们一次又一次地听到荒野；虽然荒野看似对他无言，但诗人能用眼睛和耳朵感知它的存在，这是与生俱来的，也是后天习得的能力。要理解斯塔福德诗歌中对荒野的同情，仅仅说他是“华兹华斯主义”是不够的，我们可能会质疑华兹华斯是否曾穿越过黑暗，如果他真有此经历，那对他来说是不一样的黑暗。

斯塔福德在诗集《你的城市之西》的《在斯内克河边》（*By the Snake River*）一诗中表达了这种困境。

> 某物将我从这些沙漠地带
> 送至在岩石间的这个幽灵河边。
> 当我从人群中被推撞时
> 我手中使劲拿着东西
> 都溢出了。
> 这条河始于群山之中
> 我抬头去寻找那些山谷
> 在他们沿着某种轨迹流动之前
> 他们想要流向哪里？
> 在这种情况下，人们会允许的。
> 我曾是老师，儿子，父亲，男人。

对许多人来说，目前根本没有荒野存在了。当土地变成房地产之时，荒野就逐渐消失了。斯塔福德的诗不断地提醒我们，我们失去了什么。特别是在太平洋西北地区，人类一直以来对自然环境的忽视，从不了解自然内在的固有价值，这是令人震惊的。荒野中有像雷尼尔这样的高山，使西雅图、塔科马和波特兰的摩天大楼都相形见绌，还有像哥伦比亚河和普吉特海峡这样的水系。在那里，人们行为的丑陋与环境的壮丽形成了鲜明的对比。这种自然与人类的对比出现在许多斯塔福德的诗中：表面上过着卫生、谨慎、安全生活的郊区居民，也许正生活在安静的绝望之中，粗鲁的商业化和对荒野的无知似乎困扰着我们。斯塔福德在诗中以讽刺的口吻描绘出这些，如他写道："汽油让猎物稀少"和"跑了很多英里才追上一只野猫。"这些诗句被诗人冠以奇怪的标题，《写在第一份工资单的存根上》(*Written on the Stub of the First Paycheck*)。

荒野与人类行为的冲突与对抗通常会引发人们对长久以来已固定的价值观的质疑。例如西雅图艺术博物馆的环境给参观者造成了困境。他欣赏博物馆漂亮的外观，而且对古代东方的大理石公羊和中国士兵很好奇。但如果他环顾四周环境，会看到奥林匹克群山穿过海湾向北延伸。这里是城市，有海湾和群山及全景，总是令人印象深刻，呈现给人荒野和文明之间的极大对抗。游客们的困境被斯塔福德在诗集《营救之年》中的《在大分水岭上的疑虑》(*Doubt on the Great Divide*) 一诗中展现出来，"那些曾经轰轰烈烈的承诺现在说的是小事情——"。在斯塔福德的眼中，这种状况存在于得克萨斯州、堪萨斯州、俄勒冈州和加州。在他的诗歌中，他向我们展示了人类是如何受到山脉、河流和草原的影响的。

美国的荒野，具有大陆的广阔、活力、冷峻和迷人，是诗人许多诗歌关注的重要主题。在某些情况下，有些人被吸引到荒野之中。这就是在《一些影子》中父亲和儿子的情况。然而，斯塔福德笔下所写的人物通常是疏离自然或忽视他们对自然的依赖。我们可以在《两个晚上》一诗中的第二诗节中找到一个例子：

> 今天晚上当蝙蝠出来的时候，
> 飞行者如此紧张，他们会转过身来休息，
> 并且通过喊出"可能"来预知碰撞，
> 我们预料到了一些我们意想不到的事情。
> 从大楼里出来的秘书，
> 人多，而无目标。

我们凝视着人行道寻找自己，
就像羚羊消失在黄昏。

在斯塔福德的诗歌中，荒野发出许多声音。他在西边的天空，在森林的山上，在未被租用的草原上，都曾经听见荒野的声音。它是这些形式中跳跃的生命。他是敏感的，他的直觉告诉我们风滚草所具有的象征意义。他触碰了一只死鸭子的头，在黑暗中通过羽毛去感知。他想象着一只正在喘息的蜥蜴，在炸弹测试点等待历史。在《倾听》一诗中，他解释说：

我父亲听了太多，我们仍然站着，
转动脸来邀请静夜，
等待着夜晚的某个时刻。
有东西也会在那个地域触碰到我们。(《营救之年》)

生态学家知道生命周期将踩踏着森林土地的生物和那些游到河水源头产卵的生物紧紧联系到一起。河流的水，但像斯塔福德这样的诗人紧紧抓住了自然的秩序和统一这一重要内涵，他以一种深刻的洞察力表达了这一观点："他们截断了河流，建造了一座水坝"，而鱼的数量"如此多的奇努克灵魂，如此多的牛臀肉"。

一个学生曾经听到斯塔福德朗读他创作的一些诗。他说："我觉得诗人好像在跟我说话。"他的诗歌有一种亲密的引力，因为，就像诗人或但丁一样，斯塔福德深入诗歌情感的源头，深入一直以来最重要的主题：爱与死亡，美与恐怖，以及不可知的无限性。

这些主题在斯塔福德的诗句中在荒野中萦绕不去，仿佛这些诗是与他一起长大的。从一个家常的日常杂务开始，比如"在日落之后设置一个钓绳"，来抓住一只沿隧道穿行的猫。我们看到，在诗人的视域中，这种行为是平淡无奇的。眼睛在黑暗中仍是眼睛，流动的感觉不明朗，漆黑的。我们感觉到这里有一个关于河流生命的观点，不仅是鱼的生命，还有"黑暗的冲击"和感觉"转向和深流在树根处拉扯"。这种观点在《深沟渠》(*In the Deep Channel*)一诗中清晰地表达出来。和惠特曼一样，斯塔福德也捕捉到了野性事物中不可驯服、不可调和与残酷的特性。这是勇敢精神的最后避难所，在那里，被敌人逼得走投无路的人或动物会变成尖牙和利爪。罗宾逊·杰弗斯（Robinson Jeffers）的《受伤的鹰》（*Hurt Hawks*）和福克纳（Faulkner）的短篇小说《熊》（*The Bear*）都是如此。与惠特曼一样，斯塔福德"一点也不顺从"，因为他在诗歌中呈现一种对我们所谓的"野性生活及其背景"的全新感知。

这种感知经常被那些从未感受过东俄勒冈州的广阔天地所忽略。这样的荒野不会轻易地把它的秘密倾诉给那些从来没有听过它的音乐，或不被它的魅力吸引的人。它的欣赏来自一种对土地的感觉，就像惠特曼在"与温柔的成长之夜散步"时所感受到的那样。荒野生活的持久魅力，它对家庭的影响，尤其是对儿子的影响，成长为成年，并向一个老练的听众说教，是《一些影子》一诗的重要主题，这是《营救之年》里更长的冥想诗之一。这是一个戏剧性的独白；演讲者希望说服听众，他们不要"太拘谨"，这是一种冰冷的生活方式。

然后他试图把观众带回"贫瘠的土地"，带回到那个在印第安人阴影笼罩下的乡村。那时，他的母亲还是一个女孩，她不得不在冬天的早晨跑到学校，手中捧着热乎乎的红薯。"她听不太清楚。"尽管有点害怕。

> 她爱过，像每一个人一样，
> 一个瘦弱的人，一个凶残的人把她带走了。
> 这时戏剧的一幕发生了，演讲者宣布：
> "我是他的儿子。"
> 由于这个原因，他不能太拘谨，他说：
> 请原谅，我抓住这些影子，善良的人们，
> 试着在我的开场白里保持安静。
> 无论我住在哪里，霍克都紧守住这片荒地，
> 世界说："狗吃狗。"

镇上的人都叫他父亲霍克，
他靠诱捕和打猎为生，
泥沼四处都是。

我们是否有理由认为，诗人已经认可了一个都市中“冰冷的生活方式”与先驱者艰苦而残酷的生活之间的反差？“旧的泥沼”的野性生活和许多类似的地域一定使他的头脑充满了好奇，丰富了他的想象力，并思考了很多问题。许多来自草原生活的问题出现在《乔治叔叔》一诗中，在“叔叔乔治的农场里，只有电线杆记得那个地域”。那里，暴风雪袭击了家畜；然而，有些灾难比其他灾难更好。

但正是在这里，诗人在雪地里寻找“带毛的东西”。他观察着春天的鸟儿，检量它们筑巢的溪流。他就像一只拍动着翅膀的鸟儿，测量着它记忆中的河流。这首诗里的意象一开始可能很深奥。为什么一个人应该一次只能勉强地过一种生活？诗人给出的答案并不明确，但可以在乔治叔叔那里和他的生活方式中找到答案。农场被召回是暗示其他观念和联系的本质。首先，读者目睹了暴风雪的野蛮残暴。然而诗人做出不合常规的评论，“有些灾难比其他灾难更好。”在这一背景下，诗人说：“我耕地，我属于这里。”体现了诗人与地域的终极契合。当鸟类测量它们筑巢的溪流时，也可以直观地感知到这种契合。当诗人衡量他的河流时，乔治叔叔的记忆又回来了，给了我们这首诗最直接的戏剧。“我耕地，我属于这里”，属于那一天和那个地域，它以其象征性的力量引领我们到抽象的“终极认同”概念。这种抽象的概念成为整首诗的主题，如果我们把荒野看成是理解更多的东西。

人类是不能复制的，但有些东西是可以复制的。他是其中的一部分，但却因两极之间的对立而疏远。他的头脑和他的本能，这东西变得容易理解。

在斯塔福德的诗歌中，采用了象征性的引用和戏剧化顿悟的时刻。《穿越黑暗》的标题诗很好地阐释了这一点。

穿过黑暗我发现了一只鹿，

死在威尔逊河路的边缘。
通常最好把它们卷起扔下峡谷里，
这条路是狭窄的；突然转向可能会造成更多的死亡，
我在尾灯的余晖下跌跌撞撞地回到车上。
站在这堆旁边，一只母鹿，刚刚被杀害，
她已经僵硬了，几乎是冰冷的。
我拖着她；她的肚子很大，
我的手指触碰她的侧面，让我相信——
她的侧边很温暖；她的小鹿躺在那里等着，
还活着，永远不会出世了。
站在山路旁边，我犹豫了。
汽车的目标是降低停车灯；
发动机罩下稳定的发动机在颤动着。
我站在暖暖的汽车尾气刺眼的红光中；
在我们的一行人中，我能听到荒野在倾听。
我为大家冥思苦想——我唯一的一次急转弯——
然后把她推到河边。

“她的侧边很温暖；她的小鹿躺在那里等着，还活着。”然而，“汽车的目标是降低停车灯；发动机罩下是稳定的发动机。”这段强调了未出生的小鹿和颤动的引擎二者对比产生的象征性力量。但是这种对比并没有传达出全部内涵。在两个象征之间插入了一行：站在山路旁边，我犹豫了。在“我犹豫了”这句话中，顿悟的时刻被戏剧化了。

一名大学生在听到斯塔福德读这首诗时，感受到“我犹豫了”这句话背后所暗含的残酷决定。她愤怒地喊道，“他怎么能这样做呢？把那头鹿推到岸上！”她自发性地愤怒，虽然是被误导了，但可能有效地检视了这首诗所带来的显著效果及象征主义的真理。一个更老练的读者可能不会做出这样的反应。因为如果熟悉文学惯例，他就会与直接经验保持一点距离。为诗人的写作艺术留下深刻印象。然而，与地域的认同是必不可少的主题。这是一个艰难的决定。最终将死去的母鹿推至河岸显示了人类的困境：他的智慧与本能的角逐。

这一观察将我们带入了荒野和文明的概念所暗含的悖论。那么问题是：为什么人类想要征服这片荒野？为什么他渴望恢复原始的能量，心灵的平静？最终达到修复自我。这些问题都存在于斯塔福德的诗歌中。例如，我们可能会发现在他花园里的郁金香树旁暗含的这个悖论。

《在许多冬天的夜晚》（*Many a Winter Night*）郁金香树强烈地表达了自己的意思。“我还在这里”这句俏皮的、低调的台词。

> 就是这样，
> 幽灵般的，在常青树旁，支撑着。
> 真正属于，
> 但如果严重怀疑，
> 就会消失。

通过一个巧妙的建议，诗人提出了一个问题，并给出了答案。在这个场景中“真正属于”的是什么？什么会回来？在许多冬天的夜晚……又活在其他树木中？这棵树提醒着沉睡的生命，存在着却看不见，而且，如果它没有受到严重怀疑，它就是一个冬天已在等待。

绿色生活的象征等待着大自然的一种宏伟现象，这种存在于人的意识深处，是最令人兴奋的期待之一，在他仔细观察乔木和灌木的过程中表现出来。斯塔福德的诗探究这种意识，给它一个刺激，就像这样。

在他的一些诗歌中，特别是那些发表的，以《哈德逊评论》上发表的以《地球和空气的诗歌》为标题（1967 年秋），斯塔福德已经成熟驾驭了荒野主题，赋予它一系列来自新体验的联想。但这些新的经验被用来强化这一信条。人类最深处的欲望，生命之泉，只有面对荒野时才会被揭开。《为夺走他生命的同行》（*For a Colleague who Took*

His Life）一诗中提供了这样一个例子：我读着新闻/感觉到狐狸在我的外套里面整天啃咬着。这只狐狸在斯塔福德创作的动物形象中找到了一个适宜的地域。它并不是斯巴达传说中的狐狸原型。它充满野性，长着毒牙，潜伏在人的自主神经系统中。

在斯塔福德的诗中，荒野经常一闪而过。就像在乔伊斯的顿悟中发现的启示一样。

> 我们回到了被称作“姐妹”的三山，
> 沿着翠绿的湖泊小径，
> 跨越过山脊，那时
> 一股空气轻拂着我们，
> 几乎感觉不到。

这几行来自《发生的事情》（*Things that Happen*），我们能够注意到，地名是偶然的，可能会发生变化，但不会改变世界上任何地域的登山者所经历的体验的意义，也不会改变轻拂着我们的空气，那是一天中最伟大的事件。

在《告别夏日》（*Farewell to Summer*）中，男人的行为在“遥远的安静区域”中找到了一颗平静的心相比显得微不足道。在那里，时间的侵蚀被捕捉：“一波，一波，又一波。”这使人类和他的机构在自然面前相形见绌。许多诗歌中都有这样的主题，暗示着人类的努力。建构自己的世界充满了讽刺。

在他早期的一首诗《回家》（*Back Home*）中，斯塔福德表达了这样的讽刺：

> 野性的山峦来到河边饮水，
> 教堂思索着它古老的含义，
> 我相信山赢了。

虽然所有的诗人都以他自己的方式描绘自然，而 18—19 世纪的英国诗人则是以弥尔顿和莎士比亚的田园诗传统为主导，斯塔福德对自然的运用并没有受到传统的影响。他没有假装是牧羊人，他的场景不是传统的田园画卷，而是呈现出一幅新的山脉和草原的景象。他的动物并不是由忒奥克里托斯遗留下来的文学野兽。它们是美国的野生动物：蛇、蜥蜴、郊狼和老鹰。然而，斯塔福德的诗歌与荒野的关系在《穿越黑暗》中得到了最好的界定，当他在山路上犹豫的时候，“为我们一行人苦苦思索”。正是时间和地点促成了这个想法，这个想法本身并没有明确表达。

在《父亲的声音》（*Father's Voice*）中他明确地说：

世界，我是你的慢客，
这是最常见的事情之一。
在太阳下移动，
拥有亲密可靠的朋友，
在地球上，在空中，在岩石中。

也许这一诗节会让我们接近一个斯塔福德作为诗人角色的定义。他知道自己是做什么的，而在地球上，在空中，在岩石中的朋友们决定他的身份。因此，他的角色绝不是浮夸，而是证明了道德的简朴与坚韧。这种道德的坚韧可能仅仅是生活在这个世界的意志。“我们的生活是恩赐于我们的一种赦免”。就像“我们的城市被自动火箭守卫着”（Our City is Guarded by Automatic Rockets，营救之年）一诗中所说。在这首诗中，一个终极的道德目的衔接了最后一节：

在我们的山后面有一个地域是如此真实，
它让我转过头，毫不犹豫。在那里，
在最后的灌木丛里躺着一只走投无路的猫。
被它的爪子救了，现在准备一直待在
那里，只有荒野，拥抱着
它的血。这就是我要吐槽生活的方式。
在任何小路的尽头我闻到了猎人的味道，
因为我认为我们的故事不应该结束。

或者在黑暗中继续，即使无人倾听。

“无人倾听”——这个词又出现了。这里提出了一个问题：人类有原始冲动吗？只剩下荒野。如果有的话，也许不能挽救它最终灭绝？

斯塔福德的荒野牢牢抓住了我们的视线，它是冷酷的，不友好的，但也不总是令人生畏的；它是一个无所不包的存在，但又不可知。人类依赖于对活生生的荒野的某种观念，从中为自我获得维持生计的物质，这一直被认为是浪漫主义观的里程碑之一。在我们目前的文学环境中人类被诊断为“异化”或个人身份的丧失，可能是由于我们未能意识到荒野的存在，或者从未对荒野作出反应。

二、大卫·瓦格纳

大卫·瓦格纳（David Wagoner）被公认为太平洋西北地区的主要诗人，因其娴熟、深刻和严肃的作品而受到诗歌界的高度赞扬，常与他早期的导师西奥多·罗特克相提并论。他获得过许多著名的文学奖项，包括露丝·莉莉诗歌奖（Ruth Lilly Poetry Prize）、手推车奖（Pushcart Prize）、艺术与文学学院奖（the Academy of Arts and Letters Award），并两次获得国家图书奖（National Book Award）提名。瓦格纳共著有十部备受推崇的小说，他的小说获得了舍伍德·安德森基金会奖（Sherwood Anderson Foundation Award）。瓦格纳是华盛顿大学荣誉退休教授，享有作家和写作教师的良好声誉。1978 年，他被选为美国诗人学会（Academy of American Poets）会长，取代罗伯特·洛厄尔（Robert Lowell），并担任《西北诗社》（*Poetry Northwest*）编辑，直到 2002 年最后一期。

瓦格纳出生于俄亥俄州，在印第安纳州长大，美国中西部的瓦格纳最初受到家庭关系、种族社区、工业生产和污染以及城市环境的影响。1954 年，在罗特克的敦促下，他搬到了太平洋西北部，这不仅改变了他的人生观，也改变了他的诗歌创作生涯。瓦格纳在《当代作家自传系列》(*Contemporary Authors Autobiography Series*) 中回忆道:“当我驾车驶离卡斯卡德时,看到这个地区将成为我未来 30 年的家乡,我极度的不安变成了敬畏。我从未见过或想象过这样的绿色,这样一种治愈成长的希望。我所看到的一切似乎都是我曾试图长大的死去的地球的活生生的祖先形式。”(125) 瓦格纳的诗歌常常为失去一片自然而肥沃的荒野而哀悼,尽管大卫·K. 罗宾逊 (David K. Robinson) 在当代诗歌中也描述了“生存、对那些破坏自然世界的人的愤怒”和“乔叟式的对人类怪异的喜悦”等主题。评论家们还赞扬了瓦格纳的诗歌,因为它清晰地描述细节和隐喻的倾向。然而,《纽约时报》书评的保罗·布雷斯林 (Paul Breslin) 称大卫·瓦格纳“主要是一位自然诗人……就像弗罗斯特 (Frost) 和罗特克 (Roethke) 是自然诗人一样。”

瓦格纳的作品,包括《干燥的太阳》(*Dry Sun*, 1953)、《干燥的风》(*Dry Wind*, 1958)、《立足之地》(*A Place to Stand*, 1958) 和《诗》(*Poems*, 1959) 都展示了他对所选主题和形式的早期掌握。瓦格纳常常通过对自然的观察,把叙述者的困境和疏离与这个世界上更多的不完美联系起来。在瓦格纳的《立足之地》(*A Place to Stand*) 中,可以看出罗特克对他的影响是显而易见的,这本书用旅行诗来表现这位诗人从一开始就追求的东西。《筑巢之地》(*The Nesting Ground*, 1963) 反映了他在身体、美学和情感上的重置;中西部被太平洋西北部的葱郁景象所抛弃,瓦格纳的风格更少地关注哀叹或抱怨,而更多的是对他周围的恩惠进行分类。詹姆斯·K. 罗宾逊 (James K. Robinson) 称《活着》(*Staying Alive*, 1966) 为“二战以来最优秀的美国诗歌之一”。罗伯特·科丁 (Robert Cording) 认为,对瓦格纳来说,接受现实意味着“接受我们支离破碎的自我,通过爱,我们总是试图把它们拼凑在一起;接受自己的黑暗;接受我们周围的世界,我们必须重新认识自己。”

《诗集 1956—1976》(*Collected Poems*, 1976) 获得美国国家图书奖提名,在帕纳索斯受到肯尼迪的赞扬,因为他的诗“优美清晰;它们不仅易于理解，而且内容一目了然。“可是谁会是太阳呢?”（1978）改编自印第安人的神话传说，受到了评论界的关注。海登·卡鲁斯（Hayden Carruth）在《哈珀杂志》（*Harper's Magazine*）上撰文称，这本书是“一个非凡的成就”，不仅因为它展现了“萨满教神秘主义的文学性”，还因为“它的真实感受”。《哈德逊评论》的詹姆斯·芬恩·科特也指出，瓦格纳“没有写翻译，而是精简版，避免了刻板的语言……”这个声音是瓦格纳自己的，私人的，熟悉的，关切的。他在这些诗歌中实现了自然、传说和心灵的完美融合。

同样获得国家图书奖提名的《破碎国度》（*In Broken Country*, 1979）展示了瓦格纳如何磨炼他在《活着》中首次使用的教学背包诗（the instructional backpacking poems）。伦纳德·诺菲尔德（Leonard Neufeldt）在《新英格兰评论》（*New England Review*）上撰文称，第一部分的“爱的歌词”是“自威廉姆斯（Williams）的《水仙》（*Asphodel*）以来最棒的”。瓦格纳一直被评论家诟病，在一本又一本的作品中使用古板的田园传统，对人类题材写得不够好。然而，他的书一直受到评论界的关注，人们常常认识到，他的书把与自然的接触比喻为与自我的接触。据詹姆斯·K. 罗宾逊（James K. Robinson）说，《第一缕光》（*First Light*, 1983）是瓦格纳“最强烈”的作品，反映了瓦格纳与诗人罗宾·塞弗里德（Robin Seyfried）的第三次婚姻。1996 年出版的《出版人周刊》（*Publishers Weekly*）称赞《沃尔特·惠特曼沐浴》（*Walt Whitman Bath*）运用了“直言不讳的正式的精湛技巧”，让读者“有一种务实而清晰的感知”。1999 年瓦格纳出版了诗集《轻装旅行》（*Traveling Light*）。经过多年对瓦格纳作品的分析，许多评论家发现，他最有力的诗歌大部分是最新出版的作品。拉切尔·拉特纳（Rachelle Ratner）在《图书馆杂志》上写道：“由于许多最好的诗歌都在‘新诗’部分，所以等待他的下一卷也许是有意义的”。下一卷《歌之屋》（*The House of Song*, 2002）因题材多样、制作精良而广受好评。克里斯蒂娜·普（Christina Pugh）在诗歌中写道：“《歌之屋》拥有一流的架构，每一个房间（或者用意大利语说，诗节）都提供了一种愉悦感，增强了一种愉悦感。”2008 年，瓦格纳出版了他的第二十三本诗集《夜色地图》（*A Map of the Night*）。希拉·法尔（Sheila Farr）为《西雅图时报》（*Seattle Times*）撰写书评时，发现很多诗都充满了怀旧之情。法尔承认，“并不是所有的作品都达到了瓦格纳声誉的高度”，他将其“最美好的时刻”描述为“与书名产生共鸣，冒险进入黑暗，帮助我们认识它熟悉的地域”。

除了他的众多诗集，瓦格纳也是一位成功的小说家，写的是主流小说和西部地区小说。瓦格纳创作的故事中融合了戏剧和少量的喜剧元素，经常讲述一个天真的主人公遇到并接受人类的失败和社会腐败的事实。瓦格纳在当代作家自传系列中，第一部小说《中间的人》（*The Man in the Middle*，1954），这是一部带有格雷厄姆·格林色彩的惊悚片，讲述的是发生在芝加哥的一起暴力政治纠纷中有关一个铁路道口看守人的故事。他的第二部小说《钱，钱，钱》（*Money*，*Money*，*Money*，1955）讲述了一个年轻的外科医生不能触摸、看甚至考虑钱，虽然他很富有。他的第三部小说《摇滚》（*Rock*，1958）讲述了“芝加哥少年犯罪”的故事。《宝贝，进来吧》（*Baby*，*Come On Inside*，1968）讲述了一位失声的老年流行歌手的故事。然而，作为一名流行小说家，瓦格纳最著名的作品是第四部小说《逃跑的艺术家》（*The Escape Artist*，1965），讲述了一个业余魔术师和不择手段的成年人试图利用他的故事，1981 年被改编成电影。瓦格纳作为西方“地域”作家创作的小说都取得了成功。在结构和主题上，它们与他的其他小说有相似之处。戴维·W. 马登（David W. Madden）在《20 世纪的西方作家》中写道：“这些（西方）作品的核心都是一个年轻的主人公从天真到经验的转变，他穿越美国边境，遇到了一个堕落的世界。然而，与他遇到的那些人不同的是，这位主人公保留了他最基本的乐观和清廉。”

尽管瓦格纳创作过许多小说，但他的声誉始终建立在他的众多精心制作的诗集和他作为一名教师的奉献精神之上。哈罗德·布鲁姆这样评价瓦格纳：“他对美国怀旧的研究和詹姆斯·赖特的研究一样富有说服力，就像赖特的诗歌一样，他的研究也延续了美国诗歌中一些最深刻的潮流。”伦纳德·纽菲尔蒂特（Leonard Neufeldt）称赞瓦格纳为“目前美国最有成就的诗人之一……他作品中主题涉及的范围以及处理各种题材的能力（比如抒情，叙事，描述性的，戏剧性的轶事）和任意数量的物种（挽歌，讽刺肖像画，诗歌编辑，撇号，悲叹和孩子气的歌，举几个例子），他频繁地将这些元素和谐地组编在一个作品里，让我们看到了一个聪明而令人信服的天才是如何定义的。”

自瓦格纳职业生涯开始，环境就对他的诗歌产生了深远的影响。他最初的作品反映了他对周围自然的仔细观察。然而，印第安纳州的工业城市到太平洋郁郁葱葱的环境的改变，彻底改变了瓦格纳的写作观和主题。他的作品集《立足之地》反映了他个人声音和风格的发展。

在太平洋西北部的诗人中，谁在为环境说话？太平洋西北部的诗人（也许从阿拉斯加到俄勒冈州和艾奥瓦州和蒙大拿州以及适当的加拿大省份）通常恰当地被描述为“地域主义者，”而地域主义者也许是不可避免地与环境产生关联，至少在经常使用“环境”这一术语。他们经常在作品中反映出西方的一系列神话景象（或许是刻板印象）：广阔的开放空间、广阔的天空、最后的边疆、粗犷的个人主义、距离、孤立、严酷的美。景观的形状，有时扭曲；性格，一直在西方文学包括太平洋西北部文学中是一个强大的主题。

不过，很多学者更强调区分“环境”（environment）和“景观”（landscape），因为“环境”目前指的是与我们周围环境有关的政治问题。主要关注风景如何塑造性格的作家，无论是个人还是社会，不一定与主要关注人们如何开发或破坏风景的作家相同。我们现在通常把后者称为“环保主义者”或“环境倡导者”。所以，更准确地说，我的问题是，哪位诗人最有力地表达了西北太平洋地区受到威胁的环境？西奥多·罗特克（Theodore Roethke）被一些人认为他是西北太平洋诗歌的开拓者，从他早期诗歌的温室世界搬到了更广阔但仍然充满幻想的遥远领域（1964 年）。北美系列的诗歌无疑激发了瓦格纳的灵感，它们试图回答《渴望》中提出的精神问题："如何超越这种感官上的空虚?"瓦格纳的作品，从《轻装旅行》（*Travelling Light*, 1976）到《风后的土地》（*The Land Behind the Wind*, 1983），都让人想起罗特克的作品，但它们都非常明确地定位在西北部。罗特克的地理位置仍然保留在密歇根州，这一点在《奥伊斯特河上的冥想》（*Meditation at Oyster River*）中表现得很明显。

威廉·斯塔福德（William Stafford）为《落基山评论》（*Rocky Mountain Review*）撰写了他离开堪萨斯的故事《你的城市之西》（*West of Your City*, 1960 年），他在《井口上升》（*The Well Rising*）中写道，"在这样一个世界里，我小心翼翼地站稳脚步。"（1952 年）在 1962 年出版的《穿越黑暗》（*Traveling Through the Dark*）中，叙述者在一条狭窄的河边道路上面临着一个困境，在他决定"为我们所有人"之前，他可以"听到荒野的声音"，然后把刚刚死去的母鹿推下悬崖，因为它的小鹿还活着（61）。也许没有哪个诗人比斯塔福德对周围世界的反应更富有同情心和爱心。

正如理查德·雨果在 1977 年的小说《永远》中所写的那样，"我是树的朋友"。他关注的人通常居住在荒凉的环境中，"灰色"的城镇蒙大拿和家乡华盛顿的破旧的沿海站点。雨果在太平洋西北部发现了一个"无常的景观"，正如桑福德·平斯克所说，"一个巨大的声音平台，他可以在其中进行身份的探索。"（57）他的诗歌位于特定的地域，他对这些地域提出了情感诉求，但这些地域往往是"触发城镇"的地域。雨果对地域的痴迷很少导致他在诗歌中为环保主义者辩护。

当然，太平洋西北沿岸的当代诗人并不都是雨果或斯塔福德那样的"地域主义者"。苔丝·加拉格尔在《游船》《失落的山上的木刻》等诗歌中对父亲的反思，具体地定位在奥林匹克半岛附近，但她首先是个诗人。斯波坎本地人卡洛琳·凯泽很少把她的诗歌与西北风景联系起来。艾奥瓦州雪莱（Shelley）的肯尼斯·汉森（Kenneth O. Hanson）是土生土长的希腊人，最近刚刚从俄勒冈州退休。博伊西人理查德·谢尔顿虽然写过他的家乡博伊西，但他已经融入了墨西哥和西南部。尤其是约翰·海恩斯（John Haines），1966 年的《冬季新闻》（*Winter News*）提供了阿拉斯加寒冷的景象，弗恩·卢特萨拉（Vern Rutsala）最近的系列《从冰屋走回家》（*Walking Home from the Icehouse*，1981 年）则包含了他在艾奥瓦州麦考尔（McCall）的童年记忆。事实上，几乎所有这些诗人以及许多其他人，都在一首或另一首诗中记录了他们对风景的反应。

但是这些诗人，无论是"地域主义者"还是其他，都没有像瓦格纳那样，采取尤为坚定的环保主义者立场。瓦格纳曾在《致一个把五只鹰挂在铁丝网上的农民》（*To a Farmer Who Hung Five Hawks on His Barbed Wire*）一诗中写道：

> 今晚，当你把梦枕在柔软的羽毛上时，
> 我把它对准你的头颅：
> 你在大地上空盘旋，大地的法官和主人，
> 警觉着，活着，带着你可怕的仁慈，独自在风中飘荡。
> 突然，你的胸骨碎裂了，
> 你扑扇着翅膀掉了下去，
> 你的爪子抓着什么东西，
> 歪歪扭扭地一遍又一遍地，
> 然后重重地摔在地上。
> 你躺在那里，等待着，一点点死去。（《第一束光》，25-26）

读者在这些诗句中所听到的指责之声，正是瓦格纳关于狩猎诗的典型代表。狩猎是太平洋西北部最重要的娱乐产业之一。

瓦格纳对环境问题的敏感可以追溯到 1954 年他来到太平洋西北部之前，当时他在宾夕法尼亚州立大学的导师西奥多·罗特克邀请下加入华盛顿大学英语系。瓦格纳的父亲在钢铁厂的冶炼厂工作，瓦格纳在印第安纳州加里和伊利诺伊州芝加哥之间的工业沙漠中长大。他的第一部诗集《干燥的阳光，干燥的风》（*Dry Sun*，*Dry Wind*，1953）充满了腐朽和贫瘠的画面：

现在狭窄的小路
在豚草下面
又黑又弯；
现在，破碎的玻璃
在鸢尾花盛开的地域。(*Finale*，19)

而诗人在《草坪设计》(*Lawn Design*) 结尾处总结道：

餐巾纸和香烟
在网球网中筛来筛去，
散发出一种软弱无力的设计，
明亮的图像消失了。(15)

这些短而抒情的诗句使人想起罗特克早期的作品。瓦格纳的六部小说中的人物都居住在中西部城市，生活在污染严重的环境中。事实上，于1949年在《凯尼恩评论》中发表的第一部短篇小说的主人公，从他的办公室窗口思考着："透过散热器和窗户之外，他可以感觉到一堆堆废铁和通向各个方向的轨道。当他看的时候，雪比他记忆中的更脏，云从天上往下流到生锈的厂房。"(441) 在1954年出版的《中间人》(*The Man In The Middle*) 一书中，查理·贝尔 (Charlie Bell) 认为，"河的气味和湖的气味不一样：这里的水充满了城市中所有死去的东西的气味，堵住了河口后部。"(90)

瓦格纳在第一次访问奥林匹克半岛时曾写道：

我把车停在奥林匹克半岛和河沿岸的一条砾石小路上，附近是北美仅存的两片原始雨林之一。我看了一眼迷宫般的蕨类植物、越橘、野花、冷杉、苔藓，以及一个我从未想象过的令人难以置信的、令人愉快的绿色世界，然后径直走了进去，仿佛我期待着上帝会来迎接我。(*Mademoiselle*，246)

正如这篇文章所指出的，瓦格纳对太平洋西北地区风景的部分反应可以说是被其纯粹的美所吸引，而从这种反应中产生的诗歌则以如画的方式呈现。他长期观察鸟类，写过许多关于鸟类的短小的意象诗（“茅草”“麻卤”“沼泽鹰”“翠鸟”“龙鸟交配”）。他的 13 部全集还包括《在花园中入睡》和《园丁的梦》等宁静的家庭花园诗。

然而，瓦格纳在他的诗歌中假定有各种各样的声音，并且假定他的作品中对自然的任何单一的感知都是“典型的”，这将是错误的。直到 1963 年出版的《筑巢地》（*The Nesting Ground*），他开始反映他对西北太平洋景观的接受，除此之外，并且以这种方式阅读自然。他曾被海特·瓦格纳（Hyatt Waggoner）描述为一个“宗教的幻想诗人，”尽管还称赞他为“一贯的经验派和怀疑派”（180）。

瓦格纳最严谨的幻想主义诗歌集中在几个序列中，从《轻装旅行》开始，劳伦斯·利伯曼将其描述为“先进的风格……不像我在美国诗歌中遇到的任何事情”（154）。人们在这些诗歌中听到的声音，既有我们在《唐格尼斯吐口水指南》（*A Guide to Dungenes Spit*）中遇到的环境与精神上开明的爱人的声音，也有提醒我们自身不足之处、具有讽刺幽默感的阴险老师的声音。例如，在《站在沙漠中央》（*Standing In the Middle of a Desert*, 1979）中，说话者提醒我们，我们并不像仙人掌那样适应那个世界，文中的语言表明，我们的局限不仅仅是身体上的：

> 你没有足够的基本素质
> 在这里生长：
> 你可能是扭曲的，苦涩的，肉质的，光滑的，
> 但是没有很好的装备，
> 没有深入或广泛扎根，灰绿色，或矮小的。（97）

虽然在序列的最后我们还没有找到一个深刻的解决人类困境的方法，但我们正“到达那里，”正如作为最后一首诗的标题承诺的一样：“像风蚀刻岩石，你给自己留下了一个持久的印象。”（107）

这位环保主义者的声音有时在他的系列作品和其他描写人类环游世界之旅的诗歌中表现得很明显，至少在他对头虱、毛虫和鹪鹩的形象刻画中是含蓄的。这也隐含在他不寻常的“重述”高原和西北海岸

印第安人的故事和神话，组成了诗集《谁将是太阳?》(*Who Shall Be the Sun?* 1978)。瓦格纳曾表达了他对万物有灵论的赞同："他们没有将自己放置于地球上的有机和无机的同伴之上，而是接受与敬畏它们，与动物、鱼、鸟、树木、河流、灌木、石头、天气和自然灾害等现象都处于平等现象，与它们共享这个地球。"

然而，瓦格纳在相当多的诗歌中表现出了激进环保主义者的声音：他往往针对一个特定的目标表达愤怒和愤慨。他最早的作品是《标准石油公司》(*Standard Oil*)，他在《印第安纳州标准石油公司的告别》（*A Valedictory to Standard Oil of Indiana*）中抨击了标准石油公司（Standard Oil of Indiana）的苟且偷生（1966 年)。"他们盯着箱卡的迹象，/和密歇根湖排水缓慢到休伦湖，/工厂级别的沙丘，和通过鳟鱼的鳗鱼去航海。"(*Collected Poems*, 82)

尽管瓦格纳在他的诗歌中谴责了不计后果的伐木行为，但他在太平洋西北部的首选目标一直是惠好公司（Weyerhaeuser)，该公司于 1900 年在塔科马成立，自封为"树木生长公司"。

两个序列都聚焦惠好公司。第一部出现在 1974 年的《林中沉睡》(*Sleeping in the Woods*）中，第二部出现在 1979 年的《破碎国度》(*In Broken Country*）中。在《来自被惠好公司砍伐的森林的报告》(*Report from a Forest by the Weyerhaeuser Company*）一书中，调查一处 3 平方英里的空地时，作者以第一人称说话，大概是瓦格纳本人。"现在，"他悲叹道，"只有事实才重要：/灰色的瓦砾堆，/揉成一团的粗毛，树根，被推土机铲平的痕迹，/寂静……"（*Collected Poems*, 224）他在整首诗中始终忠于"事实"：这是四月里一个阳光明媚的早晨；这条小溪现在"被折断的树枝搭桥筑坝"，仍然在"第九峰之外"的某个地域流淌；树桩上有九十多个环。瓦格纳接着对"活着的"（越橘果，沙龙白珠树，一只黄蜂，他自己，两只蝴蝶）和"死去的"（成千上万的杉树幼苗/一英尺高，每隔十英尺种一棵）进行了普查，但由于缺乏水分而死亡，还有两个"鹿角啤酒罐"和一只"鹰一样大的秃鹰"。最相关的事实是"选择性砍伐"本身的实践，"他们说"这3英里将在未来对熊和鹿的栖息地非常好。但叙述者的结论是,"坚持事实,事实,/我背靠着树桩哀悼"(*Collected Poems*, 225)。因为这首诗以"报告"为幌子,瓦格纳对"事实"的坚持,加上对数字的特别关注,构成了对那些最执着于数据的人的一种反驳。"事实"会反过来反对它们自己,而最终的"事实"则是叙述者悲伤地向后靠着的那个触摸得到的树桩。

在《教训》(*The Lesson*)中,演讲者通过了生命的各种迹象——一对新生的羊羔,一匹小马和一匹母马,一条满是鲑鱼幼崽的小溪——仅仅遇到了"一片2000英亩的新森林/一片熟悉的森林/一片光秃秃的森林/被锯齿状的惠好公司夺去了生命"。被这些"灰色废墟"所困扰,他被迫思考其中可怕的含义:"鲑鱼会死/死在刺网和原油里/小马会被咬断又咬断/羊羔会跳到屠宰场。"然而,这首诗的"教训"并不像作者最初设想的那么无望。如果这一"教训"构成了一种努力,让我们正视森林被砍伐的痛苦经历,那么我们学到的是,大自然依然具有复原力(*Collected Poems*, 226)。

在序列的第三首诗《哀悼被惠好公司砍伐的森林》(*Elegy for a Forest Clear- cut by the Weyerhaeuser Company*)是对事件发生五个月后的沉思。叙述者直接对话九十岁高龄的森林中留下了一个"墓地",薄溪,近死/世界尽头的夏天,排水沟地下:"现在珍珠的/已向死去的深的根/痛苦的赛季。"他知道,杉木幼苗在夏季干旱中幸存的概率只有十分之一左右。在他所谓的"不道德的森林火灾"中,叙述者愤怒地坐在那里,他知道:

> ……小溪会再次流动,
> 雨雪交加,啃食着未经处理的污物,
> 把自己的沟壑清理干净。
> 有选择性的伐木者就像在麦田里昂首阔步的收割者一样,
> 有选择性的伐木者会到树根生长的地域去。
> (*Collected Poems*, 228)

这个序列的基调，从痛苦的悲伤，到希望，再到愤怒。当时流行的调子是挽歌，但很快就充满了尖刻的讽刺。

这几首来自《破碎国度》的伐木诗并不都是专门针对惠好公司的，但它们确实构成了一个伐木序列。《砍树》（*Cutting Down a Tree* 65）以“第二人称控诉者”来称呼伐木工人。一如既往地，在瓦格纳的诗歌中，文字的切割不止一种方式。“你粗略地估计一下”，他在第二行评论道，“粗略地”这个词，他的意思是“大致地”和“严厉地”。随着这首诗的发展，瓦格纳以相当的技巧使用了伐木工的术语。毫无同情心的叙述者指出，“你”可能“忘记了清除所有的倾斜障碍/那些天生就死于朋克情结和内心腐烂的人。”如果是这样的话，“你可能会发现自己被困在灌木丛中/除了抱着第二好的希望，别无他法。”这将使“你”，伐木工人，跌跌撞撞地后退，“带着一个管理不善、被屠宰的树干或它死去的兄弟/像死兔子一样落在你身上。”（66）这张报复性的字条是写给伐木工人的，类似于上面提到的“一个农民把五只鹰挂在他的带刺铁丝上”。对于太平洋西北地区的一个主要产业，实际上是公众想象中最常与该地区联系在一起的产业，这样一个明显不敏感的反应，并没有让一些读者喜欢上大卫·瓦格纳。他曾指出，他的声誉在美国大陆洛矶山脉分水岭的东部比西部更高。在下一首诗《判断原木》（*Judging Logs*）中，他描述了一个“缓慢的伐木工人”带着“理解/无情的眼睛”在雨中漫步：“他是重生的人/但毫无生气”，只关心“数木板的脚”（67）。

在该系列的第三首诗《致惠好——一家树木栽种公司的演讲》（*An Address to Weyerhaeuser, The Tree-Growing Company*）中，瓦格纳回到了他的宿敌。叙述者沮丧地盯着“数英里的树桩和砍痕，以及一度被埋在土里的努力/树根”，他发现自己“太疯狂了，无法抒发情感”，因为他在听冬天鹪鹩的歌，试图“尽其所能”占领“领地”。由于意识到这种小鸟的声音“清晰而容易地传播到500英尺”，叙述者用诗人的数学计算出“这一令人难以置信有才华的盎司正在移动和回收/重达9吨的六月空气半球”（68）。实际上，就是这位叙述者，在早期的惠好诗歌中，就意识到工业是被事实和数字所打动的。在结尾处，演讲者直接对话惠好先生，承认他意识到6月对伐木工人来说是一个“让人分心的月份”：他们必须诱捕威胁到他们树苗的黑熊，他们必须“不顾我们的代价”，也不顾其他生物的代价，向塔索克蛾喷洒杀虫剂。但是考虑到穴居人，瓦格纳呼吁道：“他每天搬运的活的和死的东西比你所有的伐木工人都重。”他知道，对木材公司来说，能“搬出去”的是大块木材。这首诗的结尾是：“每首歌/持续7秒，直到永远。”想想如果你能唱歌，甚至能听，你会怎么做。

《破碎国度》接下来的五首诗是对狩猎的谴责：“雄鹿热”“盲鸭”“设陷阱”“背带”和“拿着奖杯摆姿势”。所有这些句子都使用了“第二人称宾格”，而且叙述者的讽刺语气如此之重，以至于几乎成了谴责。在早期的来自《林中沉睡》（*Sleeping in the Woods*，1974）的《坏渔夫》（*The Bad Fisherman*）一诗中，瓦格纳承认自己只是一个无能的垂钓者，意识到自己的心可能不在垂钓者的身上，最终决定他已经把最后一道彩虹给掏空了（*Collected Poems*，191）。但在《破碎国度》中狩猎序列诗中，他表达了最后的愿望：“如果这些魅力已经失效，死亡是真实的，/可能养肥你，一小时，一小时，为被困的猎人/的钝刀跳动在你的胸部。”（*Collected Poems*，120）

因此，瓦格纳的诗歌中有很多东西并没有让生活在太平洋西北部的人们喜欢，在那里伐木仍然是一种受欢迎的生活方式，尽管受到威胁，但却有着传奇的神秘感，打猎和钓鱼仍然是当地居民的主要旅游景点和业余爱好。在W. H. 奥登（W. H. Auden）经常引用的《回忆叶芝》（*In Memory of W. B. Yeats*）中的一句话中，奥登哀叹道，“诗歌什么也不会发生”（53）。读瓦格纳代表森林所作的恳求，你可能会发现自己希望奥登是错的，希望“惠好先生”能读到这些诗，被它们打动，“听”到，如果不是听冬天鹪鹩的歌声，那么至少是诗人的呼吁。瓦格纳报告说，这片空地的具体位置是在华盛顿门罗东南、扬斯溪附近的卡斯卡德斯山麓丘陵地带。他在20世纪60年代末重新访问了这个地域，“关注着缓慢的恢复和不充分的‘重新造林’。”他在全国各地都读过这些诗，两次是在国会图书馆（Library of Congress），目的是让接受他的读者听到。但正如他在最近的一封信中所指出的，“我从未听说这些诗对这家树木生长公司本身有任何影响。”毕竟，除了那些已经接受了诗人信息的人，谁还会去听这样的诗歌呢？

第四章　地域文化的融合与超越

——普世的地域观

对地域他者文化的关注是西北诗派创作的核心主题之一。他们的创作反映了对美国历史发展的反思以及对位处美国主流文化边缘的异域文化传统持有深刻的尊重与认同。他们在创作中常常融入中国文化、日本文化、美洲印第安文化等不同地域文化的历史意识及文化关怀。加里·斯奈德（Gary Snyder）广为吸收了中国传统文化中的佛教禅宗以及道家的思想；卡洛琳·凯泽（Carolyn Kizer）的诗学演变则经历了对中国诗学的模仿、创作和崇尚的过程，由此可见中国诗学对凯泽的深刻影响。他们跨越了地理疆界的束缚，以开放的姿态对待地域之间的差异性，通过不同地域文化间的对话与联系来完善地域存在的意义。

一、加里·斯奈德

20世纪60年代，美国诗歌受到当时政治因素的影响，变得更为自由与包容，更具实验性。在这种文化氛围中，一些对东方文化感兴趣的诗人开始积极尝试将东方文化的元素融入自己的诗歌中。斯奈德在诗作中注入了禅宗、道家思想，也利用中国古诗的格律与语法来重新锻造英诗语句。

斯奈德曾谈及中国古典诗歌对他造成的影响，“正是中国古典诗歌把我从少年时代对美国西部山地蛮夷大自然的盲目崇拜中解脱出来，在中国诗人眼中，大自然不是荒山野岭，而是人居住的地域，不仅是冥思之地，也是种菜的地域，和孩子们游玩，和朋友们饮酒的地域……”（《山即是心》，306）。这是一个美国诗人对中国古诗的独具慧眼的认识。对于斯奈德，自然就是全世界，自然中存在着各种各样不同的生态，自然中包含了丰富的多样性，有很多种不同的物种，不单单只有人类。

斯奈德最早是通过读庞德、韦利及韦特·宾纳（Witter Bynner）等人翻译的中国诗歌而受到中国文学影响的。

> “我很欣赏隐逸的、历史的、宴饮唱和的以及学识渊博的中国诗歌。特别能感动我的是一些描写自然的诗，如王维的诗，还有一些诗中的静的意境。后来我开始在老师陈世骧先生指导下读原版的中国诗，并且越来越喜欢中国诗的严谨形式、精练的语言和复杂的意蕴。所有这些都对我的诗歌创作产生了影响”（区鉷，34）。

西方的诗学传统是象征主义、神学和神话学，而中国诗歌则“注重衔接世俗的品质与历史，回避神学、精致的象征或晦涩的隐喻，重在表达友爱精神，对工作的豁达态度及对自然的敏感性。这对斯奈德来说是极大的推动”。因此，在某种程度上来说，中国诗对他的吸引力要远远强于日本诗。这是“一种难以解释的，缘分上的认同。我也爱好日本文学和日本诗，但对中国诗我却感到一种深刻的共鸣”（*The Gary Snyder Reader*，328）。西方的神秘主义皆是神学的、宗教的；而在中国诗中，个人和政治相杂，个人和历史相陈相因，并深具自然景物意识，民俗信仰也流布期间。中国诗人不依赖复杂的象征主义、神话或神学，而用极其简洁凝练的语言，呈现出事物本身的面貌。可见，斯奈德对中国古典诗所表现的一些意境深感契合。也许因为“描写自然的中国山水诗气魄较大，而日本的和歌与俳句处理的题材较小；写人际关系的中国古典诗，以文人之友情为主，都对了斯奈德的胃口”（钟玲，118）。

斯奈德在诗歌中大量吸收了中国古典诗歌的创作模式，主要体现在以下三个方面：

（一）积之也厚，发之也薄

庄子曾说过：“语有贵也；语之所贵者意也。意有所随；意之所随者，不可以言传也。”（《庄子天道篇》）海德格尔与德里达也都提到语言的臻境是无声的，中西哲人对于语言的臻境有着相同的领悟，所以在创作中过多追求喧嚣的字词与暗喻可能反而吓跑诗的精灵，反之若能倾听语言背后的“意”，那种虚怀若谷的境界就会使诗人有其独到的领悟，也即所谓自己的语言经验。但这种难以言传的意很难以寻觅，因为，用海德格尔的话说，“它既在此又不在此”（7），即语言有一种隐蔽自己的性能。诗人必须用他的悟性去发现他和语言间的一种诗的经验，也就是与语言对话。

斯奈德在诗歌的形式和节奏上受到中国古诗的影响尤为明显。这种模仿主要体现在两个方面。其一，在诗歌创作上尽量使用最简洁的、单音节的英语词汇，使诗行呈现出一种坚韧紧凑的表面结构。其二，模仿在读中国诗时能感觉到的那种强烈的节拍。他从寒山和王维的诗中得到不少启示，同时他又继承了庞德和威廉斯的语言省略模式。这两方面融合的努力在他所译的王维诗《鹿柴》中便清楚可见：

空山不见人，
但闻人语响。
返景入深林，
复照青苔上。
Empty, the mountain—
not a man
yet sounds, echoes

as of mentalking
Shadows swing into the forest
Shift light flashes
On dark moss, above. (Phi Theta Annual, 12)

这首诗体现了诗、画、乐三者有机融为一体。无声的静寂、无光的幽暗，一般人都易于觉察；但有声的静寂，有光的幽暗，则较少为人所注意。很明显，斯奈德在翻译此诗时，基本使用了单音节的英语词，省去了英语语法中所必需的连接词，以他特有的对色彩、声音的敏感，很好把握住了空山人语响和深林入返照的一刹那间所显示的特有的幽静境界。而这种敏感，又和他对大自然的细致观察、潜心默会是分不开的。

此外，斯奈德在1993年把早期译的唐诗修改出版，里面有更多设法接近中国诗的语法，譬如他译的柳宗元的《江雪》：

千山鸟飞绝，
These thousand peaks cut of the flight of birds
万径人踪灭。
On all thetrads, human tracks are gone.
孤舟蓑笠翁，
A single boat—coat—hat—an old man!
独钓寒江雪。
Alone fishing chill river snow. (*The Gary Snyder Reader*, 125)

在这首诗里，“雪”的意象笼罩着世界的一切、包罗一切，“千山”与“万径”都是雪，以致“鸟飞绝”“人踪灭”。就连船篷上，渔翁的蓑笠上，当然也都是雪。可是作者并没有把这些景物同“雪”明显地联系在一起。作者使用“寒江雪”三个字，把“江”和“雪”这两个关系最远的形象联系到一起。在“孤舟蓑笠翁”一句的译文中，英语的语法被完全忽略。此句如按语法应为“an old man with straw raincoat on a single boat”。而斯奈德省略了必要的介词“with”

与“on”，而将“孤舟”“蓑”“笠”“翁”拆开来，分别译成“a single boat”“coat”“hat”和“an old man”，四个意象独立并置于苍茫的江雪之中。斯奈德的译文最后一句“Alone fishing chill river snow”将“独钓寒江雪”一字对一字地译出，这就给人以一种比较空蒙、比较遥远、比较缩小了的感觉，这就形成了远距离的镜头，使得诗中主要描写的对象更集中、更灵巧、更突出。把水天不分、上下苍茫一片的气氛也完全烘托出来了。这种句法及运作完全背离了英文的语法传统，但与中国诗极为相似。不遵从英文句法，逐字直译的英文足以成为诗歌表达的媒介。正如斯泰因所说，“将两个字放在一起不能构成意义的想法完全是无稽的。”（Stein，18）

此外，我们从下列诗中也可以看到斯奈德诗中明显的省略模式。

Earth a flower	大地一朵花
By a gulf where a raven	在海湾旁，
Flaps by once	一只大乌鸦振翅
A glimmer	一闪而过
——For Nothing	——《为了无》

（Turtle Island，34）

斯奈德把自己的设想和实践与其经验、想象力和声音等结合在一起构成了一个独特的省略模式，其目的不在于仅把这种模式作为一种外在的形式，而是用它本身来揭示诗的本质。斯奈德在此诗中采用中国古典诗的方式，省略了必要的动词和介词，由两个名词组合而成。如“Earth a flower”，且没有时态的变化，这是不符合正统的英语语法规则的。若按照正规的英语语法，应该为“There is a flower on the earth”。中国古诗中的动词是不存在时态变化的，因为“现在、过去、将来的概念是属于观念世界的，是人的发明硬加的现象，浑然部分的现象世界，人们将之割切成各种不同的线性秩序而仿佛它们就是时间真实的再现……‘现在、过去、将来’是人为的界定，把浑然不分的现象世界割切为单元以便利于主观的宰制”（叶维廉 12）。这些名词处于一种高度简略的句法关系之中，形成一种强烈的无分析的描述。

斯奈德从中国古典诗歌中悟到了其精髓：使诗歌尽可能地浓缩，删去所有无助于呈现意象的词语。这使我们想到了美国意象主义提倡的两大原则：无论“事物”是主观的还是客观的，都必须是直接的表征；绝对不使用与表达没有关系的词语。（杨金才，73）

斯奈德曾说过：“诗人面对两个方向：其一，向人群、语言、社会的世界和他传达的媒体工具；其二，向超乎人类的无语界，就是以自然为自然的世界，在语言、风俗习惯和文化发生之前，在这个境中没有文字。”（Kherdian，13）

所谓“积之也厚，发之也薄”。与王维相似，斯奈德诗歌中多有妙境佳句，诗句简约，正是诗人厚积薄发的艺术功力所致。他的诗歌中省略模式的运用，正是作家对于生活现象的胸有成竹和高超的艺术提炼水平的体现。

（二）无我之境，物我合一

中国古典诗的另一特点是抒情奔放的“主体”缺失。在主体看来，它自身的省略是为了邀请读者的想象力进入诗，同时排斥从人的角度出发看待宇宙万物中人与自然的支配或从属关系。

主体的隐去可以更大地扩展诗歌的空间。张继的“日落乌啼霜满天，江枫渔火对愁眠”，“对愁眠”的主体或许是诗人自己，但诗中接连出现的名词都是眼前的风景，唯有主体不在场，这种将空间都让位给景物，但实质上在表达主体心情的诗艺在西方诗歌当中是少见的。自荷马、维吉尔之后，人类及其活动一直是西方诗的中心所在。也许按照西方的语法应当是江枫渔火对着忧愁而眠，或者是江枫渔火对着某个人的愁眠。由于主体的缺失，诗句可做多种阐释。这种“无我”不写我的诗艺是中国古典诗的一个典型特征。

叶维廉曾说过，“古老的美学中，人的自我很容易就会融入无所分界的存在中”（麦克里欧，56）。斯奈德的自然诗，即是出这个传统发展出来的。他在诗中融入了中国画和禅家的冥想特质。因此，诗句的铺陈并无碍于透视诗中的视野。斯奈德的诗歌中没有暗喻，用字极为简单，多为单音节字，意象则具体而明了。即使是这些诗所引出的自然世界也是十分简单、原始，绝不像西方浪漫主义诗人所喜欢的壮伟或如画般的风景。这些山水诗里的说话人也是无拘无束，为自然而沉醉，他的自我消无，正是名副其实地与山水画中渺小的人物合而为一。因此，曾有人评论斯奈德的诗是“深刻地表现无我”。(《山即是心》，17)

我们从斯奈德的诗中看到一大特色，即普遍使用分词短语，而省略发出动作的“主体”。如在《八月中旬于苏窦山瞭望台》(*Mid-August at Sourdough Mountain Lookout*) 一诗的末尾：

Drinking cold snow-water from a tin cup
Looking down for miles
Through high still air. (*Riprap and Cold Mountain Poems*, 3)

斯奈德在诗中频繁使用分词，模糊主体与客体的区分，从而给诗歌带来更为恒久的感受力。这里，“drinking” 与 “looking” 两个分词均没有发出动作的主体，但从全诗的意义中，读者可判定发出动作的主体是“我”，诗人自己。这种无主句在斯奈德的诗歌中曾多次出现。如《晚雪》(*Late Snow*)、《萨帕溪》(*The Sappa Creek*)、《薄冰》(*Thin Ice*)、《石园》(*A Stone Garden*) 等诗中。省略人称主语或代名词——多半是第一人称谓——的现象在英诗中很少存在，但在中国诗里，因为中文语法习惯的不同而习以为常。

再如斯奈德的另一首诗：

每座山，无言，
每棵树活生生的。每片叶子。
所有的山坡流转。
古老的树，新的幼芽，
长长的草绽放羽毛。
幽暗的山谷；光的顶峰。

风吹动凉日那面，
每片叶子生生不息，
所有的山峰。(*Riprap and Cold Mountain Poems*, 35)

斯奈德在诗中对英文的传统表达模式进行了大胆的解构，省略了介词和指代词。介词的省略，使得各种事物并置，体现了万物的自然生存状态，世界的本来面目就是各物种展示各自的生命和美丽，它们的并置不是单个物种的组合，而是组成一个有机的整体。而主体的省略，使客观的、描述性的叙述与内心叙述相吻合，使人达到一种忘言状态。“介词的省略与指代词的省略相结合，从而去掉了动词所有对方向的指示，并由此激发了一种可逆的语言，其中主体和客体、内部和外部处于一种交互关系之中”（陈小红，104）。这里，并置与割裂结合，造成了远景与近景变换的蒙太奇效果，突出了诗的意境；山与树叶一样，生生不息地活着。诗人不是只写一个简单的比喻关系，而是想传达大自然无处不在的盎然生机。

斯奈德对于创作中有意模仿中国诗句坦然承认：“由于某种原因，把中国古典诗歌移译到英语中并不是那么困难的事，因为中英语语汇都很精炼，句法十分相近，在某些诗人那里你甚至能把整个诗句结构从汉语搬入英语。”（赵毅衡，241）在他看来，诗是与我们自己的无意识深层接触的媒介；诗是熟能生巧越做越好的。而自我的表现，虽然在开始时是一种很好的动力，本身不能构成任何诗的文辞。因此，优秀的诗人在创作诗歌时，不会仅仅满足于表达自我的情感与需求，而是重在表达作为整体的我们的自我。然而，你只有超越小小的自我，才有可能表达我们的自我。斯奈德引用道元禅师的话来表达自己“无我”的诗学观，“我们研究自我来忘掉自我。当你忘掉自我时，你和万物合一。”（《山即是心》，24）

（三）意象并置

中国古典诗总是用意象来表达诗人无以言传的感受与领悟。意象的使用成为中国古典诗的特殊表述艺术。它避免了主体冗长、笨拙的自白，而起到冷峻、深刻的效果，大大突出了言之不尽的内涵。如“枯藤老树昏鸦，小桥流水人家，古道西风瘦马，夕阳西下，断肠人在天涯”（马致远：《秋思》），这五句中除了“断肠”二字之外都是无主观感情色彩的具体描绘，所绘及的是一些有生命与无生命之物群。然而每一物都是一种由情与智结合成的意象，一串意象组成一首没有主人翁在场，然而却充满情感与知性的诗歌，传达了诗人对生命的某种感受与思索。

中国古典诗在并置意象、事件之间，留出一个空隙，一个让想象飞驰的空间，让读者可以穿梭在物与物之间，冥思静听，像在中国山水画前景与后景之间的空灵云雾，虚虚实实地，把我们平常的距离感消解了。事实上，中国诗的灵活语法所呈现的“意象并置”的手法，激励了庞德以来美国诗语法的重新发明，打破了传统的西方文学线性的模式，利用语法的切断与空间的切断以达到类似中国诗的美学效果，中国古典诗中的意象是极其丰富的。叶维廉曾在“中国现代诗的语言问题”一文中，举李白“浮云游子意”一句以说明这种不插入任何连接性字眼的“意象并置”的手法：“这一句在造句法上应该解作‘浮云是游子意’还是‘浮云就像游子意’？答案是：它既可做这样解，又同时不可作这样解。我们都会看到游子漂游的生活（及由此而生的情绪状态）和浮云的相似之处。但在造句法上并没有把这相似之处指出，没有指出和没有解释的趣味，一经插入‘是’、‘就像’等连接词的话，便会被完全破坏。”（叶维廉，1985：69）“意象并置”的效果之一，即是使读者在自行体会诗中经验时，玩味到意象间的“类同性”，从而对事物有一种突然的、崭新的、近乎顿悟的了解。庞德曾这样定义“意象”：意象是“在一刹那间呈现出知性的与感性的复合体”（郑树森，70）。

庞德曾提出，“诗人要找出事物明澈的一面，呈现它，不加陈述。”（Pound，130）他选择译中国诗，正是因为“中国诗人把诗质呈现出来后便满足，他们不说教，不加陈述”（131）。“意象并置”是不能容纳任何的连接词的，不管是比喻性的还是代名词的。这种技巧的目标正是要切断联想之锁，让意象的相互关系“交感式”地演出，而读者必须主动地运用其想象力来探讨两者之间的关系。

赵毅衡先生在《诗神远游》里谈到了美国当代诗的句法肢解现象，并以斯奈德的诗举例说，“并置、叠加与减省语法连接环节等手法结合在一起。诗人要表达的思想是：山与树叶一样，是生生不息的，但诗人不是写一个简单的比喻，而是想传达大自然无处不在的生机。并置与割裂结合，造成了远景与近景相互变换的效果。这样的写法并没有否定正常的句法逻辑，而是压缩了句法，隐藏了逻辑”(266)。

斯奈德诗中常有一系列的意象并行出现。如在《砌石》(*Riaprap*) 一诗中：

> ……
> 树皮，叶子，或墙壁的坚实
> 乱石堤：
> 银河中的鹅卵石，
> 迷失的行星
> 这些诗篇，人们，
> 迷途的矮种马
> 拖曳着马鞍——
> 布满岩石的小径，
> 世界像一盘无止境的
> 四维的
> 围棋。(*Riprap and Cold Mountain Poems*, 32)

读者从整首诗中几乎找不到一句完全符合英语语法规范的完整句子。一切在流动，这就是中国诗的特点。“中国诗既具有绘画的鲜明活泼，又具有声音的动态，……它比两者都来得客观来得戏剧化。在阅读中文时，我们不像（西方那样）把符码抛来抛去，而是看着事物在我们眼前演出它们的命运"。(Fenollosa, 9) 正如庞德所说:"诗是一种飞扬的数学,它给我们的,不是圆形、三角形,或其他抽象形状的等式,而是人类情感的等式。"(Pound, 14) 这种情感无须任何抽象的字眼,只需具体的意象来暗示,留交读者自己去体会。

斯奈德在《八月中旬于苏窦山瞭望台》中,其首句为:

> Down valley a smoke haze
> (*Riprap and Cold Mountain Poems*, 3)

此诗中"山谷"(valley) 与"烟雾"(smoke haze) 的修饰关系不明确。是山谷中的烟雾还是烟雾中的山谷?但这种语义上的模糊并不影响诗句的整体效果;句中最突出的是两个具体的意象:山谷与烟雾。两者之间修饰关系的不明确反而强化了朦胧的意象。此外,"smoke"与"haze"同为名词且意义相近,两个词的并列使用也增强了烟雾弥漫的景象。

斯奈德从中国古典诗歌中学到了一种积极进取的生活态度,成为一位更有责任感的诗人,以便更好地影响环境保护事业。他曾说道:

> 我现在正在阅读宋诗,因为我觉得它们更有当代气息,他们与我们生活在同样的问题之下,一个文雅的、高度文明的、金钱经济的时代。然而,中原的生态破坏也开始发生了,所以这些诗人们比他们的前辈更多地倾向于儒家,也更多地参与政治。陆游、苏轼、梅尧臣,还有其他人都是如此。我们能从他们的诗中看到他们对形势的清醒的认识。(《山即是心》,298)

当被问及他从宋诗中获得了什么思想意识和诗歌信息时,他坦白地宣称:"我现在已是一个儒、佛、道三者合一的社会主义者了。"(赵毅衡,1989:85)

斯奈德如此迷恋中国古典诗歌,而且从中汲取了诸多营养成分,也许会产生这样的想法:既然一个外国诗人都要学习中国古典诗,我们还有什么必要去了解西方诗歌?这是一种错误的认识。斯奈德的精神实质在于，他不满足与从本民族乃至整个西方的诗歌传统中汲取养分，他要为自己建立一个更为广阔的视野。它山之石，可以攻玉，这是他的实质所在，也是他的高明之处。如果我们听到别人学习我们，就因此故步自封，洋洋自得，不去学习别人，结果就会适得其反。搞艺术最忌狭隘，必须具有世界眼光，否则永远不会写出好的作品。

“中国和日本传统中确具有文明人所写过最敏感和最深入的关于自然的诗作。因为这些诗人也是面对财政预算、缴税、刑罚制度……的男女，他们往往令人心疼地写出那些既爱自然又无法摆脱社会文明者的矛盾。这一定是中国在今日如此广泛地受到当代西方人欣赏的一个原因。”但中国的自然诗究竟是什么，为何如此吸引人，如此打动人，斯奈德觉得很难给出回答。因为中国的自然诗“不尽然是关于山水和风景的。远山的空间变成生活中的空间；这是陆机所谓‘磬澄心以凝思’的状态。山水是宇宙规律的可见的表达，这宇宙的规律，可以回归沉默、不存在、虚空；这空无可以产生万有，万有仍在中心里带着那奇妙的空无。所以诗也往往是沉默的。许多话没有说尽，而那回声或反映——一群鸟飞过脑中的天空——留下余象叫人回味，最后更无迹可寻。中国诗的传统里自然流露人的感情；一个严苛的官吏也有他无助和脆弱的一面。陆机说诗来自对四时的叹逝，瞻万物而思纷——这既是对过去善行的回顾，也是为将来制作蓝图。中国诗跨出狭隘的以人为中心的事功，进入一个长远的时间、长远的眼光以及自然运转的广大而生气勃勃的世界；然后又回到篱边一所小屋的一个短暂的瞬间”。在中国自然诗中，大自然终于不是一片旷野，而是一个居所，最好的居所，不仅是你可以练习冥想，培养灵视的地域，也是可以种植蔬菜，与儿童游戏，与朋友对饮高歌、把酒言欢的地域。“在这里有一种特殊的政治：中国自然诗人是在回到那新石器时代的村落（道家典籍中不断提起，一直未曾为人忘怀的地域），作为一种较好生活方式的模范”（《山即是心》，305-306）。

斯奈德不仅痴迷于中国古诗的魅力，也一直非常关注中国当代诗歌的发展。他指出，中国当代诗歌存在着一定的问题。他认为，中国当代诗歌缺乏批判性。"诗不一定在每一时刻都表现美。在西方，诗歌与政治紧密相连，具有批判性，而在中国和东亚，不太有这种传统。"（石剑锋，5）。在商业化猛烈冲击和政治潮流不断刷洗中，一个诗人要维持其独立的人格和思维的无边，就应当寻找一个内心的庇护所，在那里他与历史、自然、人群自由地对话。

二、卡洛琳·凯泽

卡洛琳·凯泽（Carolyn Ashley Kizer）是美国杰出的诗人、散文家及翻译家，于1925年在华盛顿的斯波坎出生。父亲本杰明·汉米尔顿·凯泽是一名成功的律师，母亲梅布尔·阿什利·凯泽（Mabel Ashley Kizer）是一位生物学教授，在斯坦福大学获得了博士学位。凯泽的童年充满了诗意。谈到她作为诗人的发展，她向美国诗歌协会指出："我的父母都是浪漫主义者：父亲喜欢济慈的诗歌，母亲则痴迷惠特曼。我童年的每一个夜晚都有人为我朗读诗歌。但我认为，我对格特鲁德·斯泰因（Gertrude Stein）和萧伯纳的选择表明，我的品位是与众不同的。我记得在我十一二岁那年，我气冲冲地从学校回家，质问父母：'为什么你们从来没告诉过我亚历山大·蒲柏（Alexander Pope）和约翰·德莱顿（John Dryden）的事？'他们被我惊呆了。我们的图书馆虽然藏书丰富，但没有这两本书。这些对我都是持久的影响。我一直更喜欢写那些给你带来意想不到结局的诗歌。再加上古罗马诗人卡图卢斯（Catullus）和朱文诺（Juvenal）。我崇尚智慧、讽刺和智慧的精准。"凯泽的作品正是以这些特质而闻名。从她的早期诗歌《忘恩负义的花园》（*The Ungrateful Garden*）到普利策得奖诗集《阴：新诗歌》（*Yin*：*New Poems*，1961），再到后期作品《女性支持者》（*Pro Femina*，2000），通过模仿古代厌恶女人的诗人朱文诺所使用的六步格的诗来讽刺解放的女性作家。据《旧金山纪事报》报道，卡洛琳·凯泽是一种体制……40多年来，她始终以严谨的文学思想和语言严谨的职业道德创作诗歌。在接受《洛杉矶时报》艾伦·加伦（Allan Jalon）采访时，凯泽描述了自己的风格："我不是一个形式主义者，不是自白派诗人，严格来说也不是一个自由诗诗人。”贾隆这样描述凯泽：“坚韧而不冷酷，时常带有讽刺意味（她非常欣赏亚历山大·蒲柏）。”“那是我的主题”，凯泽总结道，“无论你和任何人的接触多么短暂，你都会有所改变。”

1945 年，凯泽在萨拉劳伦斯学院（Sarah Lawrence College）获得学士学位，之后在哥伦比亚大学（Columbia University）和华盛顿大学（University of Washington）攻读研究生。20 世纪 50 年代中期，她在华盛顿大学学习诗歌，师从西奥多·罗特克（Theodore Roethke）。后来，凯泽与人共同创办了享有盛誉的杂志《西北诗歌》（*Poetry Northwest*），从 1959 年创办到 1965 年，她一直担任该杂志的编辑。凯泽在接受《巴黎评论》（*Paris Review*）采访时描述了那些年：“当时我快 30 岁了，住在西雅图。作为一个诗人，我从来没有认真对待过自己，在那一点上，诗歌不配拥有它。但那时，我们这一代的女诗人大多不敢把自己当回事，因为男诗人不把我们当回事——在这种思想渗透之前，我已经快到中年了。但泰德很认真地对待诗歌，并最终教会了我。”1964 年，凯泽以美国国务院专家的身份前往巴基斯坦，在包括著名的金纳德女子学院在内的多个机构任教。她担任了众多项目工作，她是 1966 年新成立的国家艺术基金会（National Endowment for the Arts）的第一位文学项目主任，她一直担任这个职位直到 1970 年。作为文学总监，她推动了一些项目，以帮助苦苦挣扎的作家和文学期刊。她还努力让人们在市中心的学校大声朗读诗歌。除了在全国范围内进行教学和讲座，凯泽还翻译了多种语言的诗歌，包括乌尔都语、汉语和日语诗歌。凯泽在接受《巴黎评论》采访时承认，她没有“翻译一般理论”。她对她翻译的每一位诗人都有自己的翻译理论，因为每种语言都需要如此不同的东西。每一个诗意的声音都是如此不同于其他诗意的声音。你要做的就是在一段时间内成为那个人。

在 20 世纪 50 年代美国男性占主导的世界里，作为一名女性和诗人，凯泽的经历在很多方面塑造了她的作品。正如《纽约时报》的梅勒妮·瑞克（Melanie Rehak）所言，“在这个词出现之前，凯泽实际上是一名女权主义者，她一直公开反对自己工作和生活中的不公正。”在她职业生涯的早期，男性诗人和评论家常常不假思索地破坏“女性诗歌”，凯泽用她特有的智慧和讽刺攻击了这种情况。以罗特克为例，他写了一份针对女性诗人的常见抱怨清单，其中包括缺乏幽默感、题材范围狭窄、哀叹女性太多、拒绝面对现实。在《与美国独处：1950年以来美国诗歌艺术论文集》（*Alone with America*：*Essays on the Art of Poetry In the United States since* 1950）一书中，理查德·霍华德（Richard Howard）坚持认为，凯泽首先招致这些抱怨，然后又克服了它们。“她无所畏惧，事实上她想做所有女人被指责的事情，事实上我认为她确实这么做了……但是不管做与否，决定去做就已经让她成为一位与众不同的诗人，区别于那些设法落入陷阱的诗人，这给予她一种不同的成功。”霍华德说。

凯泽数十年的职业生涯让她见证并记录了美国文化生活的重大变化。贾隆指出，“在她写作的这段时间里，女性诗人已经从二战前对奥林匹斯山更为保守的攻击，转变为二战后对奥林匹斯山更为狂野、叛逆和大胆的攻击。”现在存在着一种普遍的女权主义自信，对于这种自信，凯泽的作品必须被视为一座桥梁。对于年轻的诗人来说，她的写作展现了一系列令人印象深刻的方式，在这些方式中，写作可以跨越传统与变化之间的鸿沟：韵律、自由诗、正式的诗节和新闻写作的结合。“我记得读过一篇文章后，有人走过来对我说，我喜欢你写的那首政治诗。”站在我旁边的我丈夫问，“是哪首？”他们都是政治性的，我很高兴。如果她说：“我喜欢你那首女权主义的诗。这是一种观点，一种立场，一种对生活的态度，它影响、折磨着我所做的一切。”

凯泽的散文和批评被收集在几卷之中，包括《散文：关于诗歌和诗人的散文》（*Proses*：*Essays on Poems and Poets*，1994）和《选择》（*Picking and Choosing*，1995）。她编辑了许多选集，并参与编辑了《美国诗歌：二十世纪》（*American Poetry*：*The Twentieth Century*，2000）。她的众多荣誉和奖项包括弗罗斯特奖章，西奥多·罗特克纪念诗歌奖，以及美国艺术与文学学院奖。凯泽是美国诗人学会（Academy of American Poets）的前任校长，她在加利福尼亚和巴黎两地生活。

凯泽对西北太平洋地区文学的贡献是巨大的。在生了三个孩子，并与西雅图财富和影响力的继承人史汀生·布利特离婚后，她转向诗歌，并在20世纪50年代与西奥多·罗特克及其出色的学生——大卫·瓦格纳、理查德·雨果、詹姆斯·赖特等人——一起在华盛顿大学学习。她被收录在重要的后罗特克文集《太平洋西北五诗人》之中（1964年，斯凯尔顿）。她是1959年至1965年长期出版的诗歌杂志《西北诗歌》的第一位编辑，还为《新共和》写了关于西雅图诗歌的文章。20世纪90年代中期，她回到家乡，在东华盛顿大学（Eastern Washington University）任教一学年，并在该校出版社出版了《选择：散文随笔》（*Pick and Choice: Essays on Prose*, 1995）。1985年，凯泽凭借《阴》（*Yin*）一书获得普利策奖。此外，她还获得了美国艺术与文学学院奖（American Academy of Arts and Letters Award），三次获得手推车奖。她还被选为美国诗人学会（American Academy of Poets）会长。她是国家艺术基金会文学项目的第一任主任。她的近20本诗集、翻译和散文，她的编辑，她作为访问教师的旅行，她代表艺术的国际旅行，都为凯泽赢得了重要的国际文学声望。主要作品包括：《忘恩负义的花园》（*The Ungrateful Garden*, 1960）、《敲寂静》（*Knock Upon Silence*, 1965）、《午夜是我的呼唤：新诗选集》（*Midnight Was My Cry: New and Selected Poems*, 1971）、《地下室的美人鱼》（*Mermaids in the Basement*, 1984）和《阴》（*Yin*, 1984）。

卡洛琳·凯泽的诗歌是为朗读而写的。她的导师、诗人西奥多·罗特克（Theodore Roethke）曾说过："我教了一个节奏派。"凯泽以他为榜样。对她来说，诗歌是"一种强烈的身体行为，涉及身体的所有部位、每个孔和五种感觉的每一种。"她认为自己的作品延续了萨福（Sappho）和荷马（Homer）的口头诗歌传统。她的诗歌朗诵是一种公开表演，大胆地展示了她的智慧、个性和精心调整的智慧。

爱情的政治一直是她作品永恒的主题，公共生活和私人生活的相互作用仍然是她特别感兴趣的。正是因为这个原因，她与中国唐代诗人产生了共鸣，对他们来说，这些都是最重要的主题。在吸收和改编东方诗歌的形式中，凯泽扩大了自己的声音，并保留了英语诗歌的活力、韵律和乐感。

凯泽的诗歌创作很大程度上可以体现出她对中国古代诗学的接受，并在其诗作中运用了具有中国韵味的典故和意象。她常以悲伤的诗意语调表达了性别自我的忧郁，这在她的诗歌中体现了中国闺怨元素的痕迹。中国闺怨诗是古典诗歌中一个很独特的门类，通常采用女性或伪女性的形象表达对战争、朋友离别、政治失败、个人孤独等的忧愁和怨恨。

中国的闺怨诗也有几种不同的英译本，显示了对闺怨元素的不同诠释。有些学者将其翻译为“中国怨诗”，以强调情感为主；也可译为“中国闺房诗”，以闺房场景为重点。实际上，这类诗歌的翻译应该把两种译本结合起来。“闺”是中国古代少女居住的内室。在中国古代的闺怨诗中，“闺”隐喻中国古代女性的性别隔离，而“怨”则表达一种愤懑的情绪，它反映了这首诗的诗性基调。因此，这两个译本只传达了诗歌的某个方面，而不是全面的。中国闺怨诗削弱了英语发音和表达的清晰性，以求准确性，从隐喻的分离中强调人物的心理状态。闺怨诗的突出要素是忧郁悲情，主要是通过哀怨诗意的文学手法来实现的。

哀怨的诗调在中国古代诗歌中有着悠久的历史，可以一直追溯到《诗经》。孔子曾经说过：“诗可以发泄怨恨。”怨是中国古代诗歌中长期存在的传统主题。闺怨诗在汉代兴盛，在唐代达到鼎盛。从“女性”的角度来看，这些诗原本是为了表达那些身体上被限制在闺房范围内的女性们的不满，是她们对自己被抛弃或性别隔离的郁闷情绪的表达，诗中充满了渴望、悲叹和沉思。后来这种形式的诗歌被男性作家用来表达他们对政治失败的沮丧，对普通人民在战争中遭受的痛苦的同情的理解，或令人心碎的离别等。在这些诗人的笔下，愤愤不平的情绪仍然很突出。

闺怨诗主要抒写古代民间弃妇和思妇（包括征妇、商妇、游子妇等）的忧伤，或者少女怀春、思念情人的感情。闺怨诗是汉族古典诗歌中一个很独特的门类，大致来说就是写少妇、少女在闺阁中的忧愁和怨恨。这种诗，有的是女人自己写的，还有一些是男人模拟女人的口气写的。女人本身就具有诗人的气质，感情细腻，容易入诗，加上些幽怨，就更让人哀怜了。一个欢乐的女人，她身上诗的意味可能要少一点；一个感情细腻，而处境又不佳的女人，她身上诗的意味就要多一些。当她在思念自己的丈夫或者情人的时候，诗的意味就更多，更加缠绵，更加动人心弦。

凯泽的文学归属很大程度上取决于她对中国闺怨诗学的接受和转变。1985 年，她因诗集《阴》（*Yin*）获得普利策文学奖。“阴”在中国主要指女性，与男性的“阳”相对。凯泽直言不讳地表达了她对中国诗歌的感激之心：“我对中国诗歌的兴趣，当然早在中国翻译时期之前就已经存在了。”她还是孩童时期，母亲就给她朗读亚瑟·韦利（Arthur Waley）的诗歌。凯泽对中国诗歌的接触不仅是通过阅读韦利的译本，也来自她个人的反抗。她曾来过中国两次，还用英语模仿中国古代诗歌。多米尼克·张（Dominic Cheung）就曾指出，凯泽在两首诗《子夜歌》（*Tzu - yeh Songs*）与《莫愁乐》（“*Mo - ch' ou Songs*”）中对中国诗进行了模仿。他认为，“卡洛琳·凯泽已经有效地捕捉到了中国作品中最微妙的细微差别，使潜在的内涵得到充分而准确的意象表达。中国诗歌的微妙之处包括主题和诗调。”（78）

凯泽对中国闺怨元素的接受包括对闺怨元素的移植、对友谊的主题处理，尤指与朋友分别的场合。1988 年 3 月，在对大卫·里格斯比的采访中，凯泽直接将她对中国诗歌的学习作为诗歌的模式，尤其是主题：“用一整首诗，在一个主题上做一种变化。”（133）在她模仿中国诗歌的过程中，凯泽发现“亲和力，就中国而言，与中国诗歌的主导主题有关，这就是友谊”（Rigsbee，145）。

与其他诗人和同龄人的友谊是凯泽诗中反复出现的主题，带着心碎的感觉离开也是其重要主题。凯泽不仅以友谊为诗歌主题，还试图将中国的哀痛美学转化为她的诗歌创作，这是中国闺怨诗歌的突出元素。她以悲情的诗意笔调，揭示了20世纪美国女性性别自我的忧郁，与一千年前的中国女性遥相呼应。这可以说是凯泽诗作中最明显的闺怨元素的痕迹。

凯泽的诗调与中国闺怨诗有相似之处，但哀怨的对象不同。毕竟，诗歌作为一种艺术作品是情感的表达，它的效果，可能是由一种情绪形成的，也可能是几种情绪的结合，掺杂着各种复杂的感情。中国闺怨诗不管男性或女性角色，表达的情感是悲伤、孤独、委屈，这种感人至深的委屈超越了时间，成就了诗歌的不朽。诗人经常借用被囚禁在内室的女士的观点来表达他们对个人、职业或政治损失的不满。而女作家通常用这类诗歌来表达中国女性的精神世界，忍受僵化的性别规范和僵化的道德指导。内室是女性私人的空间。对一些女作家来说，内室是让她们可以沉思，悲叹，内心交流的地域。因此，"怨"成为中国古代女性定义女性气质的一个突出特征。中国的闺怨诗不仅揭示了少女们的日常生活，而且将被遗弃和闷闷不乐的女人关在被限制的房间里的形象仪式化，这种陌生感使诗歌吸引了公共空间中被隔离的男性。

中国闺怨诗的怨情与凯泽诗的怨情在成因上略有不同。闺怨诗的情感来源于对中国古代女性身心的制约。按照儒家的社会和性别规范，她们被分配到内部的家庭领域。内室不仅是女性居住的物理和社会空间，同时也是意识形态和文学话语中女性气质建构的话语场所。"闺"这个字包含了一系列的含义：女性房间的物质框架；界定女性角色和地位的社会界限；以及文学想象中唤起女性美和悲情的传统主题。闺房是一个独特的文本领域，以女性的主观视角和经验进行编码。

在文人笔下的闺房中，女人要么孤独悲凉，要么欢天喜地，梦想着男人。女性作家将闺房作为自己的家庭空间，她们有时会写她们在家里的孤独，因为她们爱的男人不在身边。

由此可以看出，中国闺怨诗采用闺房场景表达了女性对爱情、自由和主体性的渴望。她们忧郁是因为她们被贴上了“女人”的标签，女性的性别化自我注定是忧郁的，哀怨的。

中国闺怨诗中哀怨的诗调主要源于女性身体和精神上的窒息，把妇女隔离到闺阁里的想法源于两性在身体上和社会上的分离。

这一观点被公认的最早的来源是儒家的礼教和伦理经典《礼记》，上面写着：“男不言内，女不言外”“女子出门，必拥蔽其面。”此外，《礼记》的“内则”部分进一步阐述了性别隔离的行为规范。这些原则已被一字不差地反复引用或改写在后来的道德教导中。

例如唐《女论语》改写了《内则》的观点：“内外各处，男女异群。莫窥外壁，莫出外庭。”性别隔离的思想不仅应该在身体上具体划分界限，也要延伸到分工的社会、经济和仪式方面的责任。男人应该负责社会和公共事务，而女人则是照管家庭事务。汉代经典班昭的《女诫》规定了男女之间的界限，规定了女性在家庭生活中的行为准则。

这些道德准则是公认的中国古代社会性别划分的正统资料。尽管这些道德经典的侧重点和时代不同，但都清楚地设置了男女处于不同的区域——男性：外部/女性：内部。

独立领域的意识形态，用女权主义历史学家琼·斯科特（Joan Scott）的话来说（1067），“通常采取固定的二元对立的形式，明确地主张男性和女性、男性化和女性化的意义。”内室的物理位置不仅仅是女性气质的性别规范，还有关于贞操的道德指导。妇女活动范围设在内部区域。在被围墙包围的房屋中，中国妇女学会了自己在社会中的适当位置和角色。正如弗朗西斯卡·布雷（Francesca Bray）所指出的，中国住宅不仅是材料制成的庇护所，而且是“一种文化模板”（55）：它是一种学习装置，一个带有仪式、政治和社会信息的空间。

因此，中国古代禁锢女性的“闺”“内室”已经超越了传统的“闺”“内室”对身体和心理上的限制，它变成了精神窒息的象征性领域。

诗人和女诗人用场景来表达不满和不满的情绪，渴望关注、理解、关心和爱。因此，闺怨诗的哀怨是对女性气质建构的一种表达，与隐喻性的性别规范和道德约束相关联。

而凯泽笔下的美国现代女性，她们并不是被身体限制在内室里，而是被性别规范所建构。

因此，在性别化自我的建构中，美国女性与中国古代女性有着相同的性别化自我的忧郁，这是凯泽对闺怨元素运用的痕迹。女人，“我们所认为的‘真实’，我们所调用的关于性别的自然化知识，实际上是一种可以改变和修正的现实”（Judith Butler，2006：xxiv）。

性别化的自我是性别规范在身体中的重复和重申的结果。没有预先存在的自我，没有真实的自我。自我是由行为的“程式化”重复构成的，是具有表现性的。强制性异性恋矩阵中“程式化”的性别行为认可了性别表演。因此，性别表现性首先指的是，“围绕着这种感性，对性别本质的预期产生它所假定为外在的东西的方式本身”；“其次，表演不是一个单一的行为，而是在一个身体的上下文中的重复，在某种程度上被理解为文化上持续的时间”（Butler，2006：xv）。这种结合“象征着对失去的一种神奇的解决，具有忧郁的特征”，它属于更恰当地说，忧郁是一种被否认或暂时压抑的悲伤状态，其对象是“以某种方式神奇地维持在‘身体里’”，“这不仅是一个无法说出或宣告的失败的损失，但侵蚀了隐喻意义本身的条件”（Butler，2006：92）。

因此，忧郁症注定与女性对性别自我的建构有关。在此考虑下，《闺怨诗》的委屈根源于《闺怨诗》的悲情自我。为了获得性别化的自我，中国古代女性必须遵守传统儒家教义所赋予的道德指导。作为最重要的性别规范之一，男性与女性、公共与私人的二元论将女性禁锢在分隔的内室中。被禁锢的女性不仅失去了社会交往的自由，而且失去了自我的主体性。“主观是随意产生的，这并不涉及权力和话语所作用的先前存在的主体的概念，而主体是通过他们话语构成的身份而形成的。”（吉尔贾格尔，2008：3）通过性别自我的话语建构，中国女性感受到主体性的缺失。自我自主性和反身性的丧失导致了心理上的不满，这也是美国现代女性的心理创伤。按照西方传统，在象征性的父系法中被视为“他者”，美国女性也有性别自我的苦恼，这为凯泽对中国闺怨元素的移植提供了基础。凯泽借用女性被禁锢、闷闷不乐的场景来表达美国女性对性别自我的忧郁。

凯泽通过抒情诗中表达的情感和心理的禁锢，阐释了女性形象是如何被禁锢在闺房的传统空间里的。她将其转化为一种主观的声音，表达和反映了女性空间的封闭和孤立。通过这样的刻画，她试图表达女性角色对性别自我的不满。凯泽诗作中的女性作为历史悠久的中国“女性”，承载着注定的忧郁与忧郁。但她们的忧郁并非源于生理上的，而是源于心理上的限制，尤其是在性别规范的刻画上以及性别认同的建构。

凯泽诗歌中当代美国女性的不满和忧郁来源于性别忧郁症，这是一种持续的、在很大程度上无意识的行为过程。这与巴特勒的表现性模型相联系，该模型假设“物化永远不会完全完成”（1993：2）。

凯泽运用典故和意象的文学手法，达到了哀怨的诗性基调。

典故是中国诗学中常见的一种诗学手法。根据詹姆斯·刘（James Liu）的说法，使用典故可能有实际的原因，比如涉及一段隐秘的恋情，或作者想要进行政治或个人讽刺。在这种情况下，典故显然是避免诽谤或控诉的一种方式（136）。

凯泽的典故带有中国韵味。有些典故是借用中国闺怨诗，她对这些典故的借用，是为了达到悲情诗意的意境。《拔眉》（*Plucking the eyebrows*）是凯泽从闺怨诗中得到的恩惠之一。在中国古代，拔眉被认为是夫妻间内室的调情。清代沈复就在《浮生六记》中的卷一《闺房记乐》中描写了新婚夫妇在闺房的种种趣事。而唐代诗人朱庆馀在《近试上张籍水部》中也有描述：“洞房昨夜停红烛，待晓堂前拜舅姑。妆罢低声问夫婿，画眉深浅入时无？”洞房里昨夜花烛彻夜通明，等待拂晓拜公婆讨个好评。打扮好了轻轻问丈夫一声：我的眉画得浓淡可合时兴？这种修眉毛的行为表明了夫妻之间的亲密互动。

中国的闺怨诗就用这个场景来悲叹与丈夫和情人的亲密。然而，凯泽拔眉毛更多是一种情爱推理，强调了男性伴侣的缺席：

没有用。我穿上你的长睡袍！
解开的吊带拖在满是灰尘的地板上
我跪在窗边，扶着你的剃须镜
拔掉我的眉毛。
(《河边的夏天》(*Summer near the river*)

在这首诗中，凯泽仍然试图表达女性角色的孤独和痛苦，思念不在身边的爱人或丈夫。她用了中国这个典故，但并不只是简单地将其移植到美国本土。她把它和男性的剃须镜放在一起，这表明男性权力的缺席。因此，拔眉的暗示已经走出了内室的幸福领域。它忍受着父权下那捉摸不定的凝视，拔眉是根据男性期望的性别规范的内化。因此，作为一名女性，必须服从父权社会所规定的性别规范，具有从属性和自卑性。拔眉毛的感人场景是一样的，但忧郁的原因是不同的。

中国女性的形象是渴望爱情，而美国女性则为这种忧郁的结合而感到惋惜。

同心结是凯泽的闺怨元素痕迹的又一例证，她在《编织爱的结》(*Weaving Love Knots*) 中通过规范和话语来表达主体的心理状态：

两颗心；我把两片草叶编在一起。
他走了，他知道我灵魂的音乐。
秋在心中，如同纽带断了。
现在他走了，我把我的琵琶弄坏了。
但是春天的歌声无处不在：筑巢的鸟儿
结结巴巴地对我表示同情。
(*Cool Calm & Collected*, 390)

诗的第一行：“两颗心；我把两片草叶编在一起”，是中国传统的爱情结。薛涛（公元768-831年）在《春望》中曾用过这样的情节：揽草结同心，将以遗知音。春愁正断绝，春鸟复哀吟。

这两个女诗人都有这种忧郁，还有心形结的典故。凯泽还为汉字“愁”做了一个文字游戏，即“秋在心中”，非常巧妙。这样心形的结，表示彼此的爱，秋天的悲伤和性别自我的忧郁是彼此和谐的。薛涛的诗表达了女性角色对爱人离去的心碎感受。外在世界的动人景色与内心的忧郁相呼应，这是中国诗学的崇高之美。

凯泽的忧郁是由于缺乏相互了解造成的。“他”是人，谁知道我灵魂的音乐。因此，他的消失不仅是爱人的离去，也是象征性的琵琶的断裂，以表达我灵魂的音乐。凯泽继承了中国诗歌的情节，又同时赋予了它更丰富的意义，而不仅仅是对孤独的表达。

“松散的腰带”是凯泽再一次继承的中国闺怨诗学的典故：“我裙子的腰带把我的腰束了两次/我希望它把我们俩绑在一起。”（《隐藏我们的爱》,*Hiding our love*，89）。

凯泽诗中“松开的腰带”暗指柳永的《凤栖梧》：衣带渐宽终不悔，为伊消得人憔悴。她借用这个情节作为情人被诱骗的吸收的指示器。然而，凯泽改变了角色，并为将这对恋人结合在一起而叹息。她的用法只是保留了宽松的腰带和对爱情的执着，却完全改变了文化内涵。系上腰带与身体的亲密象征着对精神理解的需要。此外，腰带的束带还能体现女性角色的性解放欲望。柳永的词强调了对爱人无悔的悼念和思念，但凯泽强调的是“结合在一起”的作用。自我被限制在肉体之中，女人想要把灵魂从肉体的物化中解放出来。

“在凯泽的诗中，我们了解到男人的兴趣在减弱，而女人在诗的后期怀疑他的不忠”（Domonic，81）。凯泽曾经说过基于性别的不平等的存在是有问题的：“所以我继续说，我们终于被分开了，不是死而是生。”（《冬日之歌》，*Winter Song*,14）。通过这种方式，性别化的自我的忧郁通过这个典故得以实现。

意象是凯泽在她的诗歌经典中表达性别自我的忧郁的另一个重要手段。中国古代女诗人常通过意象和隐喻来间接表达自己忧郁的情感，如月亮、河流、秋天等。

李清照的《醉花阴》在中秋的动人景色下，采用雾、云、枕、黎明、黄昏等各种各样的意象来表达她内心的孤独和阴沉。薄雾浓云愁永昼，瑞脑消金兽。/佳节又重阳，玉枕纱橱，半夜凉初透。/东篱把酒黄昏后，有暗香盈袖。/莫道不消魂，帘卷西风，人比黄花瘦。

微风是凯泽诗中最常见的意象之一，也是中国闺怨诗学中非常流行的元素。在李白的《春思》中，他试图将想象的现实与想象的心情、感受结合在一起。主导形象只是春风，个性化地表达人物角色的调情抱怨。燕草如碧丝，秦桑低绿枝。/当君怀归日，是妾断肠时。/春风不相识，何事入罗帏。

同样的场景也可以在凯泽的诗中找到：

> 我把枕头拿到窗栏边
> 试着睡觉，我潮湿的双臂交叉在上面，
> 但没有微风搅动这个温热的早晨。
> 来，挑逗我一下！
> 带着冰冷的激情，小小的挑逗，
> 我们能在一起生活多久？
> 没有用。我穿上你的长睡袍！
> 解开的吊带拖在满是灰尘的地板上，
> 我跪在窗边，扶着你的剃须镜
> 拔掉我的眉毛。
> 我不在乎长袍会不会滑开
> 露出新月形的腹部，棕褐色的大腿，
> 我可以控诉那不存在的微风……
> (*Cool*, *Calm & Collected*, 91)

李白在诗中抱怨春风的不请自来，“春风不相识，何事入罗帏”。春风啊，你与我素不相识，为何要吹进罗帐激起我的愁思呢？而凯泽则是对微风报以欢迎的态度。

在凯泽的诗中，微风变成了与梦中情人相关的情爱对象。这首诗中微风的形象是一种缺席的存在，这表明了女性角色对爱和同情的迫切需求。美国妇女虽然没有被限制在内庭，但仍然被僵化的性别规范所窒息。作为一个女人，就是要建构一个性别化的自我，一个“忧郁的结构，选择‘结合’作为识别完成的方式是有意义的”（Butler，2006：93）。

中国古代女性在公共领域和私人领域之间有着严格的分离。妇女解放运动以后，美国妇女在男女平等的道路上走得很远。然而，性别规范仍然存在，性别不平等仍然存在。通过“微风”这一意象，凯泽也描绘了女性的屈服与颠覆。

意象通常被认为是感情的巧妙表达。艾略特曾说过，“在我们一生中听到、看到、感受到的所有事物中，是不是有些意象在我们脑海中反复出现，充满情感，而不是其他的？”这些记忆可能具有象征价值，但我们不能说出来，因为它们代表了我们无法窥视的情感的深度（148）。女性性别自我的忧郁，是那些具有强烈的西方直接美学的人所无法轻易把握的。然而，值得注意的是，凯泽称自己的诗歌是“世界上保密最好的秘密：仅仅是一半人类的私人生活”（《美人鱼》，44）。

通过敏锐地观察女性的内心世界和在强制性异性恋矩阵约束下的心理痛苦，凯泽借用中国闺怨诗的元素，揭示了女性所遭受的精神痛苦。

她举例说她的诗歌创作是“为过去被称为‘公共诗歌’的复兴创造了基础”（Rigsbee，141），她的诗歌“对没有在听的观众说话”，但她假设“有人在听”（Rigsbee，142）。女性在公共场合没有发言权，这并不是因为她们不会说话，而是因为有性别偏见的听众不愿意听。因此，凯泽借用强有力的意象来说话。

正如多米尼克所言，“凯泽卓有成效地捕捉到了中国作品中最微妙的细微差别，同时经常将潜在的内涵以充分和精确的意象表达出来”（78）。

凯泽还从中国诗学中借用了其他意象来实现她的感知。“我像北极星一样忠贞不渝，但我不想让你知道。”你只会占我便宜。/你像春天的阳光一样善变。(*Mermaids*, 59)。北极星象征着对爱情的忠诚。而凯泽则以女性主义的立场来支持，女性角色不愿让爱人知道自己深爱着他，生怕被人利用。所以凯泽借用北极星代表了女性在爱情关系中的弱势地位。女性必须隐藏她的爱和忠诚：

你知道我们都隐瞒了我们的爱情吗？
因为先前的忧愁，迷信的恐惧
我们是野蛮时代的两个公民
在伪装和自我控制方面受过教育，
隐藏着我们芬芳，脆弱的爱。(*Mermaids*, 56)

伪装是与性别规范的结合，以保存"真实"的自我，它早存在于朱莉娅·克里斯蒂娃（Julia Kristeva）的《霍拉》(*Chora*) 中。"野蛮的时代"暗示着父亲的象征秩序，这可能会抹去女性作为谈话主题的存在。作为凯泽中国诗学研究的主要来源，韦利翻译的中国古诗中就隐藏着这样一种爱情：

谁说
这是我的愿望
这种分离，这种远离你的生活？
我的衣服上还留有你给我的薰衣草的味道：
我的手上还握着你寄来的信。
我在腰上系了一条双腰带：
我梦见它用同心结把我们紧紧地绑在一起。
你知道人们隐藏着他们的爱吗，
就像那朵珍贵得难以采摘的花？
(Waley *People Hide Their Love*, 136)

为了颠覆北极星忠诚的象征意义，隐瞒了爱情以保持自尊，这是凯泽对女性表达的特殊的关注。她的诗歌关注的是作为一个女人的特殊困难和可能性。在女性自我建构的过程中。"她最终在自己的诗歌

中发出的声音不再是东方女性孤独的呐喊，而是既不属于东方也不属于西方，不受空间和时间的限制。”（多米尼克，78）

中国闺怨诗从空间上表达了中国女性的“围城”，但凯泽的“围城”表达超越了空间和时间的范畴，没有本体论的框架。

在中国的闺怨诗中，女人要么孤独而悲伤，要么娱乐而悲伤，梦想着爱。诗人用它来表达他们对政治或事业损失的情感。女性作家将闺房作为自己的家庭空间；虽然她们有时也会写自己在家里的孤独和爱人不在时的孤独，但她们用闺房场景来表达自己精神上的失落。

这种源于性别自我的忧郁是凯泽对中国《闺怨诗学》的继承。

当讨论精神分析学家如何“定位潜意识的真相”时，拉康（1998，41）说，他/她应该练习“意指式韵律”和标点符号，这将有“对真实的参照……支持幻想……保护真实的参照”。中国闺怨诗或凯泽诗的忧郁诗调，如果从非线性的、无意识的、建构顺从的时间的角度来看，都是在质疑少女的性别自我的忧郁内化的性别规范。

20世纪60年代，凯泽的诗歌创作被称为“中国式的模仿”。后来，凯泽的诗作又融入了中国闺怨诗学的思想。直到20世纪80年代，凯泽将“朦胧诗人”中最具代表性的女诗人之一舒婷的诗作译成了英文。

凯泽诗学的演变经历了对中国诗学的模仿、创作和崇尚的过程，由此可见中国诗学对凯泽的深刻影响。她认为年轻一代的中国人“属于一个新世界”，这促使她创作了《灰烬》（Rigsbee，147）。朦胧诗人仍然以一种间接的方式描绘新世界，正如凯泽观察到的那样，“她和她的群体的写作方式与那种非常间接的方式有某些相似之处”（Rigsbee，147）。总之，中国诗学通过意象、隐喻、典故等的运用，将崇高之美视为一种间接的美。而西方诗歌则强调用细节直接暴露内心世界。

对他们来说，诗歌是自白的艺术。凯泽对中国闺怨诗的接受主要依赖于她对情感表达的间接性的实现。

值得注意的是，卡洛琳·凯泽诗歌中对性别自我的不满可能是其归原元素的突出表现。路易斯·弗里德（Lewis Freed）观察到（1962：172）：所有的诗歌，不管是什么类型的，都代表着个人情感向外在转变的形式。这种情感，正如诗中所体现的那样，是一种不同于诗人个人经历的情感。它是一种艺术情感，凭借它的形式。中国闺怨诗间接地叙述了中国古代女性对性别自我的忧郁。性别化的自我是“一个忧郁的结构，选择‘融合’作为这种认同的完成方式是有意义的”（Butler，2006：93）。与“行为的程式化重复”的方式结合在一起是性别表现性的形成，是对女性身份的逐渐承认。因此，幻想的失落所造成的心理惆怅决定了闺怨诗的诗情基调是悲凉的。

为了表达女性性别自我的忧郁，凯泽通过使用反复出现的典故和意象继承了中国闺怨诗的忧郁诗调。她不仅继承了传统，而且超越了传统。她把握了女性在自我自主和反思的探索过程中所经历的微妙心理变化。

通过巧妙地运用女性角色和她的弱势地位，凯泽在诗中充分体现了她对女性处境的关注。此外，她也走出了传统闺怨诗中女诗人试图表达的忧郁境界：

> 大家都说我的老情人很幸福。
> 我希望他们说他会回到我身边。
> 与此同时，我们已经在一起近40年
> 说着我们凄凉的笑话
> 彼此相爱。
> 这是我们的天意，是我们的智慧。
> 礼物就是这首诗，哦，亲爱的。(*Mermaids*，34-35)

凯泽不仅描绘了一种个人和短暂的精神状态，而且利用闺怨诗中的意象和典故，成功地将女性的经历转化为普遍的精神现实，表达了精神上的平等。女性角色并没有像中国的闺怨诗一样表现出性别自我的忧郁，而是渴望相互理解和性别平等的独立。

这是我们的天意，是我们的智慧。/礼物就是这首诗。凯泽在诗行中直率地表达了她的思维方式。“妇女的解放，甚至是人类的解放，取决于对妇女的定义。一般女性，这是对女人的定义，而不仅仅是这个女人或那个女人。我们需要定义女性性别，女性的一般身份。”（卢斯·伊里加雷，65）这就是凯泽试图在她的诗歌世界中传达的意义。凯泽用了与中国闺怨诗相同的诗歌基调：哀怨。此外，她的诗还表达了对爱情的向往、想象中的闺房的哀怨和受性别限制的意识规范。

女性，无论是中国人还是美国人，都受到性别规范的限制，这种性别规范规定了妇女的从属地位和劣势地位，这为凯泽提供了继承和发展中国闺怨元素的基础。但更重要的是，凯泽试图用这种诗性的传统来重新定义女性的性别，颠覆女性既定的性别身份，这是凯泽的伟大成就，她试图破坏和质疑女性性别自我的忧郁。

结　语

如果仅仅用“背景”来赋予诗歌一个地理位置和与之相关的联想，只要看一眼当代西北男性诗人的数量，就可以确定地域是一个重要的参照框架。众所周知，理查德·雨果一遍又一遍地回到西北的风景中，他的许多诗都可以放在一张覆盖华盛顿和蒙大拿的地图上。雨果的地域主义非常明确：

> 我是一个地区主义者，我不喜欢不是地区主义者的作家，当然，有几种定义地域的方式。我发现，除非我知道叙述者来自哪里，否则很难写作；如果我感觉到作者不清楚他的作品发生在哪里，我就很难欣赏写作。当我写诗时，我把情感寄托在场景上……
>
> 当我说我是一个地区主义者时，我是非常精确的，并承认我自己的那些品质，那些地区主义的贬低者对我有异议，认为我心胸狭窄，局限于本地，直来直去，闲话多嘴，停滞不前。

雨果地域主义的中心在于他的“对环境的情感主张”，即对一种地域感的主张，在这种地域感中，位置对应着一套关于自我和社区的情感和价值。迈克尔·S. 艾伦（Michael S. Allen）研究理查德·雨果的诗时指出：“即使雨果的诗中充分体现了丰富的西北意象，诗的情感能量指向的也不是自然景观，而是人们——分散、孤独、冲突、常常挣扎着生存。”换句话说，雨果的诗歌中有一种明确的地域感，但它最终关注的是人性及其与人类社会的关系，而不是与非人性的关系；因此，生态隐喻在雨果的作品中找不到表达。

大卫·瓦格纳（David Wagoner）曾是西奥多·罗特克在宾夕法尼亚州立大学的学生，后来是罗特克在华盛顿大学英语系的同事和继任者，他展示了对西北景观日益增长的兴趣。

当你读到瓦格纳的《1956—1976 诗集》（*Collected Poems* 1956—1976）时，这一点就变得非常清楚了。在《邓杰内斯吐谈指南》（*A Guide to Dungeness Spit*）这样的偶然诗歌中，作者第一次尝试描述西北的元素，演变成描绘该地区的完整序列来，如 1981 年的《兰德费尔》（*Landfall*）诗集的第三部分所示。这种发展也显示了人们越来越擅长于唤起西北的地域感，不是通过把诗歌明显地放在地理地图上，而是通过描述特定自然环境的细节，无论是海岸，森林，还是干燥的国家。

但更重要的是，瓦格纳对西北环境的日益熟悉和描述也表明了一种类似的、日益增长的生态关注。瓦格纳诗歌中的这个新维度，无疑属于生态隐喻，在《河床》（*Riverbed*，1972）的诗集中被首次关注到，比如《河床》（*Riverbed*）、《幸存者》（*The Survivor*）或《迷失》（*Lost*）。然而，瓦格纳最著名的生态诗，可能是描述西北的惠好伐木公司的序列中，如《惠好公司砍伐森林的报告》（*Report from a Forest Logged by the Weyerhaeuser Company*）、《惠好公司砍伐森林的挽歌》（*Elegy for a Forest Clear-cut by the Weyerhaeuser Company*，1974 年）以及《写信给惠好植树公司》（*An Address to Weyerhaeuser*, *the Tree-growing Company*）。有趣的是，这些诗反映了同样的挽歌情绪，如同 1960 年加里·斯奈德的《神话文本》（*Myths Texts*）中的《伐木》（*Logging*）第 14 节那样，明确地将批评对象指向惠好公司。瓦格纳的诗歌创作也遵循了施耐德开辟的另一条道路，即从人类学的角度对美国西北部原住民进行调查。正如桑福德·平斯克（Sanford Pinsker）所指出的：我们很清楚地发现，弗朗兹·波阿兹（Franz Boaz）在 19 世纪 90 年代的西北地区的人类学调查，或者弗兰克·F. 斯旺森（Frank

F. Swanson）为美国人种学服务所做的印第安神话的文字记录，都在瓦格纳的嘴边。”（117）

如果你看看年轻一代的西北诗人，和地域有着清晰的联系，偶尔带有生态色彩的诗人可能是乔治·维恩（George Venn）。在他最新的作品《标记魔法圈》（*Marking the Magic Circle*）中，维恩表示，“西北成为我的梦想之家，我的模拟山，一个可以站着的地域，一个充满可能性的景观。在那个以哥伦比亚河为标志的地域，我感到很自在。我的世界有很多中心和一个真正的边缘——一个区域。”（4）罗伯特·桑德（Robert Sund）的诗歌也清楚地表现出对西北环境的忠诚。例如，他的第一部诗集《草束》（*Bunch Grass*）就完全是围绕着华盛顿东部的小麦收成创作的。叙述者在谷物升降机的作品成为对景观、作品和相关人员的描述和反映的纽带。同样引人注目的西北风景也出现在桑德后期的一部畅销书《白马皮上的雨露》（*The Hides of White Horse Shedding Rain*）中，该书探索了这位诗人的家庭，特别是他的瑞典祖父母在华盛顿的家。此外，桑德被公认为西北太平洋北部地区的生物地域命名“Ish Nation”，这一事实表明，生物地域的思想在西北诗人中已经传播。

如果我们把注意力暂时转移到另一群在西北写作的诗人身上，即美洲原住民，我们是否发现还有更多的声音使用生态隐喻？正如我们所见，白人诗人在生态隐喻中对印第安人的召唤，必须被认为是一个高度选择性的形象，试图阐明对自然环境的伦理立场。在这方面，隐喻采取了传统美国土著诗歌和歌曲中所表达的立场，正如肯尼斯·雷克斯罗斯早在1961年就指出的那样，这在本质上主要是生态的：

> 大多数西欧诗歌，即使是在情色抒情诗中——“及时采撷你的花蕾”——关注的都是在现实世界中价值浪费的悲剧。美国印第安人的诗歌中没有这些。诗前强烈的审美实现是一种与有利环境的同一性实现。

但这真的符合当代西北印第安诗人对他们自己和自然的看法吗？

1983 年，西北地区诗人拉尔夫・索尔兹伯里应邀为《太平洋海洋奇缘季刊》（新西兰）特刊做特约编辑，该特刊团聚起一批美国土著诗人，他发表的手稿呼吁以一种与传统的自然观点相呼应的方式表达的同时也增加了更多的政治维度：

> 这些作品有些来自印第安人后裔的作家，有些来自关注印第安人的作家，与过去相连，但也关注现实的今天。生态、灭绝、生命的神圣性、与自然的合一、精神意识、平等、歧视、不公正、反抗——这些词语在一定程度上暗示了当代美国土著文学的重要性和生命力。

索尔兹伯里（Salisbury）的列表从“生态”，包括生命的神圣以及“与自然合一”这些维度（所有这些都可以被视为属于生态隐喻），这些列表中涉及的问题被美国本土诗人认为对美国本土印第安人审美是极其重要的。

不过，如果我们看一下在西北创作的三位最著名的印第安诗人，我们对这件事会有不同的看法。例如，读杜安・尼亚达姆（Duane Niatum）的诗，我们很快就会发现，生态隐喻中所表达的观点在这里并不是最重要的；事实上，它们甚至不是尼亚达姆研究的中心。相反，正如他的第一部诗集《年长的克拉拉姆去世后》（*After the Elder Klallam*）所阐明的那样，重要性在于他与西北印第安传统、神话及祖先之间的持久关系。比如有些诗歌《印度祈祷者》（*Indian Prayer*），《写给希尔斯的挽歌》（*Elegy for Chief Sealth*，1786–1866），《致敬我的印第安祖先》（*Homage to my Indian Ancestors*）他在第一本书中确立的方向也适用于他后来的诗歌，即使他的风格变得更加精致。他的最新著作《为梦想的收获者而唱的歌》（*For The Harvester of Dreams*）表明了他对美国原住民传统的持续关注，特别是将这种传统延续到未来。值得注意的是，生存并没有被看作有单独存在的必要，而是从更大的美洲土著神话背景中强调环境伦理（因为它自动地被认为是内在的），但存在维护西北美洲土著神话传统的必要性，即维护美洲土著身份的必要性。

显然，他的诗歌中有一些方面可以被看作在展示生态隐喻，比如“来自世界及其人民的声音”（“Voices from the World and its People”）这一节，我们可以听到来自植物、动物和鸟类的亲密声音。

另一位西北印第安诗人兼小说家詹姆斯·韦尔奇（James Welch）的第一部作品《在厄斯波依家的四十英亩土地上骑行》（*Riding the Earthboy* 40）至今仍是他唯一的诗集。在他的诗歌中，同样明显缺乏坚持生态隐喻的诗歌。韦尔奇的感知力与尼亚图姆截然不同，韦尔奇的诗歌更多地包含了当代美国原住民生活的社会现实元素。在这里，我们遇到了一个酗酒、绝望和贫穷的世界，这个世界的地貌和气候（蒙大拿）被温暖的夏天、寒冷的冬天、干燥和无休止的风所主宰。换句话说，诗歌中有一种强烈的地域感。在这些诗歌中，我们瞥见了印第安人的文化和神话传统，但它们并不像尼亚达姆的作品那样重要。再一次，生存是指在保留地生活的残酷现实中存活下来，而不是为了确认环境伦理，只有一首诗人们可能认为它是直接的生态的，它的秩序的愿景是真实和公正的，但重要的是这首诗没有采用印第安人的视角。这首诗可能是任何一个优秀的诗人写的：

> 草原鹰的正义感动了我；
> 他的翅膀正好能挡风，
> 这只老鼠是任何一只老鼠。
> 我从站着的地域挣脱出来，
> 被一种世界想要回归正轨的感觉弄得晕头转向，
> 而老鼠只是搅动平原的风的一部分。(52)

如果我们看一下拉尔夫·索尔兹伯里（Ralph Salisbury）的诗歌，我们会发现一位诗人的作品越来越多地集中在他的切罗基族遗产上。索尔兹伯里的第一部诗集《葡萄柚幽灵和其他诗歌》（*Ghost Grapefruit and other poems*）并没有特别注意诗人的美国土著背景，也没有特别关注任何生态问题。相反，正如威廉·斯塔福德（William Stafford）

描述的索尔兹伯里早期诗歌的总体方向："他将即时、日常的关注与宏大、遥远、包罗一切的问题和影响融合在一起。"然后，在他后期的诗歌中，包括两本《指向彩虹》（*Pointing at the Rainbow*）和《精灵兽咏唱》（*Spirit Beast Chant*），以及长篇选集《到水里去：切罗基人遗产的诗歌》（*Going to the Water*：*Poems of a Cherokee Heritage*），诗人在他作为一个印第安人的感受和经历的背景下探索了许多主题。大萧条时期他在艾奥瓦州农场的童年和少年时代，以及二战期间他作为轰炸机机组人员的经历是诗歌中反复出现的主题。在索尔兹伯里的诗歌中所存在的地域感，主要不是在西北（过去 20 年一直是他的家），而是他在艾奥瓦州的青年时代。当然有很多诗歌都是在西北地区创作的，但是这个背景并没有像杜安·尼亚达姆（Duane Niatum）的作品那样具有中心地位。同样有趣的是，索尔兹伯里在上面引用的段落中把"生态"列为"美洲原住民文学"的第一个特征，但他在自己的诗歌中却很少表现出对生态的关注。事实上，很难明确指出哪一首诗是生态的；他的诗歌并没有试图将地域感与环境伦理融合在一起。

这些美国土著诗人没有更明确地在生态隐喻的语境中写作，这也许并不令人惊讶，因为生态考虑一直是土著诗人的一个整体部分，描述它是显而易见、不证自明的 。

生态隐喻是存在的，但它属于背景。对美国土著诗人来说，其他问题似乎更为紧迫。在这几位诗人的诗歌中，尤其是在尼亚达姆和韦尔奇的诗歌中一个反复出现的主题是，在当代美国社会，作为一个印第安人面对灭绝的威胁意味着什么。在这方面，当代美国土著诗歌必须被理解为已经进入了西方诗歌的主流，就像雷克斯罗斯所说的那样，要"关注在一个事实的世界中价值浪费的悲剧"，而不是像传统的美国土著歌曲和诗歌那样，继续确认"在有利的环境中，身份认同"的中心地位。（Castro，165）

作为政治的诗歌

正如我们在西奥多·罗特克、威廉·斯塔福德和加里·斯奈德的诗歌中看到的那样，他们都愿意明确地引用西北的地理，把诗歌放在一个区域的地域。但是我们也看到，不要把这种倾向与二战前西北地区的地域主义运动混为一谈，即使在加里·斯奈德的作品中，这两个运动之间有一些直接的联系，但该运动有意识地、有意地试图记录特定地区的具体情况。可能在一定程度上必须看到二战后，这种西北方向的地域倾向，是对现代主义诗学运动某些原则的拒绝，尤其是那些强调诗人服从于西方文学传统的原则的艾略特和庞德。

相反，地域元素，加上许多诗歌中强烈的、几乎无处不在的叙述者“我”，传达了一种身处美国地理环境中的强烈感觉。此外，这种地理位置在美洲原住民的背景下，而不是在西方的背景下，变得越来越清晰。我们已经看到西奥多·罗特克的“我”在《北美序列》中如何想象与牡蛎河西北景观的自然世界的融合：“年轻的蛇，在绿叶中静止，等待它的食物，/蜂鸟，呼呼地从梅花飞向牵牛花/我愿意与它们在一起。”（*The Collected Poems*，190）

此外，斯塔福德在《塔科马高体育场》（*Stadium High*，*Tacoma*）中的“我”让人联想到美国原住民，而不是希腊人的外表：“前面的这座建筑是希腊的、铜的/在顶部。它俯瞰印度领空。/当我走过它的大厅时，我感觉到了一些其他的空间。”（《有时像一个传说》（*Sometimes like a Legend*，24）。再如，在《与大紫蘑菇相遇》（*To Meet Agaricus Augustus*）中，斯奈德笔下的“我”讲述了如何在内华达山脉的山脚下遇到一只蘑菇，通过唤起一种谦卑的感觉，颠覆了西方文化中传统的人与自然的关系：我觉得自己很渺小/为了看见它，/如此的罕见与珍贵，/而且还很美味（*Left Out in the Rain*，121）。

也许这种身处特定的地理位置并与它互动，可以理解为一种对美国身份的肯定，一种不同的、原创的东西，将其与现代主义者更传统的强调（至少从西方的角度来看）区别开来，特别是对西北身份的承认。

然而，在罗特克、斯塔福德和斯奈德的诗歌中，地域的语境所代表的不仅仅是一个基本的参考框架：也就是说，正如本研究试图追溯的那样，地域作为生态隐喻的棱镜的功能。在这种背景下唤起的地域感，一方面是人与自然关系的新观点，另一方面是西北地区之间的对应关系。这是一种转变了的地域主义的诗歌，一种带有伦理立场的地域诗歌，不管这种立场是否被公开地表达出来。正如我们所看到的，生态隐喻不仅仅是对现有问题或倾向的批评。相反，这些诗歌尝试了一个更大的任务，即制定一个宽泛的伦理，定义一个更普遍的、人与自然之间的非战斗关系。从更大的背景来看，西北诗歌的这一方向必须被理解为对美国第一个重要生态学家奥尔多·利奥波德（Aldo Leopold）在20世纪40年代末的文章《大地伦理》（*The Land Ethic*）中提出的战后愿望做出的回应：

> 第一种伦理学处理的是个体之间的关系；摩西十诫就是一个例子。后来的著作涉及个人与社会之间的关系。黄金法则试图让个人融入社会；民主将社会组织与个人结合起来。
>
> 至今还没有一种伦理规范人与土地以及在土地上生长的动物和植物的关系。土地，就像奥德修斯的奴隶女孩一样，关系仍然是严格的经济关系，包含特权而不是义务。如果我对证据的理解正确的话，伦理学延伸到人类环境中的第三个元素是一种进化的可能性和生态的必要性。这是一个序列中的第三步。前两个已经讲过了（218）。

我们所表达的生态隐喻的核心，换句话说，是在奥尔多·利奥波德的视野下，诗歌中环境伦理的发展。自20世纪60年代初以来，在哲学、宗教和公众话语中，基于对基本生态原则的普遍认识，试图阐明一种环境伦理，而诗歌中的这种方向实际上构成了一种平行发展。

在罗特克的诗歌中，利奥波德对环境伦理的呼唤隐含在与神性合一的愿景中，隐含在自我与自然之间的屏障消失的生态融合中。斯塔福德在他的工作中更明确地提倡对荒野的尊敬，并指出在文化和自然之间建立平衡的必要性。最后，在斯奈德的作品中，这被直接转化为重新居住的哲学，成为北美大陆真正的居民，适应并尊重当地的动植物。利奥波德（通过他对林业和生物学的研究）所发现的现代文明中所缺乏的态度，被斯奈德发现在原始人中仍然存在：世界上所有伟大的文明宗教都以人为中心。下一步被排除了，或者被遗忘了——“那么，你对喜鹊说什么？当你见到响尾蛇时，你会对他说什么？我们从鹪鹩、蜂鸟和松花粉中学到了什么，还有……但同时，我们也是通过同一只眼睛看着彼此的许多自我”（*Reinhabitation*，62）。呼吁从“原始”的角度看待自然，认识到生命的各种形式之间的相互联系，以某种方式必须重新融入现代社会。在诗歌中，原始人的视觉遵循一般模式，肯定自然或荒野作为生命和谐和再生力量的象征，拒绝城市的象征，经常通过被视为对所有形式的生命的破坏或威胁的技术引起。荒野积极一面的中心地位可能也反映了美国身份的另一个方面。

罗德里克·纳什（Roderick Nash）的著作《荒野与美国人的思想》（*Wilderness and the American Mind*）证明了荒野观在美国历史上的重要性，以及美国文化如何在某种程度上定义了自己，反对荒野。不要低估现存生态问题的重要性，我们也许仍然可以从美国语境中看到生态隐喻对这些诗人的荒野方向的吸引力：

> 19世纪初，美国的民族主义者开始认识到，正是在大自然的荒野中，他们的国家才是无与伦比的。虽然其他国家可能偶尔也会有一个野生的山峰或一小块荒地，但没有一个与野生大陆能匹敌的地域。如果正如许多人所怀疑的那样，荒野是上帝最清楚地表达自己的媒介，那么美国就比欧洲拥有明显的道德优势。

正如纳什在他的书中所指出的，出于这些或其他原因而保护荒野的必要性，成为肯定美国独特性的一个因素。也许这个生态隐喻可以被理解为表达美国人身份的最新尝试，这种身份不仅包括非人类的荒野，也包括美国原住民对它的态度。因此，我们可以将生态隐喻的荒野表达理解为早期历史联想、新的生态信息和对美国土著文化重要方面的欣赏的融合。

这个新观点表达了荒野的负面概念是欧洲人对一个成功定居的大

陆的一种心理投射，在生态上被美洲原住民维持了四万至五万年，而人类的正确位置是在荒野中，而不是在荒野之外作为它的破坏者。在这种背景下，从生态的角度来考虑历史，太平洋西北地区一百多年的技术工业文明的影响不仅突出为“发展”，而且突出为对土著生命形式的空前破坏。仅仅唤起文化与自然和谐的可能性，换句话说，就是对我们现有社会的含蓄批评。

由于当今许多环境问题的存在都是由决定技术应用政策的价值观直接导致的，我们必须理解诗中的生态隐喻倾向于相反的价值观。雷克斯罗斯反复断言：“所有的艺术都是对价值的象征性批评，但诗歌是专门且几乎完全是这样的。”我们在这里的目的不是要论证这句话的绝对真实性，但雷克斯罗斯的论断无疑提供了对生态隐喻本质的重要理解。

正如我们所见，这个生态暗喻必须被解读为一种与现代工业社会某些倾向相反的愿景。表达生态隐喻的诗歌不一定会导致对特定问题的公开攻击，但在其伦理背景下，它几乎总是暗示着一种批判的立场。这种批评的表达程度因诗人和他的诗学而异。事实上，直接回应生态威胁或破坏的特定实例的诗歌，正如我们所看到的，在这里讨论的三位诗人的作品中并不是大多数，只有加里·斯奈德广泛使用。当我们审视这三位诗人的作品时，我们发现罗特克的诗歌并没有公开的政治结论或建议；他们没有给出明确的答案。相反，从罗特克的愿景中可以得出大量的含义。例如，《北美序列》的开篇诗《渴望》（*The Longing*）是对城市作为一个“感官空虚”的地域的拒绝，为了达到精神上的超越，必须把它抛在身后。在这里，寻求精神或神秘的洞察力作为接近和融合自然的过程中的象征，在整个生态整合中遵循早期美国浪漫主义和后来的超验主义者的模式，在自然的神化中定义神的存在。因此，这一探索的含义是，如果自然被来自文明的力量所摧毁，那么就不可能有精神上的洞察力或超越。这就是为什么我们不断地肯定自然高于文明，或者荒野高于技术。此外，在生态意识和视角的背景下，对自然破坏的哀叹不可避免地成为对社会价值的隐含社会批判，而这种价值对自然中的神性并不敏感。《北美序列》从城市走向与自然的重新融合，可能暗示的不仅是一种心理上的，而且也是一种政治上的愿景，因为人类充实的源泉被视为存在于自然领域，而不是文化领域。在罗特克的创作生涯中，这种观点可以追溯到他的第一首诗。这是很明显的，例如在《长巷》（*The Long Alley*）一诗的开篇部分，唤起了一个被工业废弃的景观，有机的自我成为技术表现的对立面："肉体，你冒犯了这种金属"（*The Collected Poems*，59）。在这句话幽默的表面之下，人们可以感觉到一种深刻的悲伤，这种悲伤来自现代荒原，在那里，人类已经成为他所创造的东西的反对对象。工业发展的趋势是与复杂的有机生命网络直接对立的，这就必然要求我们拒绝有机生命网络。甚至像《密歇根公路》（*Highway Michigan*）这样的早期作品也把汽车（被称为"机器"）作为一个消极的象征，具有讽刺意味的是，它被称为"厌倦者的进步"。值得注意的是，叙述者位于田野的边缘，属于自然的领域，一个游离的观察者在诗歌中展开的车祸。

在斯塔福德的诗歌中也很少有直接的政治声明。究其原因，可以从斯塔福德的美学观点中找到。首先，在他看来，一首诗的创作发生在一个开放的探索过程中，而不是出发去到达一个特定的和预先设想的地点：

> 第一意图危害创造。的确，意图似乎在某些项目中很有效，在我们急于取胜的项目中，在我们竞争的项目中。但我想提出这样一个问题：难道创造不是别的东西，而是把材料放在一起服务于预先选定的目标，因此意图危及创造。（*Writing the Australian Crawl*，33）

换句话说，有意定义目标的诗歌，不属于斯塔福德对真正创作过程的观点，因此也就不是完整的诗歌。这使得斯塔福德实际上不可能故意写一首纯粹的政治诗。在这种写作过程中，人们不会发现大量的诗歌与当时的政治问题直接对话，这就不足为奇了。

但是在生态隐喻的背景下讨论斯塔福德诗歌中可能的政治维度之前，必须对斯塔福德的美学观做进一步考虑。这与如何在诗歌中确立价值的原则有关。在一次采访中被问到他是否认为基督教的价值只有在诗歌中暗示时才是最有效的。

斯塔福德回答说：是的，我确实相信，价值观在诗歌中的任何直接使用，任何直截了当的断言，都会产生反效果，原因有几个，我想解释一下：

> 首先，如果你只是简单地断言某件事，你很可能会忘记一个读者，一个有价值的读者不仅需要你随意地说出，还需要一种分享价值来源、价值证据、发现和维护价值的内在冒险的体验。简而言之，对一个有价值的读者来说，直接的断言只能提供最有限的经验。这是我对公开堆砌价值观感到不安的原因之一。令我不安的另一个主要原因是，诗歌的整体有效性不仅仅是基于对内容的挖掘：诗歌是一种体验，一种对新遭遇的冒险，一种对活着的人类的思想、感情、梦想和冲动的锻炼。把生活简化为重复别人已经得出的公式，就是把读者排除在满足生活所需的热情和冒险之外。

斯塔福德的回答概括了一种对价值和诗歌之间关系的一般态度，这种关系也延伸到政治价值领域。正如问题所暗示的那样，这种美学的关键方面涉及所暗示内容的重要性。

记住这一点，当我们看斯塔福德诗歌中反映生态隐喻的“政治”维度时，我们就能更好地理解为什么诗歌采用了它们所采用的形式和策略。作为一个例子，让我们简单地回到科学家们之前讨论过的《噗噗的塔夫特》（*Tuft by Puff*，1978）中的一首短诗，它的全文简单地说：“这些知识分子撞着他们的头/直到他们爆发——/他们正在烧毁世界。”在没有说明任何细节的情况下，这首诗或许唤起了从事破坏性研究的军事研究者和科学家，或者更形象地说，唤起了对科学和技术的应用，而没有用伦理学来考虑自然。但更重要的是，这首诗暗示了对一个更大问题的批评：一个允许“燃烧”的世界继续下去的社会所展示的价值观。也许从最严格的意义上说，我们不能称这首诗为政治诗，但它的结果肯定是政治的：我们怎么想？我们应该怎么做？我们的立场是什么？在它的核心，这首诗当然是道德的最高程度。类似的政治含义延伸可以应用到斯塔福德的许多诗歌中，尤其是那些表达生态隐喻的诗歌和他许多著名的反战诗歌。

正如这些摘录所表明的，除了我们可以从“分享价值的来源和价值的证据”的过程中推断出的东西，斯塔福德并没有试图勾勒出一个明确的政治替代方案。在生态隐喻的语境中，他的乌托邦与斯奈德的相反，只是含蓄的。然而，对诗歌作为一种微妙的意识改变的诱导者作用的态度是斯塔福德作品的中心位置，这种意识改变反过来又可以影响政治变化：

> 我认为我所有的诗都是政治性的，但我所有的生命都在说诗歌应该具有的影响，哲学应该具有的影响，法律应该具有的影响等等——这些都是安静的，渗透的，潜移默化的东西，而不是大集会的人群狂热的东西。我所有的希望都寄托在生长的草地上。我并不是在寻找爆炸，而是在寻求相互达成的调整、调和、实现、洞见和增量。

毫无疑问，换句话说，诗歌必须被解读为存在于一个一致的伦理框架内。在这方面，与斯奈德的政治区别不是在内容上，而是在方法上。斯塔福德采用了一种诗意的策略，这种策略暗示了一种与西方文明主要方向相反的人与自然关系的新观点，他更接近于罗特克，而不是斯奈德，后者选择了一种更明确的策略。斯塔福德关于诗歌中价值表现的观点和他对上述创作过程的方法，也解释了他最近对加里·斯奈德诗歌的评论：他在诗歌中流行的部分是英雄和领袖-发言人诗人。最近我看了理查德·蒂林哈斯特对加里·斯奈德的一本书的评论，他说——我在他的评论中使用了暴力——斯奈德太习惯做发言人了，他是对的，所以他在做这件事；他不再是一个诗人了。(《表演与诗歌》,

115）

这里值得注意的是，斯塔福德站在理查德·蒂林哈斯特（Richard Tillinghast）对斯奈德作为发言人的批评一边，因为它关注的是诗歌作为一种明确传达价值的媒介所起的有限作用。值得注意的是，斯塔福德并没有批评斯奈德的言论，只是批评他的公开说教倾向，即他的诗歌内容和诗歌表达水平之间的关系。争论是关于诗歌的策略而不是内容，这也得到了一个简单的事实的支持：斯塔福德通过生态隐喻表达的许多价值观，正如我们所看到的，与斯奈德所分享的价值观是相同的。有时，我们甚至会发现两位诗人的价值观完全融合的时刻，比如斯塔福德说，前白人时代的美国是“这块大陆更干净、更纯洁、更美好、更有趣的时代”。在生态隐喻的语境中，对前白人北美的视野和对荒野中的人而非文明中的人的偏爱，超越了对认同美洲原住民的强烈要求。由于生态系统代表了不同生命形式的无等级组织，没有一个主要的权力中心，而生态隐喻将人视为自然系统的一个整体部分，它不可避免地唤起了人类社会组织的一种新的可能性。

当然，所谓原始社会的人类历史也证明了这种可能性。正如斯奈德所说，我们是无政府主义者；我们永远不能忘记这一点。对生态隐喻的区域强调也表明了一种倾向，即偏爱地域，偏爱一种分散式的系统，在这种系统中，决策是由地域感知决定的。

事实上，斯奈德的大量诗歌都是直接意义上的政治，几乎不需要在这里详细阐述。例如，像《前线》（*Front Lines*）、《地球母亲：鲸鱼》（*Mother Earth: Her Whales*）这样的诗歌，明确的政治立场反映了一套现在众所周知的价值观。在斯奈德后来的大量诗歌、散文和访谈中，也可以找到类似的立场；这是一个显而易见的立场，导致了理查德·蒂林哈斯特的批评，威廉·斯塔福德和其他人的回应。

然而，通过生态隐喻，斯奈德的愿景还有更深刻和不那么明显的一面，它也试图影响变化。斯奈德说，在回答一个问题，他认为诗歌是否会改变什么，因为诗人的情感是调到其他声音不仅仅是社会或人类的声音，它的功能“像一个预警系统，听到树木，空气和云层和分水岭开始呻吟和抱怨一点。"正因为如此，诗人拥有投射一种治愈的视觉的力量："这是一种需要，特别是对诗人来说，看关键原型形象和符号块，看看这些块是否起作用的感觉。诗歌效果的变化是通过摆弄原型和在它真正影响历史变化之前的一个世纪的人们的梦想"（TRW，71）。基于这个更普遍的说法，我问他："在这种情况下，把你对生物区域主义的强调理解为试图取代一个不工作的符号块，这样做正确吗？"

斯奈德对此回应道："没错。我不指望生物地域主义在大约两百年的时间里真正生根发芽或有所作为。大约五百年后，你会在美国看到不同的边界。"（*Nordstrom-Snyder interview*，45）

换句话说，在斯奈德的生态隐喻中，这种潜藏其中的原型可以在他的作品中所呈现的反乌托邦与乌托邦之间的辩证法中看到。生物区域原型唤起了独立的土著居民，他们是土生土长的农民或猎人，他们的家庭和社区总是可以追溯到与他所在地区的亲密共处，当地生活总是作为定居文化重要方面的来源。在这里，人与环境的互动反映在日常生活的各个层面：食物、衣着、住所，甚至在一定程度上反映在社会关系上。在许多方面，这种原型必须被理解为当代美国生活的许多方面的直接对立面：无根的人口不断地在大陆上迁移，大众市场经济和食品供应生产与当地现实脱节，政治体系的决策过程遥远，因为它是基于城市的。

因此，生态隐喻必须被理解为试图呈现一套新的形象和符号，以取代现有的形象和符号。斯奈德认为，正如生态学记录所发生的事情一样，例如，当一个新的动物种群开始迁移到一个新的领域，他的作品尝试新神话入侵的生态学……（在）……某些神话原型、某些神话主题混合在一起。有些人被赶走，有些人接管，有些人躲起来。正如我们所看到的，这种新模式的精髓源于真正安定下来的人的形象：

> 自相矛盾的是，决定安定下来，会让你变得完全普世。除非你决定安定下来，否则你不属于任何地域，如果你不属于任何地域，

你就不属于这个星球……之前的你只是幽灵，漂浮在杂草中。想想这个很有趣。(《诺德斯特龙-斯奈德访谈》，43-44)

换句话说，在这些诗人的作品中，我们看到的是对地域概念日益重要和新定义的探索。通过亲密地谈论地域，诗歌暗示了对当地地域的肯定，似乎暗示了对遥远力量的排斥，无论它与国家或其他有组织的权力的表达是否有关。在这方面，诗歌无疑遵循着根深蒂固的美国理想的脉络，即提倡自力更生和个人责任。很明显，这些诗人远离了旧的地域主义的文学联想，而是肯定了一种地域感，在那里，技术活动的网络，复杂的自然系统，印第安人的存在，以及环境伦理领域是错综复杂地交织在一起的。简明地说，这种逐渐的重点转移可以被称为区域主义向生物区域主义的转变。

西北诗派从地域出发，但又超越了地域。他们并不是主张回到部落文化，也不是加强地域主义，而是力图打破国家、民族、文化的界限，建立一种以自然为界限的生态政治理念和地域信仰，体现了“全球地域化”的新型文化范式。这一文化思想已经融入美国当代文学传统，并对当代有着现实的启示意义。

参考文献

Allen, Michael S. *We Are Called Human: The Poetry of Richard Hugo*. Fayette- ville: University of Arkansas Press, 1982.

Bagley, Clarence B. "Chief Seattle and Angeline". The Washington Historical Quarterly, 22(October 1931), 255.

Barbour, Ian G., ed., *Earth Might be Fair: Reflections on Ethics, Religion, and Ecology*. Englewood Cliffs, N. J.: Prentice-Hall, 1972, p. 8.

Bray, Francesca. 1997. *Technology and Gender: Fabrics of Power in Later Imperial China*. Berkeley: University of California Press.

Broughton, Irv, editor. "Symposium on Northwest Poetry, with Beth Bentley,, Nelson Bentley, Richard Blessing, Roger Brown, Madeline DeFrees, Richard Hugo, William Kittredge, William Stafford, and David Wagoner." Mill Mountain Review, 2, No. 2(1975),6-17.

Bowers,Neal. Ed. "Theodore Roethke Speaks". *New Letters*, 49 (Fall 1982),4-25.

Buchsbaum, Ralph & Mildred Buchsbaum. *Basic Ecology*. Pittsburgh, PA.: The Boxwood Press, 1957, p. 1.

Butler, Judith. *Bodies That Matter: On the Discursive Limits of "Sex"*. London: Routledge,1993.

——. *Gender Trouble: Feminism and the Subversion of Identity. New York*:

Routledge, 2006.

Castro, Michael. *Interpreting the Indian*: *Twentieth-Century Poets and the Native American*. Albuquerque: University of New Mexico Press, 1983, P137-152, 153-173.

Elder, John. *Imagining The Earth*: *Poetry and The Vision of Nature*. Urbana and Chicago: University of Illinois Press, 1985.

Eliot, T. S. "Tradition and the Individual Talent." *The Sacred Wood*. London: Methuen, and New York: Barnes & Nobles: University Paperbacks, 1960, p.47-59.

——. *Selected Essays*. London: Faber& Faber. Eliot, T. S. 1964.

——. *The Use of Poetry and the Use of Criticism*: *Studies in the Relation of Criticism to Poetry in England*. London: Faber& Fabe,1951.

Etulain, Richard W. "Main Currents in Modern Western Literature", *Journal of American Culture*, 3(1980),377.

Fenollosa,E. *The Chinese Written Character as a Medium for Poetry*. San Francisco:City Lights Books, 1963.

Garber, Frederick. "On Richard Hugo and William Stafford." American Poetry Review 9, no. 1(1980): 16-18.

Hugo, Richard. *The Lady in Kicking Horse Reservoir*. New York: Norton, 1973.

——. *What Thou Lovest Well, Remains American*. New York: Norton, 1975.

——. 31 *Letters and* 13 *Dreams*. New York: Norton, 1977.

——. *White Center*. New York: Norton, 1980.

——. *The Right Madness on Skye*. New York: Norton, 1980.

——. *Making Certain It Goes On*: *The Collected Poems of Richard Hugo*. New York: Norton, 1983.

——. *The Triggering Town Lectures and Essays on Poetry and Writing*. New York: Norton,1979.

Kalaidjian, Walter Barron. “Gathering in the Far Field: The Aesthetics of Contemporary Midwest Regionalism in Theodore Roethke, Robert Bly, and James Wright.” Ph. D dissertation, University of Illinois at Urbana-Champaign, 1982, p. 109.

Kherdian, David. *Six Poets of the San Francisco Renaissance*. Fresno: The Giligia Press, 1969.

Kizer, Carolyn. *Poems*. Portland, OR: Portland Art Museum, 1959.

——. *The Ungrateful Garden*. Bloomington, IN: Indiana University Press, 1961.

——. *Knock upon Silence*. New York: Doubleday, 1965.

——. *Midnight Was My Cry: New and Selected Poems*. Doubleday, 1971.

——. *Mermaids in the Basement: Poems for Women*. Port Townsend, WA: Copper Canyon Press, 1984.

——. *Yin: New Poems*. Brockport, NY: BOA Editions, 1984.

——. *The Nearness of You: Poems for Men*. Port Townsend, WA: Copper Canyon Press, 1986.

——. *Harping On: Poems* 1985–1995. Port Townsend, WA: Copper Canyon Press, 1996.

——. *Pro Femina: A Poem*. Kansas City, MO: University of Missouri Press, 2000.

——. *Cool, Calm, & Collected: Poems* 1960–2000. Port Townsend, WA: Copper Canyon Press, 2001.

Lane, Gary, ed. *A Concordance to the Poems of Theodore Roethke*. Programmed by Roland Dedekind. Metuchen, N. J. Scarecrow Press, Inc., 1972.

Leopold, Aldo. *A Sand County Almanac: With Other Essays on Conservation from Round River*. New York: Oxford University Press, 1966.

Mark, Leo. *The Machine in the Garden*. New York: Oxford University Press, 1964, p. 175.

McHugh, Tom. *The Time of the Buffalo*. New York: Alfred A. Knopf, 1972.

McLeod, James R. "Bibliographic Notes on the Creative Process and Sources of Roethke's 'LostSon' Sequence." Northwest Review: Theodore Roethke Special Issue, 11 (Summer 1971), 97-111.

——. *Roethke: A Manuscript Checklist*. Kent, Ohio: Kent State University Press, 1971.

——. *Theodore Roethke: Bibliography*. Kent Ohio: Kent State University Press, 1973.

McMichael James. "Roethke' s North America". *Northwest Review*, 11 (Summer 1971), 149.

Mills, Ralph J., Jr. ed. *On the Poet and His Craft: Selected Prose of Theodore Roethke*. Seattle: University of Washington Press, 1965.

Moul, Keith R. *Theodore Roethke's Career: An Annotated Bibliography*. Boston: K. Hall and Company, 1977.

Nordstrom, Lars. "Willingly Local: A Conversation with William Stafford about Regionalism and Northwest Poetry". Studia Neophilologica, 59 (1987), 42.

——*Theodore Roethke, William Stafford, and Gary Snyder: The Ecological Metaphor as Transformed Regionalism*. Doctoral Thesis, Uppsala University, 1989.

Pound, Ezra. The Spirit of Romance. New York: New Directions, 2005.

Rigsbee, David. *An Answering Music: On the Poetry of Carolyn Kizer*. Boston: Ford-Brown & Company, 1990.

Roethke, Theodore. *The Collected Poems of Theodore Roethke*. Garden City, N. Y.: Doubleday & Company, inc., 1966.

——. *On the Poet and His Craft: Selected Prose of Theodore Roethke*. Edited by Ralph J. Mills, Jr. Seattle: University of Washington Press, 1965.

——. *Selected Letters of Theodore Roethke*. Edited by Ralph J. Mills, Jr. Seattle: University of Washington Press, 1968.

——. *Straw for the Fire: From /he Notebooks of Theodore Roethke*, 1943-63. Edited by David Wagoner. Garden City, N. Y.: Doubleday Company, Inc., 1974.

——"On 'In Dark Time In *The Contemporary Poet as Artist and Critic*. Edited by Anthony Ostroff. Boston: Little, Brown and Company, 1964, pp. 49-53.

——. *The Theodore Roethke Papers and Notebooks*. University of Washington Library, Seattle.

Parini, Jay. "Theodore Roethke: An American Romantic." The Texas Quarterly, 21, No. 4(1978).

Phi Theta Annual, Papers of the Oriental Language Honor Society. California: University of California, Vol. 5(1954-55).

Pinsker, Sanford. "David Wagoner: The Poem is Quicker than the Eye." In "David Wagoner, Special Issue." *The Slackwater Review* (1981), p. 117.

Pound, Ezra. "I Gather the Limbs of Osiris". New Age 6 (1911): 130.

Waley, Arthur. *A Hundred and Seventy Chinese Poems*. Sandwich (MA.): Chapman Billies, 1997.

Seager, Allan. *The Glass-House: The Life of Theodore Roethke*. New York: McGraw Hill Book Co., 1968.

Snyder, Gary. *Left out in the Rain: New Poems* 1947-1985. San Francisco: North Point Press, 1986.

——. *Myths & Texts*. New York: Totem Press, 1960.

——. *Earth House Hold: Technical Notes & Queries To Fellow Dharma Revolutionaries*. New York: New Directions, 1969.

——. *Regarding Wave*. New York: New Directions Book, 1970.

——. *The Back Country*. New York: New Directions Book, 1971.

——. *Turtle Island*. New York: New Directions Publishing Corporation, 1974.

——. *The Old Ways: Six Essays*. San Francisco: City lights Books, 1977.

——. *The Real Work: Interviews and Talks* 1964–1979. New York: New Directions Book, 1980.

——. *Riprap and Cold Mountain Poems*. San Francisco: Grey Fox Press, 1982.

——. *Axe Handles*. San Francisco: North Point Press, 1983.

——. *He Who Hunted Birds in His Father's Village: The Dimensions of a Haida Myth*. Bolias, California: Grey Fox Press, 1983.

——. *Passage Through India*. San Francisco: Grey Fox Press, 1983.

——. *Left Out in the Rain*. San Francisco: North Point Press, 1986.

——. "A Brief Account of the Ring of Bone Zendo, I." Ring of Bone Zendo Newsletter 15 Oct. 1986:8–9.

——. *The Practice of the Wild*. New York: North Point, 1990.

——. *No Nature: New and Selected Poems*. New York: Pantheon, 1992.

——. *A Place in Space: Ethics, Aesthetics, and Watersheds*. Washington, D. C.: Counterpoint, 1995.

——. *Mountains and Rivers Without End*. Washington, D. C.: Counterpoint, 1996.

——. The *Gary Snyder Reader: Prose, Poetry and Translations*, 1952–1998. Washington D. C.: Counterpoint, 1999.

——. *Danger on Peaks*. Washington D. C.: Shoemaker Hoard, 2004.

——. *Back on the Fire*. Washington D. C.: Counterpoint, 2008.

Stafford, William. *Winterward*. (Doctoral dissertation) Iowa City: University of lowa, 1954.

——. *Poems*. Portland, Oregon: Portland Art Museum, 1959.

——. *West of Your City: Poems*. Los Gatos Cal. Talisman Press, 1960.

——. *Traveling Through the Dark*. New York Harper Row, Publ., 1962.

——. *The Rescued Year*. New York: Harper Row, Publishers, 1966.

——. *Eleven Untitled Poems*. mt. Horeb, Wisc.: Perishable Press, 1968.

——. *Weather*. mt. Horeb, Wisc.: Perishable Press, 1969.

——. *Allegiances*. New York: Harper & Row, Publishers, 1970.

——. *Temporary Facts*. Athens, Ohio: The Duane Schneider Press, 1970.

——. *Someday, Maybe*. New York: Harper & Row, Publishers, 1973.

——. *In the Clock of Reason*. Victoria, B. C.: Soft Press, 1973.

——. *That Other Alone*. Mt. Horeb, Wisc.: Perishable Press, 1973.

——. *Going Places*. Reno, Nevada: West Coast Poetry Review Press, 1974.

——. *The Earth*. Port Townsend, Washington: Graywolf Press, 1974.

Stein, Gertrude. *Primer for Gradual Understanding of Gertrude Stein*. US: Black Sparrow Press, 1975.

Stiffler, Randall. *Theodore Roethke: The Poet and His Critics*. Chicago and London: American Library Association, 1986.

Venn, George. *Marking the Magic Circle*. Corvallis: Oregon State University Press, 1987.

Walker, UrsulaGenung. *Notes on Theodore Roethke*. Charlottesville: Bibliographical Society of the University of Virginia, 1968.

Waley, Arthur. 1997. *A Hundred and Seventy Chinese Poems*. Sandwich (MA.): Chapman Billies.

阿特伍德，玛格丽特：《生存——加拿大文学主题指南》，秦明利译，中国文联出版公司，1991 年。

埃利奥特，艾默里主编：《哥伦比亚美国文学史》，朱通伯等译，四川辞书出版社，1994 年。

爱默生：《自然沉思录》，博凡译，上海社会科学院出版社，1993 年。

——：《心灵的感悟》，李磊等译，当代世界出版社，2002 年。

——：《爱默生集》，范圣宇译，花城出版社，2008 年。

奥康耐尔，尼古拉斯：《我就是森林：斯奈德访问记》，杨惠君译，载

《当代》，1990年第53期，第28-45页。
陈小红：《加里·斯奈德的生态伦理思想研究》，中山大学出版社，2008年。
——：《加里·斯奈德的本土意识》，载《天津外国语学院学报》，2007年第6期，第7-12页。
——：《论加里·斯奈德的诗学观》，载《当代外国文学》，2009年第2期，第101-110页。
程虹：《寻归荒野》。北京：三联书店，2001年。
海德格尔：《人，诗意地安居》，郜元宝译，上海远东出版社，2004年。
霍红宇：《加里·斯奈德诗歌历程中的佛学思想研究》，博士论文，上海外国语大学，2008年。
贾瑞芳：《代言人、反射镜、理想国——评加里·史奈德的寒山诗译》。出自常耀信：《多种视角——文化及文学比较研究论文集》，南开大学出版社，1995年。
金斯伯格：《诗人的追求》，文楚安译，载《文艺报》，1989年2月4日。
卡西尔，恩斯特：《人论》，甘阳译，上海译文出版社，1985年。
拉姆齐，罗尔德：《美国俄勒冈州印第安神话传说》，中国民间文艺出版社，1983年。
李善、吕延济等：《六臣注文选》卷一七，全国图书馆文献缩微中心，1987年。
刘英：《文学地域主义》。《外国文学》，2010（4）：98-106。
麦克里欧，丹：《斯奈德作品中的中国意象》，陈圣仪译，载《当代》，1990年第53期。
刘国枝：《荒野文学序列中的〈我弥留之际〉》，载《四川外语学院学报》，2005年第3期，第15页。
刘生：《加里·斯奈德的中国文化意蕴》，载《外语教学》，2001年第4期，第77-81页。

卢梭：《论人类不平等的起源和基础》，高煜译，广西大学出版社，2002 年。

《论语 · 泰伯》，中央党校出版社，1996 年。

《论语 · 子路》，中央党校出版社，1996 年。

罗尔斯顿，霍尔姆斯：《哲学走向荒野》，刘耳、叶平译，吉林人民出版社，2000 年。

罗康隆：《文化适应与文化制衡》，博士后出站报告，中央民族大学，2006 年。

马丁，朱丽亚：《环境生态的诗人诗话》，闻笛译，载《当代》，1990 年第 53 期，第 58-61 页。

马庆钰：《全球化和对文化相对主义的批评》 <http://bridgetjones. bokee. com/3544849. html.

麦克基本，比尔：《自然的终结》，孙晓春、马树林译，吉林人民出版社，2000 年。

麦克里欧，丹：《斯奈德作品中的中国意象》，陈圣仪译，载《当代》，1990 年第 53 期，第 45-57 页。

蒙培元：《人与自然——中国哲学生态观》，人民出版社，2004 年。

区鉷：《加里 · 史奈德与中国文化》，出自《中国人文社会科学博士硕士文库》 文学卷（下），浙江教育出版社，1998 年。

——：《外国文学与本土意识》，载《当代文坛报》，1988 年第 1 期，第 9-11 页。

——：《加里 · 斯奈德面面观》，载《外国文学评论》，1994 年第 1 期，第 32-36 页。

——：《加里 · 斯奈德的本土意识》，载《中山人文学报》，2000 年第 10 期。

彭克巽主编：《欧洲文学史》 第二卷，商务印书馆，2001 年。

彭予：《20 世纪美国诗歌——从庞德到罗伯特布莱》，河南大学出版社，1995 年。

乔健：《印第安人的诵歌》，广西师范大学出版社，2004 年。

屈夫，张子清：《论中美诗歌的交叉影响》，载《外国文学评论》，1991 年第 3 期，第 109-115 页。

塞尔，罗伯特：《梭罗集》，陈凯等译，三联书店，1996 年。

释恒清：《草木有性与深层生态学》，出自《佛教与社会关怀学术研讨会论文集》，第 17-41 页。

石剑锋：《加里·斯奈德：我并不是“垮掉的一代”》，载《东方早报》，2009 年 12 月 4 日。

斯宾格勒：《西方的没落》，黑龙江教育出版社，1988 年。

斯特劳斯，列维：《野性的思维》，李幼蒸译，中国人民大学出版社，2006 年。

史原朋：《寒山拾得诗赏析》，中国社会科学出版社，2003 年。

孙会军：《普遍与差异：后殖民批评视阈下的翻译研究》，上海译文出版社，2005 年。

孙旗：《寒山与西皮》，普天出版社，1974 年。

梭罗：《心灵漫步》，林志豪译，海南出版社，2007。

泰勒，爱德华：《原始文化》，连树声译，广西师范大学出版社，2005 年。

汤因比、池田大作：《展望二十一世纪》，荀春生等译，国际文化出版公司，1985 年。

陶洁：《美国诗歌一侧面》，2004 年 11 月。18http://www. people. com. cn/GB/wenhua /40473/40474/2996603. html.

王恩铭：《也谈美国多元文化主义》，载《国际观察》，2005 年第 4 期，第 10-19 页。

王国维：《人间词话》，内蒙古人民出版社，2003 年。

王宁：《文化相对主义、文化多元主义和比较文学东方学派的崛起——兼评亨廷顿〈文明的冲突〉?》，载《北京大学学报（哲学社会科学版）》，1994 年第 5 期，第 64-68、74 页。

王诺：《欧美生态文学》，北京大学出版社，2003 年。

王寅：《你们对我感兴趣是因为我对中国感兴趣——诗人加里·斯奈

德访谈》，载《南方周末》，2009 年 12 月 9 日<http://www.infzm.com/content/38480>.

王卓：《后现代主义视野中的美国当代诗歌》，山东文艺出版社，2005 年。

王佐良：《翻译中的文化比较》，载《翻译通讯》，1984 年第 1 期，第 2-6 页。

温伯格，艾略特：《1950 年后的美国诗歌：革新者和局外人》，马永波译，河北教育出版社，2003 年。

——：《诗歌的艺术》，万海松译，2010 年 1 月 16 日<http://www.jintian.net /bb/ view thread.php? tid=21153>.

文楚安：《“垮掉一代”及其他》，四川大学出版社，2002 年。

吴泽霖、张雪慧：《简论博厄斯与美国历史学派》，载《民族学研究》，1980 年第 1 期，第 319-337 页。

奚密：《寒山译诗与〈敲打集〉》。郑树森编：《中美文学因缘》，东大图书，1985 年。

项楚：《寒山诗注·附拾得诗注》，中华书局，2003 年。

谢天振：《译介学导论》，北京大学出版社，2007 年。

杨金才：《新编美国文学史》（第三卷），上海外语教育出版社，2002 年。

叶舒宪：《庄子的文化解析前古典与后现代的视界融合》，陕西人民出版社，2005 年。

叶维廉：《道家美学与西方文化》，北京大学出版社，2002 年。

——：《秩序的生长》。出自郑树森：《中美文学因缘》，东大图书公司，1985 年。

袁行霈：《中国文学概论》，高等教育出版社，2006 年。

乐黛云：《重读杨周翰先生的“欧洲中心主义”》，载《中国比较文学》，1999 年第 3 期，第 1-8 页。

张跃军：《美国性情——威廉·卡洛斯·威廉斯的实用主义诗学研究》，安徽文艺出版社，2006 年。

张子清：《二十世纪美国诗歌史》，吉林教育出版社，1995 年。

赵殿成：《王右丞集笺注》卷一三，上海古籍出版社，1984 年。

赵一凡：《从胡塞尔到德里达——西方文论讲稿》，生活·读书·新知三联书店，2007 年。

赵毅衡：《诗神远游：中国如何改变了美国现代诗》，上海译文出版社，2003 年。

——：《第二次浪潮：中国诗歌对今日美国诗歌的影响》，载《北京大学学报（哲学社会科学版）》，1989 年第 2 期，第 79-86 页。

——：《儒佛道社会主义者——斯奈德六〇年代与敲打乐》，载《当代》，1990 年第 53 期，第 24-27 页。

——：《加里·斯奈德翘首东望》，载《读书》，1982 年第 8 期，第 128-133 页。

郑红雨：《浅谈中国画的留白》，载《辽宁师专学报（社科版）》，2005 年第 4 期，第 58-87 页。

郑金洲：《多元文化教育》，天津教育出版社，2004 年。

郑树森：《中美文学因缘》，东大图书公司，1985 年。

郑振铎：《中国俗文学史》，中国社会科学出版社，2009 年。

钟玲：《美国诗与中国梦：美国现代诗里的中国文化模式》，广西师范大学出版社，2003 年。

——：《美国诗人史耐德与亚洲文化：西方吸纳东方传统的范例》，联经出版事业公司，2003。

——：《史耐德与中国文化》，首都师范大学出版社，2006 年。

——：《中国禅与美国文学》，首都师范大学出版社，2009 年。

——：《寒山与美国诗歌作品，1980 至 2007》，载《学术论坛》，2008 年第 7 期，第 61-65 页。

——：《盖瑞·史耐德访谈录：美国西岸文化意识与亚洲文明》，载《中外文学》，2002 年第 31. 7 期，第 200-225 页。

——：《寒山诗的流传》，出自叶维廉等编：《中国古典文学比较研究》，黎明文化事业股份有限公司，1985 年。

——：《群山呼唤我》，远景出版事业公司，1981 年。
朱伦、马莉：《印第安世界》，广西人民出版社，1992 年。
朱新福：《美国文学上荒野描写的生态意义述略》，载《外国语文》，2009 年第 6 期，第 1–5 页。
庄锡昌：《文化人类学的理论构架》，浙江人民出版社，1988 年。
盖瑞・史耐德：《山即是心：史耐德诗文选》，林耀福、梁秉钧编选，联合文学出版社，1990 年。
普里什文：《林中水滴》，潘安荣译，百花文艺出版社，1984 年。
罗小云：《美国西部文学》，安徽教育出版社，2009 年。
儿玉实英：《美国诗歌与日本文化》，杨占武等译，陕西人民教育出版社，1993 年。